계간 미스터리

2021 가을호 | 통권 제71호

계간 미스터리
2021 가을호

2021년 9월 17일 발행 통권 제71호

발행인 이영은
편집인 김현경
편집장 한이
편집위원 윤자영 조동신 홍성호 한새마 박상민 김재희 한수옥
교정 오효순
홍보마케팅 김소망
디자인 여상우
사진 김성헌
제작 제이오
인쇄 민언프린텍

발행처 나비클럽
등록번호 마포, 바00185
등록일자 2015년 10월 7일
출판등록 2017. 7. 4. 제25100-2017-0000054호
주소 (04031) 서울 마포구 동교로22길 49, 2층
전화 070-7722-3751 팩스 02-6008-3745
이메일 nabiclub17@gmail.com

ISSN 1599-5216
ISBN 979-11-91029-38-3 03810
값 15,000원

※본지는 한국문화예술위원회의 문예진흥기금에서 원고료(일부)를 지원받아 발행합니다.

2021 가을호를 펴내며

리부트, 최소한의 설정만 남겨둔 채
완전히 새로 만드는 것

편견은 "특정 집단에 대해서 한쪽으로 치우친 의견이나 견해를 가지는 태도"로 정의되며, 흔히 부정적인 평가를 동반합니다. 유대인들은 중세 유럽에서 우물에 독을 풀어 전염병을 퍼트렸다는 비난을 받았으며, 독일에서는 경제 위기의 주범으로 몰려 가스실의 희생양이 되었습니다. 여성은 21세기가 훌쩍 넘은 지금까지도 외모와 능력에 대한 온갖 편견과 싸워야만 합니다. 여전히 장르문학은 순수문학보다 급이 떨어지며, 추리소설은 살인을 가르치는 교과서라는 구태의연한 의견이 공공연하게 목소리를 높이고 있습니다. 이번 호 특집을 '한국 미스터리의 리부트'로 잡은 이유입니다.

리부트는 잘 알려진 것처럼 컴퓨터에 오류가 생겼을 때 다시 켜는 것을 의미합니다. 창작물로 넘어오면 기존의 설정을 유지하는 범위에서 손을 보는 리메이크와는 다르게, 리부트는 최소한의 설정만 남겨둔 채 완전히 새로 만드는 것을 뜻합니다. 한국의 미스터리가 오랜 침체와 편견의 늪에서 빠져나오기 위해서는, 이곳저곳 수선하는 정도가 아니라 배를 갈아타는 정도의 변화가 필요하다는 생각에서 나온 주제입니다. 특집을 위해서 오랜 시간 추리 작가이자 평론가로 고군분투해온 백휴, 전방위 문화 평론가 박인성과 "한국 추리소설의 진정한 토착화와 리부트를 위하여"란 주제로 대담을 나누었습니다. 솔직한 자기반성과 앞으로 판을 뒤집는 변화를 위해 무엇이 필요한지 다양한 의견을 들을 수 있었습니다. 더불어 순문학 작가로 알려진 윤고은의 《밤의 여행자들》이 영국 추리작가협회 번역상을 수상하게 된 의미에 대해서도 인터뷰를 통해 짚어봤습니다. "장르란 하나의 출발점이며, 궁극적으로 모든 작가가 하나의 장르가 되는 것"을 이상적인 목표로 꼽은 작가의 대답이 의미심장합니다.

한국 추리소설의 리부트를 위해 절실한 것 중 하나로 다양한 하위 장르의 창작이 꼽혔습니다. 이번 호 《계간 미스터리》에서 그 변화를 느낄 수 있으리라 기대합니다. 우선 신인상 당선작 두 편이 선명한 대비를 보여줍니다. 박소해의 〈꽃산담〉은 정통 형사물로 제주도 곶자왈에서 벌어진 기이한 살인사건의 진실을 파고듭니다. 이은영의 〈졸린 여자의 쇼크〉는 사건의 논리적인 해결보다는 범죄를 저지른 인물의 기묘한 심리를 환상적인 필치로 그리고 있습니다. 기성 작가들의 단편 역시도 미스터리의 다양한 하위 장르에 포진해 있습니다. 장우석의 〈공짜는 없다〉는 순문학을 연상케 하는 작품으로 단 한 번의 실수가 가져온 파멸의 과정을 담담하게 보여주고, 제리안의 〈버추얼 러브〉는 미스터리에 SF와 로맨스를 적절하게 혼합한 작품입니다. 김영민의 〈임시보호되었습니다〉는 가슴줄을 개에게 채우지 않고 손에 들고 다니는 남자로부터 시작되는 일상 미스터리를, 홍정기의 〈무속인 살인사건〉은 미스터리의 본령인 '밀실'을 다루고 있습니다. 미스터리란 장르가 얼마나 폭넓은 스펙트럼을 갖고 있는지 놀라실 겁니다.

리부트의 또 한 가지 필수요소는 '창작과 함께 가는 비평'입니다. 장르를 문학성이나 순문학의 기준이 아니라, 장르 자체로서 상찬과 비평을 해줄 수 있는 평론가가 절실한 이유입니다. 그 필요를 충족시키기 위해 이번 호부터 박인성 평론가는 "미스터리란 무엇인가"라는 제목으로 미스터리 장르를 시대 순으로 정리하는 글을, 신화 인류학자로 잘 알려진 공원국 선생은 "신화인류학자가 말하는 이야기의 힘"이라는 주제로 이야기의 본질을 파고드는 글을 연재할 것입니다. 미스터리 장르를 거시적이고 미시적인 관점, 양측으로 조명하는 기획이 되리라 봅니다.

그 외에도 한새마 작가가 자신의 삶과 글쓰기의 의미에 대해 솔직하게 털어놓은 "작가의 방", 국내 최대 미스터리 커뮤니티인 '일본 미스터리를 즐기기' 탐방기, 박산호 번역가의 추리소설 리뷰 등 다양한 글을 통해 미스터리 장場을 구성하는 작가, 번역가, 독자의 솔직한 목소리를 들을 수 있습니다.

특히 독자들이 창작의 세계를 더 쉽게 접할 수 있도록 시도한 '미니픽션 공모전'에 많은 작품들이 접수되었고, 심사위원들의 열띤 토론 끝에 세 편의 작품이 당선작으로 선정되었습니다. 앞으로도 매호 계속될 예정이니 생각만 했던 분들도 적극 응모해보시길. 이번에 수상하신 분들은 아이디어를 단편으로 발전시켜 신인상에 도전해 보시길 바랍니다.

21세기 초반에 이미 일본에서는 평론가 오쓰카 에이지大塚英志를 중심으로 "내구연한이 끝난 (순)문학을 그렇게까지 해서 연명시킬 의미가 있는가"에 대한 논의가 있었고, "결국 문학은 라이트노벨을 순문학에 포함시킴으로써 연명하려고 (…) 만화나 라이트노벨 같은 서브컬처에 얹혀감으로써 살아남는 것을 선택했다"는 판정을 받았습니다. 현재 한국에서 장르에 대한 주목이 일어나고 있는 이유도 어느 정도 순문학의 동력이 다했기 때문이 아닌가 하는 생각이 듭니다. 지금이야말로 진정한 장르의 리부트, 편견을 깨부수는 날갯짓이 필요한 시점입니다. 작가, 평론가, 독자, 각자의 자리에서 나름의 방법으로 힘껏 응원해주십시오.

계간 미스터리 편집장
한이

특집 대담

한국 미스터리 리부트

백휴 · 박인성 · 한이

백원근 책과사회연구소 대표는 2015년 〈머니투데이〉에 실린 한 인터뷰에서 "장르문학은 원초적 재미를 넘어서지 못하고 휘발성 강한 텍스트로 뭉쳐 상업적 본능에 충실하다. 수준 낮은 작품을 끊어주는 생각하는 독자들의 용기와 결단이 필요한 때"라고 말했다. 기자는 "개인적으로 대중문화가 반짝거릴 호황이 있는 것처럼 이 역시 '한때'라고 생각한다. 결론적으로 순수문학이 다시 돌아올 것이라고 본다"는 남정미 출판평론가의 말도 인용했다. 그로부터 6년여가 흐른 2021년, 장르문학은 여전히 강세고, 순수문학은 아직 돌아오지 못했다.

하지만 세계적인 명성과 호황에 비해 한국 추리소설은 아직 캄캄한 터널을 통과 중이다. 어렴풋이 출구의 환한 빛이 보이고 있지만 여전히 터널 안이라는 사실은 변함이 없다. 이번 호《계간 미스터리》에서 한국 추리문학이 기나긴 터널을 탈출하기 위해 필요한 것이 무엇인지, 오랫동안 불모지나 다름없는 추리소설 평론 분야에서 고군분투해온 백휴 작가와 전방위 문학 비평가로 활동하고 있는 박인성 교수를 모시고 대담을 나누었다.

한이 바쁘신 중에도 대담에 응해주셔서 감사드립니다. 오늘은 한국 추리소설이 태생적으로 토착화되기가 어려웠던 이유와 현재의 상황, 그리고 앞으로 진정한 리부트를 이루기 위해 무엇을 해야 할 것인가에 대해 이야기를 나눴으면 합니다.

박인성 추리문학이 수입된 것은 비교적 근대문학 초창기라고 할 수 있고, 당시 한국 문단에서도 일본에서 진행되고 있던 본격이니 변격이니 하는 담론적인 부분들도 논의되었던 흔적이 있습니다. 하지만 엄밀하게 말해서 본격 추리가 한국에서 자리 잡았던 때가 있었는가 하면 그렇지는 않거든요. 이런 부분들은 한국적인 특징이 있다고 봐야 할 것 같습니다.

한이 저는 개인적으로 아쉬운 점이 일본이 미스터리 장르를 수

입할 때, 에도가와 란포라는 걸출한 인물의 역할이 지대했다는 것입니다. 란포는 미스터리에 대한 이론적인 논쟁과 후진 양성에 많은 공을 들였던 반면, 한국 추리소설의 비조로 일컬어지는 김내성은 그런 면에서 소극적이었죠. 물론 에세이나 지면을 통해서 본인의 추리소설 이론을 발표하기는 했지만, 해방 이후 일반 대중소설로 돌아서면서 결국은 유명무실해졌다고 봅니다. 장르가 수입될 때, 선도적인 역할을 하는 인물의 부재가 현재 일본과 한국의 차이를 만든 지엽적인 이유 중 하나가 아닐까 생각합니다.

박인성 김내성 같은 경우에는 사실 그럴 동력이 부족하지 않았나 하는 생각도 듭니다. 본인이 '본격'과 '변격'에 대한 일본의 담론을 들여오면서, 《마인》이 변격이 아니라 본격에 가까운 추리소설이다, 라는 주장을 펼쳤는데, 실제로 읽어보면 로맨스가 상당한 비중을 차지하고 있고 미스터리의 본질적인 해결 방식 역시도 흐지부지되는 경향이 있어서 '본격 추리소설이 맞나' 하는 의문이 들

정도입니다.

백휴　김내성은 자신의 이론을 따라간 거죠. 김내성이 추구했던 추리소설은 '탐구탐이探究探異'인데, 《타원형의 거울》 같은 작품은 기존 서구 문법에 부합하는 '탐구'의 영역이었고, 《이단자의 사랑》 같은 작품은 그로테스크한 것을 추구하는 '탐이'의 영역이었죠. 복숭아나무가 있는데 그 밑에 누굴 죽이고 묻어서 거름으로 삼았다는 식으로 누가 더 센 이야기를 하느냐를 겨루는 내용인데 논리적으로 무엇인가를 추론하는 과정은 전혀 없습니다. 김내성이 탐구보다는 탐이의 영역으로 넘어감으로써 그나마 남아 있던 한국 추리소설의 명맥이 더 희미해지게 되었죠. 그것이 1970년대의 김성종으로 연결이 되는데, 대부분의 작품이 신문 연재 형태를 띠다 보니 아무래도 구성이 약할 수밖에 없어요. 제가 여러 번 말씀드렸는데 대표작으로 꼽히는 《최후의 증인》도 전문적인 킬러가 정신이 오락가락하는 사람에게 임무를 맡긴다는 설정 자체

왼쪽부터 한이 편집장, 백휴 작가, 박인성 평론가

가 구성이 부족했다는 뜻이죠. 그런데 이 작품이 두 번이나 영화로 만들어진 것을 보면, 한국 사람들이 치밀한 구성에 의한 논리적 추리보다는 감성적인 부분을 좋아하는 것 같아요.

박인성 말씀해주신 것처럼 작가들이 연재소설을 쓸 때에는 어쩔 수 없이 대중적 필요에 맞춰서 글을 쓰는 경향이 있죠. 그리고 당시 독자들 사이에서도 미스터리를 어떻게 즐겨야 하는가에 대한 문법 같은 것이 저변에 널리 공유되어 있지 않았던 점도 한 가지 이유일 것입니다. 클래식한 추리소설처럼 퍼즐을 맞춰나가는 즐거움을 본격적으로 추구하는 독자들은 마니아층에 한정되어 있고, 심지어 미스터리의 고전이라고 불리는 작품들도 지루하다거나, 내가 이걸 힘들게 읽어야 하나라고 생각하는 독자들이 많은 것을 보면, 처음부터 미스터리를 즐기는 문법이 구성보다는 스릴러적인 요소나 감성적인 부분에 맞춰진 것이 아쉬운 점입니다.

한이 김성종이 등장한 1970년대도 시대적인 배경이 장르소설을 받아들일 만한 상황은 아니었습니다.

백휴 그렇죠. 당시만 해도 정치적으로 암울한 시기다 보니까 당대의 문학적 헤게모니를 잡았던 그룹은 독재에 대한 저항이나 사상적인 부분을 강조했죠. 추리소설은 진지한 문학이 아니라 저급한 오락이라고 보는 시각이 대부분이었어요. 그러다 보니 중심 담론에서 추리문학에 대해 질문을 하거나, 반대로 이쪽에서 좋은 질문을 던졌을 때 이해해보려는 태도가 절대적으로 부족했죠. 지금 《미스테리아》가 문학동네 계열사에서 나오나요? 저는 그것도 굉장히 늦었다고 보거든요. 왜냐하면 좀 비판적인 시각으로 보자면 추리문학에 대한 관심이 많아졌다기보다는, 순문학 자체의 힘이 떨어지니까 사업을 확장하는 의미에서 나온 것이지, 이것을 반드시 해야 할 이유가 있다는 접근은 아닌 것 같아요.

박인성 저도 비슷한 생각인데요. 우선 한국에서 장르문학에 대한 인식 변화가 아직도 일천하다는 생각이 들고, 그 이유는 아무래도 지금까지 전체적인 문학 장을 이끌어온 동력 자체가 이데올로기에 대한 저항이라든가 진지한 문학성의 탐구에 편중되어 있기 때문일 것입니다. 순문학 안에서 자신들의 에콜 싸움을 계속해왔던 문지나 창비 같은 몇몇 출판사들의 문학 가치에 대한 선점, 그리고 그것을 계속해서 확장하려고 해왔던 노력들 속에서 장르문학을 장르문학으로서 받아들일 수 있는 문화가 정착하기 어려웠다고 봅니다. 특히 저는 장르문학이 한국에 뿌리내리기 어려운 상황 가운데 하나가 장르문학의 훌륭함을 이야기하려면 늘 문학성이라는 개념을 동반해야만 한다는 고정관념 탓도 있다고 보는데요. 그러다 보니 장르문학이 성공했을 때 그 자체로 상찬하고 의미를 평가해줄 수 있는 사회적 분위기와 비평적 여유로움이 부족했던 거죠. 말씀하신《미스테리아》같은 잡지도 한국 미스터리에 대한 긍정적인 변화처럼 보이기도 하지만, 다른 한편으로는 최근에 순문학의 동력이 사라져가고 있는 과정 안에서, 문학성의 외연을 어떤 방식으로든 확장하고자 하는 노력의 하나로 미스터리나 SF 같은 장르문학에 대한 호명이 이루어지고 있는 것이 아닌가 생각합니다.

백휴 저는 한국에서 장르문학, 특히 추리소설이 받아들여지는 데 한계가 있는 이유가 교육과 관련이 있다고 생각해요. 우리나라는 어릴 때부터 도덕 교육을 받는 데 비해, 서양에서는 법적인 의무와 책임감만 강조하지 그런 부분에 대한 교육은 없거든요. 예를 들면 스와핑이라는 것이 우리 입장에서는 말도 안 되는 비도덕적인 일이지만, 그들의 입장에서는 세금을 안 내는 것도 아니고 부부 사이에 합의만 된다면 가능하다고 보는 거죠. 우리는 어려서부터 도덕 교육을 받다 보니까 치정 문제를 비롯해서 추리소설에서 다루는 여러 가지 사건 자체에 대한 거부감이 기본적으로 깔려 있기 때문에 접근이 쉽지 않은 것 같아요. 강제적인 주입식 도덕 교육을 덜 받은 젊은 세대는 추리소설이 다루는 사건들에 대한 거부감이 줄어들면서 수용의 폭이 넓어지겠죠.

박인성 지금 말씀해주신 부분은 요즘 순문학에서 일어나고 있는 윤리성에 대한 강조와도 관련이 있는 것 같습니다. 한국 문학계에서 문학성이 윤리성의 문제와 등치되어가는 현상이 두드러지고 있고, 젊은 작가들이 강조하는 것 중 하나가 자신의 작품에서는 단 한 명의 캐릭터도 쉽게 도구적으로 죽이지 않겠다는 것입니다. 그러니까 캐릭터를 소모적으로 활용하고 싶지 않다는 것이죠. 그런데 우려스러운 점은, 이러한 접근 방식이 당연해지면 장르에 대해 거부 반응을 가지는 일반 독자들이 많아질 것이라는 거죠. 추리소설의 핵심이라면 가상의 사건을 통해 우리가 어떤 방식으로 사회화된 의미에서 인간의 생명을 바라보는지, 사회적으로 범죄를 어떻게 해결할 것인지 다양한 의문이나 질문을 수행하는 것인데 기본적인 전제부터 거부감을 가지게 되는 겁니다. 다양한 경험을 위해 허용 가능한 부분이 있는데, 미스터리 장르 안에서의 기

본 전제들을 받아들이지 못하는 독자들도 있는 것 같습니다.

한이 순문학에서 그런 경향이 주도적인가요?

박인성 최근 순문학에서 개인에 천착하는 이야기들, 개인과 구조의 대결 구도 안에서 소수자나 약자에게 가해지는 사회적 억압 혹은 차별을 주로 이야기하다 보니까 그들에게 가해지는 폭력이나 생명에 대한 위협을 아무리 소설이라고 해도 너무 편의적으로 다루지 말자, 라는 인식이 어느 정도 공유되는 것입니다.

백휴 문화예술을 윤리나 가치관으로 따지면 작가의 어떤 표현 방법이나 소재를 배제하려는 경향이 나타나죠. 그리고 그런 경향의 첫 번째 피해자는 늘 추리문학이었어요.

한이 장르문학을 이야기하면서 SF를 언급하지 않을 수 없는데요. 제가 출판 관계자들에게 SF와 추리가 같은 장르인데 한쪽만 흥하는 이유가 무엇이냐고 물어본 적이 있어요. 그랬더니 우스갯소리로 SF가 돈을 잘 끌어와서 그런다고 하더군요. (웃음) 한국 사람들이 과학에 대한 막연한 동경을 갖고 있어서 과학 관련 기업이나 공기업과 연계해서 지원사업을 하기가 훨씬 쉽다고. 추리는 아무래도 범죄를 주로 다루다 보니 그런 점에서 애로 사항이 있죠. 어쨌든 최근 10년 사이에 SF는 장르문학으로서 상당히 비중 있는 위치로 자리 잡은 것 같습니다.

박인성 2010년대 초반에 듀나를 포함해 배명훈, 김이환 등의 작가들이 문학과지성사 같은 출판사에서 책을 내고, 약간의 비평적 작업이 이루어지면서 SF에 대한 본격적인 조명이 이루어지나 했지만 그렇게 의욕적이지는 않았습니다. 그 후 약간의 공백이 있다가 2016~2017년을 기점으로 김보영이나 김초엽 작가가 본격적으로 주목을 받기 시작하면서 최근에는 대중의 인식이나 관심도가 달라졌죠.

한이 정세랑, 김초엽 같은 작가들이 나오면서 SF가 우리가 흔히 인식하고 있는 하드 SF만이 아니라 말랑말랑하고 환상성이 강조된 작품도 가능하다는 것을, 독서층 가운데 절대적인 비중을 차지하고 있는 여성 독자들의 마음에 어필한 것이 주효했다고 봅니다.

박인성 맞습니다. SF에 젊은 여성 작가들이 등장하면서 여성 캐릭터의 비중이 확 늘었고 동시대 여성들의 고민을 적극적으로 표현하기 시작했죠. 그에 더해 사람들이 갖고 있는 과학 기술에 대한 막연한 기대나 미래 사회에 대한 비전과 같은 것이 동시대적 현상으로 들끓기 시작하면서 SF에 대한 관심이 크게 늘어난 것도 플러스 요인이 됐을 겁니다.

한이 태생적으로 SF는 진보적인 세상을 시대에 앞서서 형상화하는 경향이 강한데, 1960~1970년대 영미권을 보면 SF가 페미니즘 운동이나 여성 운동에서 첨병에 서 있었습니다. 한국에서 SF가 흥행하기 시작한 것도 젊은 여성 작가들의 등장과 함께 여성주의 운동이 목소리를 높이는 시점이 어느 정도 맞물리지 않았나 생각합니다.

박인성 한국 순문학에서 '페미니즘 리부트'라고 표현하는데, 2010년대 중반 이후에 페미니즘에 대한 요구를 담보한 새로운 문학적 방향성으로 SF를 주목한 것도, 하나의 성공 요인으로 볼 수 있겠죠. 그렇게 본다면 미스터리와 SF의 운명이 갈림길에 있는 것 같습니다. 지금 미스터리가 영화나 드라마를 비롯한 다양한 문화 콘텐츠로 변환되고 있기는 하지만, SF처럼 위상이 높아졌다는 느낌은 들지 않습니다. 이런 차이가 생긴 이유는 최근 10년 동안 순문학 장에서 SF 작가들을 자꾸 호명하고 어떤 방식으로든 이 작가들의 작품을 다소 문학주의적이기는 하지만 의미화를 수행하는 비평 작업을 해왔기 때문이라고 봅니다. 그러다 보니 대중에게 'SF 장르란 이런 것이다, 이런 것을 다룬다, 이런 가능성이 있다'라는 담론화가 어느 정도 이루어진 것입니다. 하지만 미스터리는

SF 같은 작업이 제대로 이뤄진 적이 없죠.

백휴 추리문학 쪽에도 SF 같지는 않아도 순문학의 호명이 있었던 적이 있었어요. 김성종이 주관하는 잡지에서 추리문학상을 받은 임사라가 순문학 잡지에서 단편 청탁을 받았어요. 그런데 평가가 그렇게 좋지는 않았던 것 같아요.

한이 저는 추리소설의 리부트. 재시동을 말하기 전에 한국 추리소설이 그동안 침체됐던 원인을 짚어보고 싶다는 생각이 듭니다.

백휴 좀 극단적으로 말하면 한국 추리소설의 흐름을 말할 수 있는가에 대해 회의적인 입장이에요. 강이 흐르다가 가뭄 때문에 수량이 줄어들었다면 어떤 흐름에 대해 말할 수 있는데, 한국 추리소설을 말할 때 보면 항상 마중물을 붓고 펌프질을 해서 길어 올려야 하는 느낌이 강하단 말이죠. 독자들이 어떤 비평을 하고 수용을 하든 김내성이나 김성종 정도의 인지도가 있는 작가가 그래도 10년에 한 명은 나왔어야 역사나 흐름을 이야기할 수 있는데, 늘 침체가 계속되었던 한국의 상황에서는 어렵지 않을까 생각합니다.

한이 불연속적인 부분이 있죠. 일제강점기, 해방, 한국전쟁, 군사정권과 같은 굵직한 사건들이 계속해서 터졌으니까요.

박인성 현재의 상황은 외부적인 맥락을 함께 고려해야 할 필요가 있을 것 같아요. 어쨌거나 침체를 강조하는 이유는 종이책 시장 안에서 한국 추리소설이 겪고 있는 어려움 때문일 텐데, 외부적으로 시야를 돌려보면 지금도 히가시노 게이고나 미야베 미유키는 여전히 잘 팔리는 작가들이고, 문화 콘텐츠의 확장 속에서 장르 영화나 드라마에서 본격 미스터리는 아닐지라도 추리적인 요소가 상당히 보편화되어 있습니다. 그렇기 때문에 거꾸로 던져야 할 질문이 일본 미스터리는 여전히 한국에서 강세를 보이고 있고 미스터리 드라마들도 인기를 끌고 있는데, 왜 이게 한국 종이책 시장 안에서 미스터리의 부흥으로 이어지지 않을까 하는 것이죠.

백휴 그것은 아마도 살인이나 범죄를 다룰 때 외국 작가가 하면 허용이 되는데 국내 작가에게는 거부감을 느끼는 탓일 겁니다. 예전에 마광수, 장정일을 외설이란 명목으로 검사까지 동원해서 법적으로 때려잡을 때, 조르주 바타유의 《에로티즘》 같은 작품이 번역되고 있었어요. 마광수의 《즐거운 사라》나 《권태》 같은 작품들을 보면 오줌 싸는 거 받아먹는 정도의 상상력이지만 바타유는 훨씬 더 수위가 셌거든요. 그런데 그것은 안 잡아요. 외국 작품에 대해서는 일종의 바리케이드를 쳐주는 것이죠.

박인성 저는 한국 사람들이 범죄나 미스터리에 관심이 없는 것이 아니라, 어떤 방식으로든 그것을 소비하는데 방법이나 감수성이 좀 다르다는 생각입니다. 예를 들면 최근에 〈알쓸범잡〉이나 비슷한 유형의 TV 프로그램들이 유행하고 있는데 살펴보면 미스터리 소설하고 결이 같은 사건을 다루고 있음에도 불구하고, 실제로 범죄 수사의 전문가들이 나와서 이야기를 하고 사회적인 문제로 다루다 보니 시청자들이 진지하게 받아들입니다. 반면에 추리소설에서 다루는 사건들은 오락적인 요소 때문인지 심리적 저항감이 있는 것 같아요.

한이 한국 독자들은 종이책을 들었을 때 뭔가 배우는 것이 있어야 한다는 강박이 있는 게 아닌가 하는 생각이 들어요.

박인성 제 생각도 비슷합니다. 아무래도 한국 독자들이 어쨌거나 종이책에 대한 기대가 좀 다른 것 같아요. 미스터리를 드라마나 영화로 볼 때는 장르로서 받아들이고 소비할 준비가 어느 정도 되어 있는데, 일단 내 돈을 주고 종이책을 구매해서 읽을 때에는 재미 이상의 것이 있어야 한다는 생각이 강한 거죠. 하지만 결국 종이책 시장에서 미스터리의 성공이 반드시 필요합니다. 드라마에 미스터리 요소가 들어간다 해도 메인이라기보다는 서브일 때가 많죠. 예를 들어 최근 가장 성공한 미스터리 드라마로 인식되는 〈비밀의 숲〉만 해도 미스터리 요소는 초반 분위기를 깔아주고 시청자의 호기심을 끌어당기는 수단으로서 사용되었죠. 미스터리로 시작되긴 하지만 작품이 끝날 때는 사회파가 되는 거죠. 그렇기 때문에 저는 미스터리의 하위 장르에 대한 다양성의 문제를 주류 문화 콘텐츠에서 해결해주는 것은 어렵다고 봅니다. 결국 장르적 다양성을 확보해야 하는 곳은 종이책 시장이라는 결론입니다. 안타깝지만 현재 한국 종이책 시장에서는 우리가 기대한 만큼 다양한 하위 장르들이 보이지 않는군요.

한이 여러 가지 이유가 있겠죠. 그중 하나는 작가군의 문제. 절대적인 양이 확보된 다음에 어느 정도 질의 문제가 해결될 텐데 작가군이 너무 부족합니다. 다른 하나는 전문가의 부족. 일본의 《소년탐정 김전일》 같은 경우 네다섯 명의 편집자가 스토리 작가와 함께 작업하는 것으로 알고 있는데, 추리소설의 경우 장르적 특성을 잘 알고 있는 편집자가 '반드시'라고 할 정도로 필요합니다. 하지만 한국의 경우 장르 전문 편집자가 손에 꼽을 정도죠. 그러다 보니 작가가 충분히 고민해보고 미스터리적으로 안 맞아서 파기했던 안을 편집자가 고집하는 경우가 생기는 거죠. 추리소설은 나사 하나를 바꾸면 엔진 전체를 뜯어고쳐야 하거든요. 제가 예전에 충격을 받았던 일이 있는데, 식사 자리에서 순문학 비평하시는 분이 이제 앞으로는 추리소설 비평도 하시겠다고 하기에 얼마나 읽으셨느냐고 물었어요. 이제 두 권 읽었다고 하시더군요. 물론 훌륭하신 분이지만 장르 작가로서 굴욕적인 느낌이 들었어요. 피겨스케이트 선수가 같은 얼음판에서 하는 운동이니까 갑자기 아이스하키 선수가 되겠다고 나서지는 않잖아요. 비평이든 편집이든 장르의 규칙을 온전히 숙지하고 있는 전문가가 반드시 필요하다고 생각합니다.

백휴 예전에 비교적 젊은 작가들 몇 명이 모여서 '추리문학연구회'라는 다음 카페를 만들어서 활동한 적이 있어요. 지금은 유명무실해졌습니다만. 어쨌든 가끔 오프라인 모임도 가졌는데 영화

감독이라는 분이 종종 나오셨거든요. 그분의 논리는 항상 '네가 잘 쓰면 영화 시장에서 알아줄 텐데 왜 이렇게 못 쓰고 있는 거냐'는 거예요. 제대로 못 쓰니까 큰 시장으로 나가지 못하고 있는 것 아니냐는 거죠. 그런데 줄리아 크리스테바의 《비잔틴 살인사건》은 그야말로 철학적 수준에서 추리소설을 다룬 작품이거든요. 질문이 위반의 문제니까, 어떤 사회적 테두리나 가치관의 영역을 벗어나서 자기만의 길을 가면 생겨나는 질문이, 나는 어디에 있는가, 나는 어디로 가는가라는 물음이거든요. 물론 철학적이고 종교적인 담론이 많이 들어가서 재미나 인기도 없지만, 정말 훌륭한 작품이에요. 하지만 이 작품을 영화화할 수 있느냐는 전혀 다른 문제거든요. 잘 쓴 작품은 곧 영화화가 가능한 작품이라는 등식은 오만이죠.

박인성 그건 감독이 자신의 일을 방기하는 것 아닌가요? 자신이 생각했을 때 퀄리티가 낮은 작품이라고 해도 어떻게든 발전시키려는 입장에서 접근해야지 작품 개발이 이루어지는 것이고, 적극적인 의미의 상호 작용이 발생하는 거잖아요. 자꾸만 장르문학을 내려다보는 시선으로 접근한다면 진정한 의미의 발전이 이뤄지긴 어렵죠.

한이 개인적으로 고무적이라고 생각하는 일이 대형 출판사들이 한국 추리소설이나 작가들에 대해 소홀히 하는 부분이 있다면, 1인 출판사지만 본인이 미스터리 장르를 좋아해서 책을 내고자 하는 곳에서 오히려 굉장히 호의적이더군요. 본인이 추리소설을 좋아하고, 장르의 규칙도 잘 알고 있다 보니까 새로운 작가를 발굴해서 함께 성장하고 싶다는 생각을 가진 출판사들이 많아지고 있습니다. 이런 움직임은 상당히 고무적이라고 생각합니다.

박인성 중요한 것은 일단 끈기 있게 작품을 붙잡고 쓸 수 있는 지면이 반드시 있어야 한다는 것입니다. 왜냐하면 지금 미스터리 작가들이 앉아서 그것만 쓰고 있지 못한 상황이잖아요? 한 작품을 진득하게 쓰고 싶은데 경제적인 문제나 다양한 문제들 때문에, 출판사 주도로 만들어지는 앤솔러지 기획 같은 것에도 주기적으로 참여해야 하는 거죠. 그러다 보면 장편 구상을 뚝심 있게 밀고 나가기 힘들고, 원하지 않거나 특기가 아닌 장르의 단편도 창작해야 합니다. 미스터리의 본령은 장편인데 시스템이 갖춰지지 않은 상황에서 미스터리 장르의 종이책 부흥을 이야기하기 어려운 부분이 있다는 생각이 드네요.

한이　현실적으로 보자면 다른 소설들도 그렇겠지만 미스터리 장편은 구상하는 데 많은 시간이 필요합니다. 예를 들어서 구상과 집필에 6개월 정도가 걸렸다고 하면, 그동안 생활비도 필요하고, 책이 출간되어서 어느 정도 수입이 들어올 때까지 버틸 시간이 필요하죠. 그런 현실적인 문제에 부딪히다 보니까 작가들이 팔방미

인이 되어서 잡다한 일들을 하게 되고, 자칫하면 퀄리티의 저하라는 함정에 빠지게 되는 것 같습니다.

박인성 특히 트릭 중심의 본격 미스터리를 잘 만들려면 최소한 1년 이상은 고민해야 하는데, 자꾸 다른 기획에 참여하고 생계를 위한 작업을 해야 하니까, 아이디어를 머릿속에서 충분히 정리하거나 극한까지 밀어붙일 여유가 없죠.

한이 최근에 요네자와 호노부와 온다 리쿠의 대담을 읽었는데, 아와사카 쓰마오가 '아 아이이치로 시리즈' 중 한 작품을 쓸 때 편집자가 찾아와서 "오늘은 얼마나 쓰셨습니까, 두 장입니까?" 하고 묻자, "천만에요, 두 줄입니다"라고 대답했다는 일화가 인상적이었습니다. (웃음) 그 정도까지는 아니어도 제대로 된 미스터리 장편을 구상한다는 것은 정말 진이 빠지는 일이죠. 요즘 앤솔러지가 이렇게 많아진 이유가 어떻게 보면 장편을 쓸 동력이 떨어져서 그런 게 아닌가 하는 생각이 듭니다.

백휴 단편 하나씩 참여하는 거니까 작가로서도 부담이 적죠. 하지만 앤솔러지만 갖고는 기존 독자들을 만족시켜 끌고 가고 새로운 독자를 유입시키기에는 힘에 부치죠. 묵직한 주제의식을 갖춘 장편들이 차곡차곡 쌓여야 가능한 일이에요.

박인성 저는 일단은 어쨌거나 장편소설 시리즈가 한국 작가 중심으로 나와야 한다고 생각합니다. 그런 브랜딩 자체가 존재하지 않기 때문에 한국 독자들의 '나는 한국 미스터리를 읽고 싶은데 뭘 읽어야 하지?'라는 최초의 질문에 응답하지 못하는 상황인 거죠. 그러다 보니 그나마 알려진 몇 명의 작가, 도진기나 서미애 작가에게 주목이 쏠리게 되는데, '도진기 작가 작품 다 읽었어. 그럼 이제 뭘 읽어야 되지?'라는 다음 질문에도 대답할 수 없는 거죠. 사실 장르라고 하는 것은 끊임없는 세대교체가 점층적으로 발생해야 하는 분야이고, 그것이 순문학보다 훨씬 빨라야 된다고 생각하거든요. 최근의 순문학은 자체적인 세대교체가 신속하게 이루어지는 편인 것 같고, 새로운 작가들, 주목해야 하는 작가들을 발견하는 과정이 이어지고 있다는 느낌이 듭니다. 반면에 미스터리 장르로 눈을 돌리면 자신 있게 추천할 수 있는 장편소설을 갖고 있는 작가군의 등장이 아직은 미흡한 실정입니다. 이런 부분을 해결하기 위해선 시리즈로서의 미스터리 장편, 새로운 작가군이 절실하게 필요합니다.

한이 예전보다는 최근의 독자들이 진득하게 길고 큰 서사를 읽기 힘들어하는 경향이 있다 보니까, 경장편 정도 분량의 매력적인 캐릭터를 가진 시리즈가 나온다면 기존 팬들과 새로운 팬들을 모두 만족시킬 수 있을 것 같습니다. 그런 부분에서 보면 어쨌든 간에 스타 작가들이 더 많이 필요하지 않을까 생각합니다.

박인성 공모전을 중심으로 하든지 아니면 어떤 발표 지면을 중심으로 하든지 간에 작가를 알릴 수 있는 기회의 장들이 더 많이 필요합니다. 공모전을 한다면 '미스터리 소설 공모'라고 큰 틀에서 하는 것도 좋겠지만, 본격, 일상, 밀실, 스릴러, 사회파 등 하위 장르별로 다양한 공모전이 많이 열렸으면 좋겠습니다. 예를 들자면 《계간 미스터리》에서 신인상을 공모하면서 이번 호의 테마는 '밀실'이라고 공지하고, 밀실이 주가 되는 작품만 받는 거죠. 물론 마이너한 장르에는 응모작이 줄어드는 단점이 있긴 하겠지만요.

한이 재미있는 기획이 될 것 같은데요. 꼭 신인상 공모가 아니어도 '도서 추리'나 '클로즈드 서클', '다중 해결' 같은 주제를 정해놓고 투고를 받아 잡지를 꾸밀 수도 있겠죠. 그렇게 한다면 미스터리 장르에 이렇게 다양한 분야가 있다는 것을 알리는 효과도 있을 겁니다.

박인성 이런 다양한 공모전을 통해서 독자들에게는 미스터리 장르에 대한 인식의 틀을 제공해줄 수 있고, 작가들에게는 자기 전문성을 발휘할 수 있는 분야를 찾도록 도와줄 수 있겠죠. 지금은 어쨌든 미스터리라고 하는 큰 범주로 묶어서 통용되는 경향이 있고, 심지어 앤솔러지 형태라고 하더라도 자기가 잘하는 분야보다는 기획의 틀에 맞춰가다 보니까 장점을 충분히 발휘하지 못하는 작가들도 있을 것 같습니다. 독자와 작가 모두의 입장에서 여러 가지 하위 장르의 특장점을 발견할 수 있는 공모전이 많이 생겼으면 좋겠다는 생각을 해봤습니다.

한이 처음 기획된 앤솔러지는 작품을 발표할 수 있는 지면이 절대적으로 부족한 상황에서 신인 작가들에게 기회를 제공하자는 의도가 컸습니다. 하지만 최근에 이러저러한 키워드의 앤솔러지가 쏟아지면서 자신의 강점을 극대화하지 못하고 기획 단편만 양산하는 안타까운 상황도 분명히 존재하는 것 같습니다.

박인성 앤솔러지 얘기를 해보면 어떤 작가는 1년에 참여한 앤솔러지만 열 권이 넘더군요. 엄청나게 많은 앤솔러지 기획들이 있고 장르 작가들은 거기에 정말 쉴 새 없이 참여하고 있죠. 그러다 보니 계속 거기에 맞춤 제작하는 작품들을 쓰게 되고, 그러면 좋은 퀄리티가 나오기 어렵죠. 글이라는 건 축적하지 않으면 소모되기 마련이죠. 아무리 천재라도 쉴 새 없이 쓰다 보면 기초적인 실수를 하게 돼요. 미스터리 장르에서 해서는 안 되는 기초적인 실수가 나오는 거죠. 물론 적극적인 상호 소통이 가능하면 제일 좋겠죠. 출판사가 원하는 기획 의도가 있긴 하겠지만 작가가 자기주장을 충분히 펼칠 수 있어서 가장 잘할 수 있는 분야를 택하고, 그것을 전문적으로 디렉팅을 해주거나 발전시킬 수 있는 편집자와 의견 조율을 할 수 있다면 금상첨화겠죠.

한이 조금 다른 이야기를 하자면, 요즘은 웹소설이라는 창구가 생겨서 예전처럼 작가가 되는 과정이 그렇게 어렵지 않잖아요. 그래서인지 글을 쓰고자 하는 욕구가 더 많아진 것 같습니다. 《계간 미스터리》 신인상에도 예전보다 훨씬 더 많은 투고가 들어오고 있고요. 그런데 들어온 작품들을 읽어보면 플롯을 위한 플롯 혹은 이야기를 위한 이야기가 너무 많은 거예요. 그러니까 왜 써야 하는지, 무엇을 써야 하는지에 대한 근본적인 고민이 없는 거죠.

박인성 최근에 〈나이브스 아웃〉이라는 영화를 굉장히 좋게 봤는데요, 미스터리 장르의 다양한 클리셰를 활용하고 있음에도 불구하고 주제의식이 선명하기 때문이었어요. 감독은 트럼프의 미국 사회 백인들이 마치 원래부터 여기 살았던 원주민인 척, 멕시코를 포함한 이민자들을 미국 우선주의라는 명목으로 불관용 원칙을 주장하는 것의 불합리성, 즉 너희들도 원래 이민자였고 미국 자체가 이민자의 나라라는 것을 마지막 장면에서 명확하게 보여주거든요. 이런 주제를 미스터리 문법 안에 정확하게 녹여냈기 때문에, 훌륭한 장르 영화이면서 좋은 이야기이기도 하다는 생각이 들었어요. 말씀하신 것처럼 '플롯을 위한 플롯'이라는 느낌이 드는 것은 결국에 이 작가가 이 이야기를 통해서 말하고자 하는 것이

빈약하기 때문이라고 생각합니다.

백휴 그런데 그런 생각 자체가 우리가 나이가 들었기 때문일지도 모릅니다. 우리처럼 문자 세대는 어떤 명제를 갖고 질문을 하는 훈련이 되어 있기 때문에 글쓰기란 무엇인가에 대한 고민이 많았습니다만, 지금 세대는 문자에 대한 관심이 별로 없는 것 같아요. 인스타그램만 봐도 본인이 좋아하는 이미지만 가득 차 있어요. 이미지와 이미지가 붙는다고 의미를 찾는 질문을 던지지는 않죠.

박인성 저는 생각이 조금 다른데요. 왜냐하면 젊은 세대라고 할지라도 메시지에 대한 욕구는 여전하다고 봅니다. 만약 그것이 없다면 이야기를 읽는 행위 자체에 대한 욕구가 사라지기 때문이죠. 요즘에는 즐길 수 있는 콘텐츠가 수없이 많기 때문에, 메시지에 대한 욕구가 없다면 굳이 이야기를 찾아 읽을 필요도 없습니다. 저는 요즘 세대의 메시지에 대한 갈급함을 갈수록 빨라지는 웹소설의 템포에서 느낍니다. 요즘은 정보를 굉장히 쪼개서 받아들이기 때문에 유튜브 영상만 봐도 20분 촬영본을 잘게 쪼개고 쪼개 심지어는 멘트와 멘트 사이의 숨소리마저 편집해서 정보를 때려 넣고 7분에서 10분 사이로 전달합니다. 웹소설은 이러한 대중의 성향에 맞추면서 이야기가 갖고 있는 문법적인 템포를 유지하려고 하기 때문에, 지금처럼 기존 문학에서 보기에 기형적인 형태가 된 거죠. 결국 메시지를 요즘 세대에 맞게 전달하고자 하는 몸부림이 아닐까요.

한이 그렇다면 이러한 새로운 세대의 특징은 추리소설을 쓰는 사람들에게 부정적이기만 한 걸까요?

박인성 그렇지는 않다고 봅니다. 지금의 세계는 너무나 파편화되어서 세계가 어떤 것인지 스스로 정의 내릴 수 있는 범주를 넘어섰죠. 요즘 세대의 문제는 정보 부족이 아니라 정보 과잉입니다. 그러다 보니 이 정보의 과잉 속에서 어떻게 나에게 의미 있는 세계를 조립할 것인가, 어떤 것을 더하고 어떤 것을 덜어낼 것인지가 문제인데, 각종 커뮤니티의 확증 편향이나 음모론, 가짜 뉴스 같은 것들이 그것을 방해하고 있죠. 어쩌면 정보의 홍수 속에서 퍼즐 조립 능력을 잃어버린 세대라고 볼 수도 있어요. 그러다 보니까 누군가가 손쉽게 자기 입맛에 맞춰 조립한 것을 들이밀었을 때, 그것이 음모론이나 조악한 세계 이해 방식이든, 아니면 힐링이나 멘토든 던져준 것을 허겁지겁 소화하던 시절이 지난 10년이었던 것 같아요. 그런데 시간이 지나고 보니까 그들이 던져준 조립 방식이 기만적이라는 것을, 김난도는 아파본 적이 없는 사람이라는 것을 깨닫게 된 거죠. 그러다 보니 다시 사람들은 세계에 대한 자기 이야기, 과잉된 정보 안에서 나의 세계를 구축할 수 있는 메시지를 갈구하고 있습니다. 결국 진실이 무엇인가라는 질문인데, 그것이야말로 미스터리 장르의 가장 근본적인 물음입니다. 이 시점에서 '결국 추리소설은 세계에 대한 기호학적인 조립이고 탐정은 그걸 수행하는 기호학자다'라는 움베르토 에코의 말이 의미를 갖게 되는 이유죠.

한이 아무리 시대가 달라져도 인간은 세상을 이해할 수 있는 설명 모델이 없으면 불안하지 않습니까? 어쩌면 지금 세대가 더 치열하게 그것을 찾기 위해 노력하고 있는지도 모르겠습니다.

박인성 저는 그런 의미에서 기성세대가 요즘 20~30대가 겪고 있는 총체적 불안과 긴장을 얼마나 공감하고 있을까 하는 질문도 하고 싶습니다.

백휴 잘 모를 겁니다. 우리 때는 정치적으로야 혼란스러웠지만 어지간한 대학 나오면 대기업 두세 군데 취직하는 것은 어렵지 않았어요. 노력이 부족해서 그렇지 능력만 있으면 얼마든지 성공할 수 있다는 분위기가 있었죠.

박인성 저는 세대론을 선호하지는 않지만, 동시대를 살아가는 세대가 공유하는 기성세대에 대한 불만이나 적개심 같은 것은 있다고 봅니다. 이것을 효과적으로 설명해주는 것도 미스터리가 할 수 있는 한 가지 이야기라고 생각하거든요. 누구에게 분노하는가, 얼마나 분노하는가, 기성세대는 우리에게 무슨 짓을 한 것인가, 이런 질문들에 미스터리 문법으로 대답하는 것도 진짜 매력적인 소재 중 하나라고 생각합니다.

한이 그래서 늘 하는 이야기지만 소재 자체가 훨씬 더 다양해져야 합니다. 다양한 소재의 이야기들이 나와야 미스터리 판이 풍성해지고 그중에서 좋은 작품도 나오겠죠. 그러려면 각자 꽂히는 것을 갖고 있는 작가들이 많아져야 합니다. 뭔가 순환논법 같군요. (웃음)

박인성 말씀하신 것처럼 현장의 작가들이 유행에 민감한 것 같아요. 예를 들자면 요즘 작가들이 아무래도 미야베 미유키나 히가시노 게이고의 직접적인 영향을 받은 세대일 텐데, 그러다 보니 전통적인 미스터리 문법보다는 인간 심리나 사회적인 현상을 추리소설로 풀어내려는 경향이 많은 것 같아요. 이제는 작가들이 어떻게 자신을 차별화할 것인가, 전체적인 장르의 방향성에서 자신을 분리할 수 있을 것인가가 더 중요하고 주목받을 필요가 있다고 봅니다.

한이 작가는 새로운 시도를 하고, 평론은 그 시도를 비평하면서 공론화하고, 그것을 보고 긍정적인 영향을 받은 더 많은 작가들이 참여하고. 이런 선순환이 계속되어야 제대로 판이 커지지 않을까요? 그렇게 될 때 진정으로 한국적인 추리소설이 나올 수 있을 것 같아요. 외국의 장르를 아무 비판이나 거름망 없이 그저 수용하는 단계가 아니라 진짜 한국적인 장르가 되는 거죠. 본토로 다시 역수출할 수 있는 수준이 되어야 진정한 토착화가 이뤄졌다고 생각합니다.

박인성 제가 '말과활 아카데미'에서 강의하는 것도 그런 내용인데 장르문학이야말로 로컬리티의 영향을 엄청나게 받습니다. 사실 그 장르가 어떤 토양에서 생겨나느냐는 그 로컬리티가 가지고 있는 문제의식을 함축하고 있거든요. 세상을 어떻게 바라보는가, 어떻게 문제를 해결하는가. 예를 들어 일본 공포 장르의 특징은 문제 해결을 못한다는 겁니다. 이토 준지만 봐도 개인적인 원한으로부터 출발하지만, 공동체가 이걸 묵인하기 때문에 결국 이 저주의 파급력은 공동체 전체를 무너뜨립니다. 하지만 이런 종류의 이야기는 우리나라에서는 대중화되기 어렵죠.

백휴 우리는 촛불을 들죠. (웃음)

박인성 그렇죠. 우리는 중앙으로 쳐들어가서 때려 부수거나 바꾸죠. 정치의 효용을 체험한 어떤 국가적인 로컬리티 특징이 일본과는 다른 문제 해결 방식을 채택하게 하는 거죠. 그러니까 토양이 달라지면 장르의 문법도 당연히 달라진다는 겁니다. 호러만이 아니라 미스터리 장르 역시도 한국과 일본은 해결 방법이 다를 수밖에 없는 거죠. 이것은 분명 독자의 기대 역시 다르다는 뜻이므로 그것을 충족시킬 수 있는 작가와 작품이 많이 나와야 비로소 한국적이라고 말할 수 있겠죠. 외국의 작품을 흉내 내는 것으로는 부족합니다.

한이 긴 시간 감사합니다. 끝으로 하실 말씀이 있다면?

박인성 지금 한국의 미스터리는 무협소설로 치면 기경팔맥이 막혀 있는 상태 같습니다. 하지만 내공이 사라진 것은 아니죠. 혈맥 하나만 뚫을 수 있는 한 작품 한 작가만 효과적으로 출연하고, 거기에 비평이 이 작가와 작품을 허투루 보내거나 소비하지 않고 정확하게 의미화해주기만 한다면, 진정한 환골탈태가 일어나리라 봅니다.

한이 박인성 교수님 같은 분들이 격체전력으로 힘을 실어주세요.

백휴　젊은 사람들이 해야 돼. 젊은 사람들. (웃음)

2017년 12월 10일, 노벨 문학상을 받은 가즈오 이시구로는 수상 연설 중에 자신의 '노벨 호소'라며 이렇게 말한다.

"무엇이 옳은 문학인가에 대한 정의를 지나치게 편협하거나 보수적으로 설정하지 않도록 아주 조심해야 합니다. 우리 다음 세대는 중요하고도 훌륭한 이야기를 서술하는 데 온갖 종류의 새로운 방식을 동원할 것이고, 그중에는 때때로 당혹스러운 것도 있을 것입니다. 우리는 그들에게 줄곧 마음을 열고 있어야 합니다. 특히 장르와 형식에 대해서 말입니다. 그럼으로써 우리는 그들 중 최고를 키우고 격려할 수 있습니다. 위험할 정도로 분화가 가속화되는 이 시대에 우리는 귀를 기울여야 합니다. 좋은 글쓰기와 좋은 책 읽기는 장벽을 허뭅니다. 그런 선순환을 통해 우리는 새로운 아이디어, 위대한 인도주의적 전망을 찾아낼 수 있을 것입니다."

누군가는 장르문학을 폄훼하고, 누군가는 같은 곳에서 가능성을 본다. 누군가는 한국 미스터리가 죽었다고 말하고, 누군가는 잿더미 속에서 꿈틀대는 날갯짓을 본다. 이미 한국 추리문학의 리부트는 시작됐다. 당신들이 인정하든, 알량한 자존심을 부여잡고 고개를 젓든.

신인상

당선작

꽃산담

박소해

1

곶자왈 탐방로를 따라 네 사람이 걸었다. 하절기에는 탐방 프로그램이 매일 오전 10시에 시작했다. 여름 숲 여기저기서 새소리가 그들의 발걸음을 쫓아왔다. 공기는 후덥지근하고 습했다.

“쀼 쀼 쀼 쀼 쀼!”

섬휘파람새가 짧은 울음소리를 연달아 냈다. 맨 앞에 걷던 숲 해설사 강 씨는 자리에 섰다. 새는 동료들에게 주위를 경계하라고 경고하는 중이었다. 강 씨가 걸음을 완전히 멈추자 뒤따라 걷던 탐방객 세 명도 멈춰 섰다.

"들려요? 지금 섬휘파람새가 친구들에게 조심하라고 외치고 있수다."

티셔츠 아래 레깅스를 받쳐 입은 젊은 미시족에게 강 씨가 빠른 말투로 설명했다. 세 여자는 이곳과 전혀 어울리지 않는 명품백을 추스르며 강 씨의 설명을 새초롬하게 듣고 있었다. 강 씨는 탐방로를 벗어나 커다란 종가시나무 가까이로 걸음을 옮겼다. 그러자 가지에 앉아 있던 새가 화드득 놀라 달아났다.

나무 아래 울창한 가는쇠고사리 숲에 햇살이 비쳤다. 해가 비치는 곳에는 보통 하루살이 떼가 맴돌곤 했는데 오늘은 달랐다.

파리 떼였다.

"잠깐 여기서 기다려줍서."

강 씨가 세 탐방객에게 말했다. 고사리와 비슷하게 생겼지만, 훨씬 잎이 작은 가는쇠고사리 군락지 가운데에 정체불명의 뭔가가 있었다. 가는쇠고사리 줄기가 강 씨의 발목에 달라붙었다. 강 씨는 가는쇠고사리를 밟거나 꺾지 않으려고 주의를 기울이며 안으로 걸어 들어갔다. 이내 섬휘파람새가 무엇을 경고하려고 했는지 알아챘다.

춤추는 파리 떼 아래에 젊은 남자가 누워 있었다. 회색빛 홍채의 두 눈은 크게 부릅떴고, 살짝 열린 입술은 보랏빛이었다. 파리한 손끝은 하늘을 향했다. 검붉게 변한 얼굴과 벌거벗은 몸 일부만 청록색 가는쇠고사리 숲 위로 드러났다. 마치 가는쇠고사리 숲에 가라앉아 익사한 사람처럼.

강 씨의 등 뒤에서 비명이 울려 퍼졌다. 새들이 날아올랐다. 강 씨가 뒤돌아보았다. 양손으로 얼굴을 감싸 쥐고 주저앉은 여자가 보였다. 탐방객이 호기심에 뒤따라온 모양이었다.

"아는 사람이에요. 우리 헬스클럽 트레이너예요. 오늘 오후에 같이 운동하기로 했는데. 말도 안 돼요!"

2

좌승주 형사는 서귀포에서 태어나고 자랐다. 경찰대학을 졸업하고 고향에 부임한 서귀포 토박이다. 그는 영어 교육도시에 올 때마다 기묘한 위화감을 느끼곤 했다. 이곳은 좌 형사에겐 '이상한 나라'였다. 주민 대부분이 외지인인 '육지 것'들이었다. 제주 안에 있으면서도 제주 토박이인 '제주 사름'이 없는 이곳은 낯설었다.

교육 특구인 영어 교육도시는 해마처럼 생긴 계획도시다. 네 개의 국제학교 맞은편에 조성된 베드타운에는 수십 동의 고급 아파트와 전원주택 단지가 들어서 있다. 미국 드라마에서 막 빠져나온 듯한 주택마다 잔디 정원과 개별 주차장이 딸려 있고 도로에는 다양한 외제 승용차들이 오고 갔다. 상가 단지에는 자녀들이 수업을 받는 동안 할 일 없는 부자 엄마들의 지갑을 털어가려는 의욕으로 충만한 헬스클럽, 필라테스 교실, 요가 교실, 골프 연습장, 피부과, 친환경 슈퍼마켓, 제과점, 초밥집, 브런치 카페가 성황리에 영업 중이었다.

해마의 꼬리가 시작되는 지점에 곶자왈 도립공원이 있었다. 오전 11시, 좌 형사는 도립공원 주차장에 도착해 독일제 승용차 바로 옆에 자신의 낡은 검은색 SUV

차량을 세웠다. 신고가 들어오자마자 집에서 바로 출발하느라 서귀포경찰서에 들를 틈이 없었다. 엔진에서 덜그럭 소리가 나는 차를 주차 선에 비스듬히 걸쳐 세우고 현장으로 향했다.

지역 경찰이 노란 테이프로 경계선을 치기 시작했다. 그 옆에서 좌 형사는 운동화에 부직포 덧신을 씌우고 양손에 라텍스 장갑을 낀 후 가는쇠고사리 숲에 들어가 시체와 마주했다. 같은 팀 후배 양주혁 형사가 좌 형사를 발견하고는 너스레를 떨었다.

"휴가 날 빵이 치기 싫은 건 알겠는데 왜 이렇게 늦게 완? 나 혼자서 목격자 진술까지 다 받안."

청년의 금발 머리에는 큰 주황색 꽃으로 엮은 화관이 씌워져 있었고, 대리석처럼 창백한 나신의 몸에는 가는쇠고사리 잎이 마치 이불처럼 덮여 있었다. 시신 둘레에는 작은 돌멩이를 쌓아 만든 돌담이 타원형을 이루고 있었다. 돌담 위에는 화관과 똑같은 주황색 꽃이 흩뿌려져 있었다.

좌 형사는 스마트폰으로 시신을 여러 장 찍었다. 팔뚝에 있는 백합꽃 문신도 찍었다. 가까이 다가가다 과학수사대 감식 요원과 부딪혔다. 감식 요원이 이맛살을 찌푸렸다.

"어, 미안."

양 형사가 낄낄댔다.

"몸 좋대? 직업이 트레이너라네."

"기이? 몸만 좋으면 다 트레이너냐?"

"텔레비전에만 안 나왔지 이 근방에서 유명하대. 목격자들도 몇 번 트레이닝 받아봤다고 하더라고."

"목격자들?"

"네 명인데. 박희명, 이정원, 서은아 이렇게 세 명은 이 근방 국제학교 학부모들이고, 나머지 한 명은 숲 해설사 강우진. 애들 참여시키기 전에 먼저 답사하러 온 거래. 아유, 말도 마. 진술 도중에 박희명 씨가 기절해서 강우진 씨가 멀리 주차장까지 업어서 데려다줬어. 해설사 선생이 환갑은 되어 보이던데."

가는쇠고사리들이 꺾이고 흐트러진 자국이 노란 테이프 너머까지 이어져 있었다.

"족적은?"

"발견 안 됐는데?"

꺾인 가는쇠고사리들이 좌 형사의 눈에 밟혔다.

검붉은 얼굴 밑에 두 줄의 선명한 액흔이 있었다. 좌 형사는 고개를 들어 위쪽을 살폈다. 목을 맨 줄도, 줄을 맨 나뭇가지도 보이지 않았다.

"타살 같주?"

"타살인지 자살인지는 부검해봐야 알겠지만 적어도 이 청년 옷 가지고 간 사람은 있겠지. 목 조를 때 썼던 도구도. 부검은 의뢰핸?"

"이따가 제대 앰뷸런스가 올 거."

"오케이. 양 형사, 공원은 폐쇄핸?"

"어, 폐쇄핸."

"잘 핸."

"선배. 범인이 피해자 휴대전화도 가져간?"

"폰 안에 범인에게 불리한 증거가 많았겠지."

양 형사가 대꾸했다.

"선배, 아까 목격자가 피해자한테 전화해봤는데 꺼져 있었대. 하긴 마지막 발신 위치 찍어봐야 반경 5킬로미터 내니까 공원 안이잖아? 아, 근데 무섭다, 무서워. 저렇게 돌담까지 쌓으려면 사체 옆에 최소한 한 시간은 머물렀을 텐데. 어우, 상상만 해도 소름 끼치네."

공원 주차장에 제주대학교 병원 앰뷸런스가 도착했다는 연락이 왔다.

앰뷸런스에 바디백이 실려 가는 걸 지켜본 뒤 좌 형사와 양 형사는 CCTV를 확인하러 도립공원 사무실로 향했다. 마침 숲 해설사가 사무실에서 믹스커피를 홀짝이고 있었다.

"퇴근 안 했수꽈?"

양 형사가 먼저 아는 체를 하며 강 씨의 허리를 가볍게 쳤다.

"강우진 씨, 허리 괜찮아요?"

깜짝 놀라 연방 기침을 해대는 강 씨에게 좌 형사가 스마트폰을 들이밀었다.

"이 화관 말이주. 여기에 엮은 꽃 이름이 뭐우꽈? 돌담에도 뿌렸던데."

"콜록콜록. 이건 제주상사환데."

"상사화요?"

"예. 상사화는 아주 보기 드문 꽃이우다. 8월에서 가을로 넘어가는 시기에, 딱 요맘때에만 피지요. 잎은 전혀 없고 줄기만 있어서 귀하고 신기한 꽃이우다."

숲 해설사가 전문 지식을 뽐내며 설명했다.

"시신 주변에 있는 돌멩이는 다 이 공원 내에서 조달이 가능한 거우꽈?"

좌 형사가 연거푸 물었다.

“여기 돌멩이 맞수다.”
강 씨가 사진을 자세히 들여다보면서 대답했다.
“이 꽃들은 어디서 구할 수 있나요?”
“여기에 하영 피어 있수다.”
관리인 부 씨가 믹스커피를 두 형사에게도 권했다. 종이컵을 받아든 좌 형사가 부 씨에게 물었다.
“CCTV는 탐방로 입구에 ‘무인 탐방객 수 정보 수집 카메라’ 딱 한 대만 있는 거 맞수꽈?”
“예. 주차장에도 두 대 있수다. 공원 규모에 비해 적주.”
부 씨는 긴장한 표정으로 말했다.
“몇 년 전 개관한 후 취객이 쉬다가 깜빡 잠이 든다거나 탐방객이 탐방로를 벗어나서 길을 잃은 경우는 있었어도 내가 근무한 이래 이런 일은 처음이우다.”
부 씨는 많이 놀란 모양이었다.
“고정합서. 일단 그림 좀 봅서.”
좌 형사는 부 씨가 권한 커피를 한 번에 입에 털어 넣고, 목구멍에 퍼지는 뜨거운 액체의 기운을 느끼며 의자를 끌어당겨 앉아 CCTV 화면을 바라보았다.
“공원이 보통 오전 9시에 문을 열고, 아까 시체를 발견한 시각이 10시 15분경. 그렇다면 이 청년은 전날에 여기 왔다가 빠져나가지 못한 거지. 어제 그림 보여줍서. 아침부터 폐장 시간까지.”
“예. 여기 봅서.”
관리인이 전날 녹화된 CCTV 영상을 4배속으로 틀었다. 좌 형사는 커피 몇 잔을 연거푸 들이마시며 모니터를 들여다봤다. 두 시간 남짓 눈 빠져라 들여다보고 있던 좌 형사가 소리쳤다.

"저거다!"

어제 오후 4시경, 금발 청년이 곶자왈 탐방로 입구에 나타났다. 긴 생머리의 여성과 함께였다. 여성은 커다란 등산 가방을 메고 있었다. 둘은 사이좋게 대화를 나누며 탐방로 입구에 있는 개찰구를 지나서 곶자왈 쪽으로 사라졌다. 화질이 좋지 않아서 여자 얼굴은 흐릿해 보였다.

"오후 4시, 입장이 가능한 시간이긴 하주."

부 씨가 설명했다.

"폐장 시간이 5시인데 보통 30분 전까지만 탐방객을 받고 그 이후에 온 사람들은 돌려보내주."

"이렇게 늦게 가면 제대로 탐방을 못하지 않수꽈?"

"예. 그래서 5시까진 공원 밖으로 나오라는 안내문이 붙어 있주."

"그럼 어제 이 두 사람이 나오는 건 확인하지 못하고 퇴근하셨수꽈?"

좌 형사의 질문에 부 씨는 뒷머리를 긁적거리며 말했다.

"실은 뒷정리하는 것만도 빠듯해서 마지막 탐방객이 나오는지 확인하지 못하고 퇴근할 때가 종종 있수다. 전에 한 취객이 폐장 시간 직전에 들어갔다가 탐방로를 벗어나는 바람에 곶자왈 안에서 길을 잃은 적이 있었주. 난리도 그런 난리가 없었수다. 다행히 다음 날 아침에 경찰과 해설사 선생들이 발견했수다. 여름이라 저체온증 정도로 끝났지요. 그 사람은 운이 좋았주."

"저 긴 머리 여자는 나중에 나왔수꽈? 확인 좀 해줍서."

"예. 다시 재생하주."

부 씨가 CCTV를 돌렸다. 빠른 속도로 청년과 여자가 탐방로로 사라진 다음에는 계속해서 탐방을 마친 탐방객들이 주차장으로 돌아가기 위해 입구를 향해 걸어왔다. 좌 형사와 부 씨는 어젯밤 11시 촬영 부분까지 CCTV를 돌려보았지만 긴 머리 여자는 나오지 않았다. CCTV는 다음 날로 넘어갔다. 오전 9시 반 넘어서 박희명, 이정원, 서은아가 탐방로 입구에 나란히 나타났다. 10시 즈음엔 숲 해설사 강 씨가 탐방로 입구에 보였다.

사무실에서 나오면서 좌 형사는 전화를 걸었다. 제주대학교 병원 부검의인 법의학자 홍창익 교수였다. 좌 형사는 육지 사람에게는 완벽한 표준어를 썼다.

"홍 교수님. 바쁘신 건 잘 알지만, 대략적인 의견만이라도 좀 주세요."

"좌 형사. 부검이 많이 밀렸어요. 일단 큰 거만 이야기합시다."

"말씀하십시오."

"예상했겠지만 타살이고 교살입니다. 노끈같이 가느다란 도구로 목을 졸랐을 걸로 추정합니다."

"그렇군요. 아 참, 범인으로 특정할 만한 용의자를 찾았습니다."

"벌써요?"

"CCTV로 찾아냈습니다. 긴 머리 여자가 피해자와 함께 공원에 왔다가 사라졌습니다. 들어간 흔적은 있는데 나온 흔적이 없어요. 화질이 흐릿해서 얼굴은 거의 보이지 않습니다. 범인이 여성이라면 피해자를 신체적으로 무력화한 후 범행을 했을 겁니다. 약물 반응이 있는지 살펴봐 주세요. 성교 흔적도요."

"알겠습니다. 약물과 유전자 흔적 등을 살펴보죠."

"네, 그런데 아까 양 형사가 보내드린 현장 사진들은 좀 보셨습니까? 동영상도 보냈을 텐데요."

"봤죠. 그런데 좌 형사님은 혹시 시신의 모습에서 이상한 점을 못 느끼셨습니까?"

"네? 머리에 쓴 화관이라든가 시신 주변에 돌담을 둥글게 쌓은 게 특이하긴 했습니다만."

"그 돌담이 바로 산담입니다, 산담."

"무덤 둘레에 쌓는 돌담 말입니까?"

"네. 맞아요. 서귀포 사람이니 잘 아시겠네. 서귀포 지역에 대대로 내려오는 산담 말입니다. 무덤 주위를 둘러쌓은 돌담을 의미하죠. 보통 남자 무덤에는 산담 왼쪽에 귀신이 지나가는 입구인 시문을 내줍니다. 이 산담 왼쪽에 시문이 있어요. 제주 사람들은 조상님이 시문을 통해 제사 음식을 얻어먹으러 이승에 드나든다고 믿었죠."

"우리 집 조상들 묘소에도 대부분 산담이 있습니다. 그런데 범인이 무슨 생각으로 시신 주위에 산담을 쌓고 시문을 냈을까요?"

"범인은 고인의 영혼이 가끔 이승에 다니러 오길 원했나 봅니다."

"그럼 교수님, 산담 위에 왜 꽃을 뿌리고 시신에 화관을 씌웠을까요?"

좌 형사가 물었다.

"글쎄요. 그건 형사님이 이제부터 밝혀주셔야죠."

홍 교수가 웃었다.

3

김우연. 스물아홉 살. 직업은 영어 교육도시에 있는 탑 헬스클럽 수석 트레이너. 지문 조회로 얻은 피해자 신분이 목격자들의 진술과 일치했다. 차창 너머를 주시하고 있는 좌 형사의 눈앞에는 김우연과 함께 공원으로 들어가던 긴 머리의 여자가 자꾸만 어른거렸다. 녹화 영상에서 긴 머리 여자의 얼굴만 최대한 확대해봤지만, 구형 CCTV라 그런지 알아볼 수 있는 건 오직 눈의 흔적과 얼굴형 그리고 머리카락 길이 정도였다.

점심을 먹으러 나왔지만, 좌 형사는 배고픔조차 느끼지 못했다. 시동을 걸고 차를 출발시켰다. 사거리에서 인근 식당가가 아닌 김우연이 일했던 탑 헬스클럽 쪽으로 핸들을 꺾었다. 탐문수사를 마치기 전에는 밥 생각이 나지 않을 것 같았다.

탑 헬스클럽은 200평 규모에 모던하고 고급스러운 분위기의 피트니스 클럽이었다. 한쪽 벽에는 트레이너들의 보디 프로필이 나란히 붙어 있었다. 대부분이 젊은 남자 트레이너였고 여자 트레이너는 두 명밖에 없었다. 이 도시 주민 다수가 아이 교육 때문에 내려온 엄마들이니 어찌 보면 당연했다. 열 명도 넘는 남자 트레이너 중에서 김우연은 단연 눈에 띄었다. 몸매도 몸매지만 아이돌 가수 같은 외모를 지니고 있었다. 왜 수석 트레이너가 됐는지 짐작이 갔다.

좌 형사는 환한 미소를 짓는 김우연을 물끄러미 바라보았다. 오늘 아침 곶자왈에서 본 김우연과는 달리 활력이 가득했다. 사건은 아직 언론에 공개되지 않았지만 목격자가 클럽 회원이라 소문이 금세 퍼졌는지 탑 헬스클럽은 초상집 분위기였다. 몇몇 회원은 훌쩍이고 있었다. 똑같은 디자인의 운동복을 입은 회원들의 따가운 시선을 느끼며 좌 형사는 카운터에 있는 직원에게 사장을 만날 수 있는지 물었다.

가슴에 '트레이너 진명희' 명찰을 단 여직원은 충혈된 눈으로 고개를 끄덕이더니 내선 전화기를 들어 사장에게 서울 말투로 전화했다.

"사장님, 경찰에서 오셨어요. 네. 네. 아? 네."

진 트레이너가 작은 목소리로 좌 형사에게 말을 전했다.

"사장님 심기가 안 좋으셔서 위층 개인 사무실에 혼자 계세요. 저 복도 끝에 있는 계단으로 올라가시면 됩니다."

좌 형사는 한 층을 걸어 올라가 사장의 사무실을 노크했다.

"들어옵서."

중년의 헬스클럽 사장 강수현은 이미 한바탕 울었는지 젖은 눈으로 형사를 맞이했다. 큰 키에 짧은 숏커트를 한 인상이 좋은 여자였다.

"우리 클럽에서 제일 고객이 많이 따르는 직원이었수다. 탑 중의 탑이었주. 일 잘하고, 성격도 좋았고, 각종 헬스 대회에서 상을 휩쓸었주. 내가 정말 아끼는 애였수다."

"혹시 특정 회원과 갈등이 있거나 하지는 않았수꽈?"

"갈등? 걔는 정말 착한 애였주. 운동에 흥미를 잃은 회원들에게 열정을 불러일으켰수다. 일솜씨는 정말 최고였주."

"목격자 박희명 회원과는 어떤 사이였수꽈? 그리고 이정원, 서은아 회원과는?"

"아, 그 몰려다니는 미녀 삼총사. 모두 미녀 삼총사라고 부르죠. 사진을 보니 이제 기억나네. 특히 이정원 회원님은 이 동네에서 유명 인사주. 남편이 건설 사업을 크게 해서 어마어마한 부자라고 소문 났수다. 이 동네가 워낙 부촌이라 어지간한 부자는 부자 소리 못 듣는데. 이 동네에서도 알아주는 부잣집 사모님이주. 이 삼총사는 이정원 회원이 리더 역할을 하고 박희명 회원과 서은아 회원은 졸졸 따라다니는 뭐 그런 관계? 박희명 회원은 남편이 의사고 서은아 회원은 남편이 변호사. 박희명 회원은 우연이한테 벌써 석 달째 일대일로 PT 수업을 받고 있고, 이정원 회원은 작년에 몇 번 개인 PT 받다가 지금은 관두었고. 서은아 회원은 어디 보자, 이분은 개인 PT는 안 받았지만 단체 PT는 받았수다. 그러니까 세 분 다 우연이한테 배운 적이 있주."

"그럼 이 세 사람 외에 김우연에게 개인 PT나 단체 PT를 받은 회원들 모두 연락처와 주소를 출력해주실 수 있수꽈?"

사장은 얼굴을 찌푸렸다.

"형사님, 그건 곤란하주. 회원 개인 정보인데. 영장 가져옵서."

"어떻게 협조 안 되겠수꽈?"

"여러 말 할 것 없고 저 바빠요. 이만 가줍서."

아, 이렇게 되면 수사가 꼬이는데. 좌 형사가 혀를 찼다. 다시 클럽으로 내려오니 진 트레이너가 안절부절못하는 표정으로 손짓을 했다. 좌 형사가 다가가자 카운터 뒤 스태프실로 데려가서 문을 잠갔다.

"잠깐 드릴 말씀이… 이 방에만 CCTV가 없어요."

"무슨 일이시죠?"

"형사님, VIP PT가 어떤 건지 아세요?"

불안한 표정으로 진명희가 속삭였다.

"단체 PT는 클럽 안에 있는 요가실에서 정해진 시간에 진행하고, 개인 PT는 클럽에 있는 개인 PT실에서 해요. 그중에서 VIP PT는 극소수만 아는 특별 서비스예요. 회원님 집으로 트레이너가 직접 방문하는 서비스죠."

"그렇군요. 그런데 왜…?"

"섹스. 여자 회원과 섹스하는 거예요. 이 동네에 탐정사무소 분점이 있는 거 아세요? 하도 불륜이 많아서 흥신소 탐정들이 바빠요. 국제학교 진학 때문에 아내와 아이만 제주도로 보내놓고 후회하는 부자 남편들 때문이죠. 개인 PT 중에서 VIP PT는 매춘 사업이나 마찬가지예요. 장부도 아예 별도로 관리해요. 현금만 받고요. 사장이 남자 트레이너에게 재력 있는 여자 손님을 소개하고 트레이너는 손님과 사귀고 손님은 일반 PT보다 몇 배 비싼 돈을 사장에게 지불하죠. 사장과 트레이너가 몇 대 몇으로 돈을 나누는지는 아무도 몰라요. 사장님은 우연 오빠가 죽어서 슬퍼하는 게 아니에요. 황금알을 낳는 거위가 갑자기 사라져서 아쉬운 거라니까요."

"사실입니까?"

"네, 그럼요. 대신 절대 비밀을 지켜주셔야 해요. 제가 이런 말을 흘렸다는 걸 알면 무조건 잘려요. 전 우연이 오빠 많이 좋아했어요. 오빠는 여성 회원들과 자고 다녔지만, 심성이 고왔어요. 그래서 몰래 말씀드리는 거예요. 사장은 최근에 오빠한테 화가 많이 나 있었어요. 어제도 두 사람이 크게 다투는 소리를 들었어요. 스태프 사무실에서요."

"어제 몇 시경에 다퉜나요?"

"점심시간 즈음이었어요. 12시쯤?"

"혹시 엿들은 내용은 없나요?"

"둘이 싸우다가 목소리를 낮췄기 때문에 자세한 내용은 못 들었지만, 마지막에 우연이가 크게 소리 질렀던 건 기억나요. '어차피 관둘 거! 신경 끕서!' 이렇게 화내더라고요."

"사장은 우연 씨를 붙잡을 생각이었나요?"

"그럼요. 제일 잘나가는 수석 트레이너인데요."

"우연 씨가 그렇게 말했을 때 사장 반응은 어땠나요?"

진 트레이너가 말했다.

"죽기 전에 그만둘 수 있을 거 같아? 이 병신아. 난 아직도 너한테 받아낼 게 많아. 내가 너한테 투자한 돈이 얼만지 알아? 그렇게 말했어요. 사장이요."

좌 형사가 물었다.

"그럼 진 트레이너가 보기엔 사장이 수상합니까?"

"아니요. 사장은 우연 오빠한테 투자한 게 많아서 못 죽여요. 얼마나 돈을 밝히는데요. 전 미녀 삼총사, 그 불여시들이 수상해요. 분명 그중의 한 명이 우연 오빠를 어떻게 한 게 분명해요. 셋 다 오빠와 엄청 친하게 지내면서 자기들끼리 질투하고 그랬어요."

"질투?"

"오빠가 사장 몰래 그 세 명과 사귀었거든요."

"아."

좌 형사는 그제야 박희명이 왜 기절했는지 이해가 갔다. 삼총사는 모두 김우연과 사귀고 있었다.

4

좌 형사 손에는 진 트레이너가 건네준 명함이 들려 있었다.

황금 부동산

서귀포시 안덕면 동홍리 ○○번지.

대표 안숙자

휴대전화 010-○○○○-○○○○

"실은 저, 우연 오빠가 그만둘 걸 알고 있었어요. 한 달 전에 저한테 이야기하더라고요. 점점 나이도 들어가고 곧 30대인데 트레이너로 잘나가는 건 며칠 안 남았다고. 그리고 여자 손님들 접대하는 게 이젠 지긋지긋하다고 했어요. 그래서 공인중개사 공부를 시작했대요. 황금부동산에 아는 누님이 대표로 있어서 틈틈이 알바하면서 일을 배우고 있다고. 자격증만 따면 헬스클럽을 그만두겠다고 하더라고요. 오빠가 저한테 명함을 주면서 나중에 놀러 오라고 했어요."

진 트레이너는 명함을 주면서 김우연의 고객 리스트를 몰래 출력해줬다. 내비게이션에 주소를 찍으니 영어 교육도시에서 차로 8분 정도 거리에 있었다. 부동산에 들르기로 마음먹었다. 부동산은 멀리 산방산이 보이는 허허벌판에 단 한 개 솟아 있는 작은 상가건물 1층에 자리 잡고 있었다.

"계십니까? 서귀포경찰서에서 나왔수다."

사무실 문을 열고 들어갔다. 열 평 남짓 되는 공간에 벽마다 안덕면을 크게 확대한 지도가 빽빽하게 붙어 있어 답답한 느낌이 들었다. 사무실 가운데에는 이케아 사무용 책상 세 개가 나란히 붙어 있었다. 요란하게 화장을 하고 위아래 맞춤 정장을 잘 차려입은 깡마른 중년 여성이 입구 쪽 소파에 앉아 립스틱을 바르다 말고 벌떡 일어났다.

"어머, 어떻게 오셨어요? 혹시 저희 교차로 광고 보고 오셨어요?"

"아, 서귀포경찰서에서 나왔습니다."

여자의 말투를 듣고 좌 형사는 바로 서울 말씨로 바꿨다.

"아…."

여자는 실망과 경계, 그 어디쯤의 모호한 표정을 지었다. 좌 형사는 명함을 내밀었다.

"몇 가지 여쭤볼 게 있어서 들렀습니다. 형사 좌승주라고 합니다. 혹시 김우연이라는 트레이너를 아시는지…."

여자도 명함을 내밀었다.

"황금부동산 대표 안숙자입니다. 우연이 잘 알죠. 그런데 무슨 일 때문에 오셨죠?"

"실은 김우연 씨가 오늘 곶자왈 도립공원에서 시체로 발견되었습니다. 우리는 이 사건을 타살로 보고 있어서 주변 지인들을 탐문하고 있습니다."

안숙자는 무너지듯 소파에 주저앉았다. 눈에 눈물이 글썽했다.

"그럴 리가 없어요. 이번 주에 헬스클럽에 사표를 내고 우리 부동산으로 출근하기로 했거든요. 정말 죽었나요?"

"안타깝지만 사실입니다. 정말 이번 주에 그만둔다고 했나요?"

"네. 어제 잔뜩 흥분한 목소리로 저에게 전화했어요. 생각보다 빨리 그만둬야 할지도 모르겠다면서, 혹시 이번 주부터 출근해도 괜찮겠냐고 물어봤어요."

"혹시 그때가 몇 시였는지 기억나시나요?"

"2시?"

"잘 알겠습니다. 혹시 김우연 씨를 해칠 만한 주변 사람이 있을까요? 원한을 갖는다거나 돈 문제로 갈등이 있다거나…."

"글쎄요. 우연이가 외모는 연예인처럼 생겼어도, 속내는 무수리 같은 아이였죠. 고생을 정말 많이 해서 속이 깊은 아이였어요. 인간관계가 두루두루 원만했어요. 아 참, 걔가 고아라는 거 아세요?"

"김우연 씨와 잘 아는 사이인가요?"

"그럼요, 전 탑 헬스클럽 회원이에요. 지금도 다니는데요."

안숙자가 말을 이어가고 있을 때 부동산 문을 열고 젊고 날씬한 남자가 들어왔다. 검은 피부에 명품 브랜드의 정장을 입은 남자는 어두운 표정으로 안숙자와 좌 형사에게 목례를 하고 자기 책상으로 가서 일을 하기 시작했다.

"우연이는 저를 많이 믿었죠. 제 조언대로 공인중개사 시험 준비를 시작했고요. 초등학교 때 부모님이 차례차례 돌아가셔서 터울이 많이 나는 형과 단둘이서 외롭게 살았어요. 다행히 형이 성년자여서 고아원에 들어갈 필요는 없었지만…. 돌봐줄 친척이 없어서 굶주리고 헐벗은 어린 시절을 보냈죠. 형이 좀도둑질을 했는데, 우연이가 망을 보다가 경찰에게 잡혀서… 제주도에도 소년원 있는 거 아시죠? 거기를 한 1년 갔다 왔어요. 학력은 없지, 돈도 없지, 가진 건 반반한 외모뿐이라 헬스클럽에서 청소 알바로 시작해서 트레이너로 성공했지요. 그렇지만 사장 그 여자가 아주 돈에 눈이 먼 악덕 고용주라 우연이가 버티고 버티다 한계가 온 것 같았어요."

"악덕 고용주라면?"

"처음엔 잘해줬죠. 원룸을 얻어주고 트레이너로 성공하게 체계적으로 교육하고 성형수술까지 시켜줬죠. 육지에 가서 이마와 눈 트임 수술을 하고 왔다고 하더라고요. 그 뒤 헬스클럽이 잘되자 우연이에게 웃음을 팔고 몸을 팔게 했어요. 우연이는 더는 그렇게 살고 싶지 않다고 했어요. 어제 우연이가 그만두겠다고 하자, 사장이 길길이 날뛰었다고 저한테 이야기하더라고요."

"감사합니다. 참고하겠습니다. 이만 가보겠습니다."

"저기 형사님, 헬스클럽 그 여사장, 아주 독한 여자예요. 전 그 여자가 수상해요. 조사해보세요. 형사님이 꼭 우리 우연이 죽인 범인을 잡아주세요."

안숙자는 분노한 표정으로 손을 파르르 떨었다. 눈에서 눈물이 펑펑 솟았다.

"우연이, 참 불쌍한 아이인데, 인생 마지막 날까지 불쌍하네요. 가족이 없는 아이라서 제가 누나 노릇 좀 해주려고 했는데…. 어흑흑."

안숙자가 흐느껴 울기 시작했다. 좌 형사는 소파 테이블에 있는 크리넥스 곽을 안숙자에게 슬쩍 밀었다. 안숙자가 휴지로 눈물 콧물 닦아가며 울자 남자 직원이 물을 한 잔 따라서 갖다 주었다.

"고마워요, 성원 씨. 역시 자기는 배려심이 좋아. 아, 형사님, 이쪽은 저희 부동산 직원 김성원 씨라고 해요."

"대표님, 마음을 추스르시죠. 형사님은 제가 배웅하겠습니다."

"흑흑. 그래요, 성원 씨."

안숙자는 양손에 얼굴을 파묻고 본격적으로 울기 시작했다. 김성원이 좌 형사에게 말했다.
“가시죠. 대표님이 지금 너무 힘들어하셔서….”
좌 형사는 김성원을 따라 부동산 밖으로 나왔다. 주차장까지 따라와 명함을 건네는 그를 보고 좌 형사가 넌지시 물었다.
“뭔가 할 말이 있으시죠?”
잠시 머뭇거리던 김성원이 입을 열었다.
“형사님, 저희 대표님 너무 믿으시면 안 됩니다.”
“네?”
“우연 씨와 절친한 누나라거나, 이번 주부터 우리 부동산에 출근하기로 했다는 이야기는 다 거짓말입니다.”
김성원은 차분한 눈빛으로 좌 형사를 응시했다. 그는 말을 이어나갔다.
“어제 우연 씨가 우리 사무실로 전화한 건 맞습니다. 하지만 둘이 전화로 사무실이 떠나갈 듯이 크게 싸웠습니다.”
“네? 그렇다면….”
“우연 씨는 이번 주부터 출근한다고 이야기하지 않았어요. 하도 큰 소리를 질러서 제 자리까지 통화 내용이 다 들렸습니다. 더는 누나를 믿을 수 없고 우리 관계는 여기서 끝이야, 라고 우연이가 말했죠.”
“안 대표는 어떻게 반응했습니까?”
김성원은 입가에 비틀린 미소를 지었다.
“내가 너한테 쓴 돈이 얼만데 이제 와 배반이야? 역시 근본 없는 새끼를 거두는 게 아니었어. 너 따위 쥐도 새도 모르게 없애는 거 아무것도 아니야, 하면서 으름장을 놨어요."

"사적인 친분 말고도 두 사람 사이에 얽혀 있는 게 또 있었나요?"

"네, 그럼요."

김성원은 미간을 찌푸렸다.

"뭐겠습니까? 돈이죠. 안숙자 대표의 본명은 안수진입니다. 형사님이 조사해보세요. 육지에서 이미 오래전부터 기획부동산으로 여러 건 해먹은 여자입니다. 네. 교도소도 몇 번 다녀왔죠. 이름도 그래서 개명한 겁니다."

"기획부동산이요?"

"네. 떴다방이라고도 하죠. 실은 안 대표는 우연이를 기획부동산 작전 팀에 고정 멤버로 넣고 싶어 했습니다. 그동안 우연이가 우리 사무실에서 했던 알바도 사기였죠. 육지에서 땅을 보러 온 돈 많은 여성 고객을 홀려서 터무니없는 투자 계약서에 사인하게 만드는 거죠. 보스 양복 한 벌 입히고 적당히 언변을 훈련시키면 쓸모 있는 인재가 될 거라 봤어요. 벌써 안 대표와 우연이는 몇 건의 사기 건을 함께했어요. 저는 주로 두 사람을 보조하는 역할이죠."

좌 형사는 벌린 입을 다물지 못했다.

"김성원 씨. 당신이 경찰인 나한테 이런 이야기를 하는 이유를 도통 모르겠군요. 설사 당신 말이 전부 사실이라 하더라도 저는 이 부동산이 아니라 김우연 살인사건을 수사하고 있을 뿐입니다."

김성원은 슬쩍 웃었다.

"아, 제가 미리 말씀을 드렸어야 했는데, 실례를 했군요. 실은 저도 형사님과 동종 업계에 있습니다. 본명은 김재원입니다. 예전에 안 대표에게 큰돈을 사기당한 의뢰인의 요청으로 이 부동산에 잠입 수사 중인 탐정입니다. 아, 혹시 오해하실까 봐 미리 말씀드리자면 저는 김우연 씨가 죽어서 망했습니다. 잠입 수사에 슬슬 질려가고 있던 참에 이 친구가 큰 건을 해주면 제 일이 더 빨리 끝났을 텐데 말입니다."

좌 형사는 놀란 표정을 애써 수습하며 물었다.

"탐정이었군요. 그럼 아까 사무실에 들어왔을 때 김우연이 죽었다는 걸 알고 있었나요?"

"그랬죠. 오늘 아침 경찰 친구에게 들었습니다. 제가 똥 씹은 표정으로 사무실에 들어오는 걸 아까 보셨을 텐데요."

"그렇다고 하더라도 이렇게 세세하게 저한테 알려줄 의무는 없잖습니까."

"맞습니다. 다만 저는 마음에 걸렸을 뿐입니다."

"뭐가요?"

"저 여자가 흘리는 악어의 눈물이요."

김성원, 아니 김재원은 비틀린 미소를 지었다.

"저 여자 입장에선 우연 씨가 죽으면 앞으로 계획했던 사기극에 차질이 생기니까 아쉽긴 했겠죠. 자신을 위해 흘리는 저 눈물이 가증스러워서 견딜 수가 없었습니다. 사람들이 힘들게 번 돈을 수십억씩 등쳐먹은 여자니까요. 저는 탐정 김재원이 아니라 인간 김재원으로서 수사에 협조해드린 겁니다. 그리고 하나 더 말씀드릴 게 있습니다. 며칠 전에 우연 씨와 제주시에서 단둘이 술을 마신 적이 있어요. 친하게 지내야 수사에 유리하니까요. 그때 우연 씨에게 여자가 있다는 걸 알았습니다."

"제가 조사한 바로는 김우연은 여자가 많았습니다. 헬스클럽에서 제일 인기 있는 트레이너였고."

"아, 자신이 몸 파는 여자 말고요. 정말 사랑하는 여자 친구가 있다고 했어요."

김재원이 낮은 목소리로 말했다.

"실은 그날 우리가 갔던 술집에서 우연히 그 여자 친구를 만났습니다. 여자 친구가 술집에서 아르바이트를 하고 있더라고요. 대단한 미인이었어요. 긴 생머리에 여성스러운 스타일이었죠. 우연 씨는 여자 친구가 술집 알바를 한다는 사실에 크게 실망한 듯했어요. 둘이 술집 밖에 나가서 크게 싸우더군요."

"혹시 이 여자와 닮았습니까?"

좌 형사가 용의자 사진을 보여주었다.

"글쎄요, 이 사진은 너무 흐려서 누군지 전혀 모르겠는데요. 그 여자는 눈에 확 띄는 미녀이었어요. 아무튼 여자 친구는 화내며 가버렸고 우연 씨와 저는 양주를 몇 잔 더 했죠. 우연 씨가 잔뜩 취해서는 저에게 그 여자와 미래를 꿈꾸고 있다고 하더군요."

뒤이은 말은 무척 쓸쓸하게 들렸다.

"저는 그 청년을 감시해야 하는 입장이지만, 속으로는 응원했습니다. 진심이라는 느낌이 들었거든요."

"그 여자가 누군지 단서가 될 만한 이야기는 안 했나요?"

"비밀연애인지, 말을 아끼던데요."

김재원은 갑자기 마른 팔을 휘휘 내저으며 좌 형사를 차에 태웠다.

"너무 오래 자리를 비우면 안 대표가 저를 의심할 겁니다. 평범해 보여도 교활한 뱀처럼 영리한 여잡니다. 더 물어볼 게 생기면 따로 전화를 주세요."

5

좌 형사는 서귀포경찰서 참고인 조사실에서 목격자들을 다시 만났다.

숲 해설사 강 씨는 며칠 전 공원에서 보았던 그 등산복 차림이었지만 오늘은 옆에 나란히 앉아 있는 세 여자 때문에 노숙자만큼 추레하게 느껴졌다. 큰 키에 긴 생머리를 한 박희명은 모델 같은 차림새였다. 작고 아담한 몸매의 서은아는 귀엽고 깜찍한 옷차림에 제 나이로 보이지 않았다. 한껏 꾸민 두 여자 때문인지도 몰랐다. 단정한 차림의 이정원은 오히려 우아하고 세련돼 보였다.

양 형사가 좌 형사를 팔꿈치로 쳤다.

"선배, 저기 이정원 씨 가방 차 한 대 값인데. 흐미, 엄청 잘사나 보다."

"뭔 가방이길래?"

"몰라요? 에르메스 버킨 백이잖아"

"됐고. 참고인실로 한 명씩 불러오기나 해. 셋 다 김우연과 사귀고 있었으니 예비 용의자로 보고 심문해야겠어."

좌 형사는 제일 먼저 박희명을 만났다.

"박희명 씨, 김우연 씨 시신을 제일 먼저 알아보고 울음을 터트렸다고 들었습니다만. 김우연과는 어떤 사이였나요?"

"네? 어떤 사이라뇨?"

박희명의 얼굴이 붉어지면서 날카롭게 반문했다.

"아, 트레이너 대 고객으로 잘 지냈냐는 뜻입니다. 오해 마세요."

"당연히 사이는 나쁘지 않았어요. 우연 씨는 정말 실력 있는 트레이너였으니까요."

"개인 PT는 주로 어디서 받았습니까?"

"헬스클럽으로 제가 직접 가서 수업을 받았어요. 혹시 우리 클럽에 도는 이상한 소문 때문에 그러세요? 그거 다 낭설이에요, 낭설."

"이상한 소문이라면?"

"트레이너가 일부 회원에게 더 비싼 돈을 받고 특별과외를 한다는 소문이 돌았지만, 우연 씨가 저한테 절대 아니라고 맹세까지 했어요."

박희명이 미소를 지으며 말했다.

다음은 서은아였다.

"그럼, 서은아 씨는 오늘 아침에 박희명, 이정원 씨와 같이 곶자왈 탐방에 나섰다가 김우연의 시체를 발견했지요. 오늘 탐방 프로그램에 가기로 한 계획은 즉흥적으로 나온 겁니까?"

"아뇨, 일주일 전에 잡은 약속이었어요. 제주로 내려온 지 2년이 되어가는데 아직 한 번도 곶자왈 탐방 프로그램에 가보지 못했거든요. 그래서 애들 참여시키기 전에 우리끼리 먼저 다녀오자고 언니들에게 졸랐죠. 탐방 시작 시간이 아침 10시니까… 애들 학교 보내놓고 가기엔 딱 좋은 시간이었어요."

셋 중에 막내인 서은아가 밝은 어조로 대답했다.

"김우연한테 PT 받고 있다고 들었는데 그는 어떤 스타일의 강사였죠?"

"자상하고 착했어요. 쉽게 잘 가르쳐주고요."

"김우연을 많이 좋아했습니까?"

"네? 그게 무슨 의미죠? 물론 학생으로서 좋아했죠."

서은아는 인상을 찌푸렸다.

"아, 불쾌하셨다면 죄송합니다."

마지막으로 이정원을 만났다.

"작년에 김우연에게 개인 PT를 받다가 불과 4회 만에 취소하고 잔액을 환불받았다고 들었습니다. 혹시 두 사람 사이에 불쾌한 일이 있었습니까?"

이정원이 손을 긁으며 밝은 웃음을 터뜨렸다.

"아, 전혀 아니에요. 우연 씨가 워낙 착한 사람이라 저는 굳이 PT 받지 않아도 된다며 환불받으라고 했어요. 군살이 거의 없고 근육도 적당하니 기구 사용하고 유산소 운동만 해도 충분하다고 하더군요. 자기는 양심적인 트레이너라면서요. 사장한텐 개인 사정으로 말해달라고 부탁하기에 아토피가 도져서 더 이상 PT 못 받겠다고 말하고 잔액을 전부 환불받았어요."

좌 형사는 세 사람의 알리바이를 확인했다. 박희명, 서은아, 이정원은 사건 전날 오후 아이들 하교 뒤에 서은아의 단독주택에 모여 바비큐 파티를 했다. 세 명 모두 외동아들을 둔 엄마였다. B국제학교 초등부 2학년인 세 아이들은 자기들끼리 알아서 놀게 하고, 세 엄마는 삼겹살에 맥주와 와인을 먹으면서 간만에 스트레스를 풀었다고 했다. 밤 11시까지 놀다가 다 같이 서은아 집에서 잤으며, 다음 날 아이들 모두 학교에 지각했다고 했다. 남편 없이 제주에 온 세 사람은 번갈아 가면서 이런 파티를 가끔 연다고 했다.

세 여자가 경찰서 밖으로 나가는 뒷모습을 바라보면서 양 형사는 감탄했다.

"누가 애 엄마들이라고 생각하겠수꽈? 셋 다 아가씨 같수다."

"에이 참, 성 감수성이 없네. 페미니스트들에게 혼나. 외모 품평은 그만."

"알아수다. 그건 그렇고 선배, 용의자는 좁혀졌수꽈?"

"아까 말했던 CCTV 속 의문의 여자가 범인인 건 확실한데…. 삼총사가 새롭게 용의자 선상에 떠올랐지. 그런데 단순히 질투심만으로 살인이 가능할까? 헬스클럽 사장과 부동산 사장도 수상해. 둘 다 동기가 있다고 볼 수 있지. 한 명은 제일 일 잘하는 직원이 나가게 생겼고 다른 한 명은 신입사원을 잃게 생겼고. 근데 둘 다 머리가 짧아. 가발을 쓴 걸까? 그리고 CCTV에서 여자가 메고 있던 큰 가방은 어디로 갔을까?"

참고인실에 강 씨가 들어오자 그는 말했다.

"많이 기다리시게 해서 죄송합니다. 지금부터 딱 한 가지 질문만 드리주. 이것만 대답해줍서. 그리고 제가 뭐 하나만 부탁해도 되겠수꽈?"

6

다음 날 아침, 좌 형사는 숲 해설사 강 씨와 함께 곶자왈 탐방로를 걷고 있었다. 아직 늦여름이라 걸음걸음마다 습기가 느껴졌다.

"형사님 부탁에 깜짝 놀랐수다."

강 씨가 말했다.

"시체가 발견되었던 시간대에 똑같은 길을 걷고 싶었주. 기왕이면 해설사 선생님과 같이 걷고 싶었수다."

강 씨와 좌 형사는 말없이 시체가 발견된 장소까지 걸었다.

"바로 여기, 여기서 새가 울어서 멈췄주."

강 씨가 한 종가시나무를 가리키며 우뚝 섰다.

"신고하러 갔을 때 세 여자는 뭘 했나요?"

"사무실에 휴대전화를 놓고 와서…. 내가 전화하러 간 사이에 그분들이 시신을 지켜줬수다. 다른 탐방객이 혹시 올지 몰라서."

좌 형사는 나무 주변을 돌아보았다. 김우연의 시신이 있던 곳 주변에는 노란색 경계 테이프가 아직도 붙어 있었다. 범인이 만들어놓은 산담은 경찰 인력들이 왔다 갔다 하면서 거의 흩어져버렸다. 화관만 증거로 수거해가고 산담 위에 흩뿌려졌던 상사화는 거의 다 뭉개지거나 시들어버렸다.

좌 형사는 물끄러미 현장을 내려다보았다. 현장이 가는쇠고사리 숲이었기 때문에 시신이 있던 자리를 표시하지 못했다. 노란 테이프만 빼면 평범한 숲이었다.

좌 형사는 잠시 현장에 서 있었다. 축축한 땅에 홀로 누워 죽어가던 피해자를 생각했다. 피해자 옆에서 차근차근 돌담을 쌓고 있던 범인을 생각했다. 야생화를 따서 화관을 만들며 범인은 기뻐했을까 슬퍼했을까.

내가 범인이라면…. 큰 등산 가방 안에 살인 도구를 넣고 공원에 들어왔고 범행을 저지른 후에 그 도구를 가지고 나가지 못했다면 어떻게 했을까. 공원이 폐장하고 나면 이 수만 평의 숲은 사실상 밀실이 된다. 제주도 내 모든 곶자왈에는 가로등이 없다. 숲속 생태계를 보호하기 위해서다. 해가 지면 오직 암흑이다. 한밤중에 이 수만 평의 거대한 숲을 작은 손전등 하나에 의존해서 빠져나가는 건 거의 불가능하다. 분명 긴 머리 여자는 이곳에서 밤을 지새웠다. 돌담을 쌓고 꽃을 뿌리고 시체 옆에서 잠을 잤다.

어떤 생각이 그의 머릿속을 스쳐 지나갔다. 처음부터 잘못된 가설에 빠져 있었던 건 아닐까. 첫 단추부터 잘못 끼운 게 아니었을까.

그때 좌 형사의 휴대전화가 울렸다. 눈을 뜨고 통화 버튼을 눌렀다. 부검의 홍 교수였다.

"홍 교수님?"

"형사님. 아직 부검이 다 끝난 건 아니지만 꼭 알려드려야 할 게 있어서요."

"네, 말씀하십시오."

"타살이 확실합니다. 액살입니다. 노끈 같은 가느다란 도구를 이용해 목 졸라 죽였습니다. 사망 추정 시각은 저녁 7시에서 9시 사이. 혈액 약물 반응 검사에서 수면제 졸피뎀 성분이 검출되었습니다. 마지막으로 먹은 음식은 샌드위치와 오렌지 주스. 주스에서 졸피뎀이 나왔어요. 샌드위치는 깨끗했고요."

"범인은 피해자가 그 주스를 마시고 잠들자 범행을 했겠군요."

"그렇게 추정합니다. 그리고…."

홍 교수의 목소리에 망설임이 느껴졌다.

"성기에서 콘돔 윤활유가 나왔고 사정을 한 흔적이 있습니다. 하지만 사정은 액살된 사체에서도 흔히 나타나는 현상이죠. 사체 피부에서 모근이 살아 있는 체모가 발견됐습니다. 체모는 DNA 감정 보냈습니다."

"알겠습니다. 고맙습니다."

"단서는 좀 나왔나요?"

"아직 용의자를 특정하지는 못했는데 오늘 현장에 와서 새로운 가설을 세워봤습니다."

"그거 참 반가운 소식이군요. 그 단서가 뭔지 물어봐도 되나요?"
"저는 지금까지 이 살인의 동기가 사랑이라고 생각했습니다만…."
좌 형사는 천천히 말했다.
"어쩌면 범인은 그보다 훨씬 더 단순한 이유로 범행을 했는지도 모릅니다."

강 씨는 일정이 있다며 서둘러 집으로 돌아갔다. 좌 형사는 전화를 끊고 한참 더 현장에 머물렀다. 그 뒤 자리에서 일어나 현장 주변을 샅샅이 뒤지기 시작했다. 새로운 가설이 틀리지 않기를 빌면서 주변을 검색하는 그의 손에 툭 하고 걸리는 것이 있었다. 끈이었다. 독초로 알려진 박새 군락지 위에 검은 끈 하나가 튀어나와 있었다. 그는 서둘러 라텍스 장갑을 양손에 끼고 끈을 살살 잡아당겼다. 검은 등산 가방이었다. 초동수사 때 찾아내지 못했던 가방이 독초 사이에 숨겨져 있었다. 좌 형사는 급하게 가방 지퍼를 열었다.
안은 텅 비어 있었다.

7

등산 가방에서 지문이나 DNA는 발견되지 않았다.
좌 형사는 시동을 걸지 않은 채 잠시 차에 앉아 생각했다. 사건을 조사하면 조사할수록 의문이 꼬리에 꼬리를 물고 이어졌다. 자기 꼬리를 입에 문 모습으로 우주를 휘감고 있다는 뱀 우로보로스처럼. 그는 사건 파일을 열어 용의자의 사진을 쳐다보았다. 프린터 잉크가 번져서 여자의 흐릿한 얼굴이 더 흐릿해졌다.

'이 숲을 도대체 어떻게 빠져나갔지?'

그는 여자 얼굴을 한참 응시하다가 출발했다.

좌 형사는 자신의 새로운 가설을 뒷받침할 조사 작업에 매달렸다. 헬스클럽 사장과 부동산 대표의 전날 행적을 파고들었다. 휴대전화 통화 내역, 카드 내역, 차량 내비게이션과 블랙박스를 확인했다. 공교롭게도 둘 다 알리바이가 확실했다. 헬스클럽 사장은 지인 딸의 결혼식 피로연에 갔고, 부동산 대표는 육지에서 놀러 온 아들과 저녁을 먹었다. 후배 양 형사에게 지시해 김우연에게 PT를 받았던 수십 명의 클럽 회원들에게 일일이 연락을 돌려서 김우연과의 관계와 알리바이를 확인했다. 대부분 큰 갈등은 없었다고 했고, 알리바이가 있거나 혹은 없었다.

며칠이 흘렀다. 제주 언론에서는 '꽃산담 살인'이라는 타이틀을 붙여 김우연 살인사건을 떠들썩하게 다뤘다. 서장이 좌 형사를 불러 용의자를 찾았는지 압박하자 그는 고개를 좌우로 저었다. 아직 시간이 더 필요했다. 최종 부검 결과가 나온 날 오전에 좌 형사는 수색영장을 신청했다. 후배 양 형사에게 영장을 건네면서 몇 가지 업무 지시를 했다. 그가 세운 새로운 가설이 맞는다면 어쩌면 범인의 꼬리를 잡을 수 있을지도 몰랐다. 그다음엔 황금부동산의 김재원에게 전화해 몇 가지 부탁을 했다.

"부탁하시니 들어드리겠지만 이게 과연 사건 해결에 도움이 될지?"

"도움이 될 겁니다. 이메일로 바로 부탁드립니다."

김재원이 의아해하며 알겠다고 했다.

양 형사가 서에서 나간 지 두 시간 만에 전화했다.

"선배. 선배 말이 맞안. 영장이 빨리 나와서 다행이었수다. 그 집에서 긴 생머리 가발이 나왔수다."

"결국 찾아냈구나."

"수면제도 찾았수다. 살인 도구로 보이는 긴 노끈도 확보했주."

"잘핸. 이제 체포해와."

"네."

박희명이 울면서 참고인실 의자에 앉아 있었다. 긴 머리는 마구 엉클어져 있었고 초췌한 얼굴은 하도 울어서 퉁퉁 부었다. 마스카라가 번져 검은 눈물이 흘러내리고 있었다.

"형사님. 저는 정말 아무것도 몰랐어요. 집에 그런 걸 둔 기억이 없어요. 억울해요."

좌 형사는 친절한 어조로 물었다.

"박희명 씨. 진정하세요. 한 가지 확인할 게 있어서 모셔왔습니다. 솔직하게 답해주세요. 세 사람이 자주 한다는 바비큐 파티 말이죠. 사실 바비큐는 핑계였죠? 아까 집을 수색했을 때 봤는데 그릴은 거의 새것 같았습니다. 거의 사용한 흔적이 없더군요. 그을음도 재도 전혀 없고. 아마 서은아 씨 그릴이나 이정원 씨 그릴도 비슷할 것 같군요.."

"…네."

"바비큐 파티는 세 사람이 국제학교 학부모들에게 꾸며낸 알리바이였죠?"

"네. 일주일에 두세 번 정도. 일종의 휴가 같은 거였어요. 우린 모두 남편이 부재 중이었고 오랜 독박 육아에 지쳐 있었어요. 기분 전환이 필요했어요. 당번이 된 사람 집에 애들 셋을 다 맡기고 나머지 두 명은 맘 편히 놀러 다녔죠. 당번이 애들 과제를 봐주고 저녁을 먹이고 재워주고, 다음 날 등교까지 시켜줬어요. 육지에서 남편과 살 땐 꿈도 못 꾸던 자유죠."

박희명은 울먹거리며 대답했다.

"세 사람이 김우연과 동시에 사귄 것도 사실입니까?"

박희명은 흠칫 놀란 듯했다.

"어, 어떻게 아셨어요?"

"지인이 증언했습니다. 세 여자가 한 남자를 공유한 거로군요. 맞습니까?"

"이상하게 보실 수도 있지만…."

박희명이 말했다.

"나쁘지 않았어요. 우리 셋 다 우연 씨를 좋아했고, 우연 씨는 썩 괜찮은 남자 친구였거든요. 살인과 관계없으니 비밀은 지켜주실 거죠?"

"저는 오직 범인을 잡는 데에만 관심이 있습니다. 그럼 김우연이 죽기 전날 밤에는 서은아 씨가 바비큐 당번이었던 거군요."

"네. 정원 언니는 그날 다른 볼일이 있다고 해서 저 혼자 시내로 놀러 나갔어요. 칠성통에서 옷을 몇 벌 사고 심야 영화 한 편을 보고 새벽 1시가 넘어서 귀가했죠. 정말이에요. 저는 죽이지 않았어요."

"알겠습니다. 카드 내역과 차량 내비게이션은 이미 확인했습니다. 이제 집에 가 보셔도 좋습니다."

박희명이 고개를 들었다. 눈이 휘둥그레졌다.

"네? 절 체포하신 게 아니었어요?"

"네. 가셔도 좋습니다. 박희명 씨는 참고인으로 오신 겁니다. 체포된 사람은 지금 옆방에 있죠. 기자들이 와 있을지 모르니까 뒷문으로 나가시죠."

좌 형사는 최대한 다정하게 대답했다. 박희명은 핸드백에서 차 키를 황급히 꺼내더니 서둘러 경찰서 밖으로 사라졌다. 그는 박희명이 나가는 모습을 물끄러미 바라보다가 잠시 심호흡을 하고 옆방의 문을 열었다.

8

좌 형사는 조사실 테이블에 손톱이 잘 정돈된 양손을 올려놓고 있는 피의자를 보았다. 그는 자리를 지키고 있던 양 형사에게 방에서 잠깐 나가라고 고갯짓을 했다. 그는 이 창백한 인형과 둘만 있고 싶었다. 우아한 목과 고운 손에 장신구를 두르고 패션 잡지에서 막 빠져나온 듯한 의상을 입은 조용한 인형. 여자의 창백한 눈꺼풀, 움푹 팬 광대뼈, 그리고 가느다란 목에 또렷하게 보이는 푸른 혈관을 가만히 응시했다. 그는 이 무표정한 얼굴에서 무언가를 읽어보고 싶었지만, 여자는 마치 닫힌 책 같았다. 이제 이 책을 읽어내야만 했다.

"이제 진술할 준비가 되셨습니까?"

좌 형사가 말을 꺼냈다.

"어떻게 눈치채셨어요?"

입가에 비웃음을 띤 채 이정원이 물었다.

"생각할수록 이상했죠. 개인 PT를 네 번 만에 그만뒀다는 건…. 혹시 그 돈을 치를 형편이 안 되었던 건 아니었나 하고 상상해봤습니다. 50분 PT 한 번에 무려 20만 원이더군요. 후배에게 바로 재산을 조사해보라고 했죠."

"감이 좋으시네, 감이."

"재산 내역을 다 조사해봤습니다. 실례지만 이 동네에서는 평범한 축에 속하는 자산 규모더군요. 남편이 운영한다는 큰 건설회사는 알고 보니 작은 인테리어 회사였고. 어디서부터 거짓말이 시작된 겁니까?"

"사람들이 참 희한해요."

이정원이 미소를 지었다.

"사실 처음엔 거짓말을 하지 않았어요. 가만히 있었을 뿐인데 자기들이 먼저 나서서 저를 건설회사 사모님으로 몰아가더군요. 저는 단지 남편이 건설업에 종사한다고 한마디 했을 뿐이에요. 물론 조금은 노력이 필요했어요. 아주 살짝 연출을 했죠. 무리해서 큰 단독주택을 빌리고 외제차를 리스하고 중고 명품업자에게서 유명 브랜드 옷과 명품 백을 대여했어요. 이곳에서는 평범한 중산층 아이가 왕따를 당한다는 소문을 하도 듣고 와서 말이죠."

"잘 먹혔군요."

"잘 통했죠."

"그러다가 거짓말이 점점 늘어나게 된 겁니까?"

"네. 거짓말은 하면 할수록 늘더군요."

좌 형사는 이정원을 응시했다.

"지난주 제주시 술집에서 김우연을 만났죠? 가발을 쓰고 알바 하던 날."

그녀의 눈이 커졌다.

"이미 다 조사했습니다. 지난주에 김우연과 함께 술 마셨던 부동산 직원의 차량에서 동영상이 나왔습니다. 블랙박스에 김우연과 당신이 싸우는 모습이 고스란히 찍혀 있더군요. 당신은 긴 머리 가발을 쓰고 있었고요. 친구들에게 가끔씩 애를 맡겨놓고 제주시 술집에서 아르바이트 했죠? 긴 머리 가발도 그래서 필요했고. 아는 사람을 만날까 봐 극도로 조심했겠죠. 그렇게 조심했어도 결국 김우연에게 들켰던 거고. 부동산 직원에게 당신 사진을 보내줬더니 김우연의 여자 친구가 맞다고 진술했습니다."

이정원은 한숨을 쉬었다.

"열다섯 살이나 어린 남자와 사귀려니 돈이 많이 들어갔어요. 남편이 보내주는 생활비만으론 턱없이 부족했죠. 제 형편은 희명이나 은아하고는 달랐으니까요. 품위 유지비가 필요했어요. 술집 아르바이트는 어렸을 때 해본 적이 있어서 손쉬운 선택이었죠. 가발을 쓰자 20대로 돌아간 것 같아서 알바를 즐기게 되던데요."

"그날 김우연이 모든 거짓말을 눈치챘겠군요. 당신이 그동안 사람들에게 거짓말한 걸 폭로하겠다고 협박했나요?"

이정원의 얼굴에 조소가 스쳐 지나갔다.

"아니요."

"그럼?"

이정원은 깊은 한숨을 쉬었다. 미간에 주름이 잡혔다.

"정반대예요. 차라리 잘됐다, 사랑한다면서 같이 도망가자고 했죠. 멀리."

"헤어지면 그만이지, 왜 죽였죠?"

"문제가 그렇게 간단한 게 아니에요! 아이, 참."

이정원은 답답하다는 듯이 그에게 소리쳤다.

"거짓말은 또 다른 거짓말로 지탱되죠. 전 이미 거짓말에 익숙해져 있었어요. 지난 2년 동안 잘나가는 건설회사 사모님으로 지내왔는데 이제 와 그걸 다 내려놓을 순 없어요. 우연이가, 이렇게 거짓의 세계에서 사느니 같이 도망가서 결혼하자고 했어요. 자긴 이제 트레이너도 부동산 사기도 다 싫다고. 함께 먼 곳으로 떠나서 정직한 일을 하며 살자고 하더군요. 터무니없었죠. 전 외동아들 범식이를 미국 아이비리그에 보낼 각오를 하고 내 인생의 12년을 바치려 이 섬 촌구석에 기어들어왔어요. 제 아들만큼은 저처럼 평범한 인생을 살게 하고 싶지 않았어요. 그런데 제가 새파랗게 어린 남자랑 사랑의 도피를 해봐요. 제 아들이 어떤 꼴이 되겠어요. 그리고 내 인생은? 지금까지 이 동네에서 제가 쌓아올린 평판은? 모든 걸 잃을 판이었어요. 40대 중반을 바라보는 여자가 새 출발은 무슨 새 출발이에요? 얼굴만 반반할 뿐 돈 한 푼 없는 어린 남자랑 뭘 해서 먹고사냐고요."

"그래서 죽인 겁니까? 정말 어이가 없을 정도로 간단하네요."

이정원은 고개를 가로저었다.

"그렇게 간단하지가 않아요. 형사님이 모르셔서 그래요. 이 교육도시는 이름에 '교육'이 들어가 있지만, 실상은 자본으로 움직이는 곳이에요. 여기엔 계급이 존재해요. 전 제 생활을 잃고 싶지 않았어요."

"겉으로는 우아한 사모님이었지만 뒤로는 토이보이와 연애를 하셨죠. 아까 박희명 씨가 인정했어요. 세 명이 동시에 김우연과 사귀었다고."

이정원이 거의 처음으로 웃었다.

"우리는 사이가 좋았어요. 그 애를 공유하지 못할 건 뭔가요. 어차피 결혼을 깰 것도 아닌데. 셋 다 기분 전환이 필요했어요. 돌아가면서 우연이와 데이트를 했죠. 우연이와의 연애는 좋았어요. 남편과 섹스리스가 된 지 오래였거든요. 우연이와는 성적 취향이 잘 맞았고 섹스가 정말 즐거웠어요. 그 애는 내가 몸에 올라타서 목을 졸라주면 좋아했죠."

이정원은 차분하게 말했다.

좌 형사가 물었다.

"그래서 김우연이 좋아하는 방식으로 죽였습니까? 살인을 자백하시는 겁니까?"

"먼저 제가 우연이를 어떻게 죽였는지 한번 설명해보시죠. 형사님 실력이 궁금해지네요."

"그래요? 당신은 정말 치밀했습니다. 경의를 표하고 싶을 정도더군요. 정말 많이 헤맸습니다. 처음에는 치정살인이라 생각했습니다. 그랬더니 수사할수록 미궁에 빠지는 느낌이었죠. 두 번째로 현장을 찾았을 때 새로운 관점으로 모든 것을 다시 바라보려고 노력했죠. 점점 안개가 걷히면서 모든 것이 또렷해지더군요. 제주시에서 김우연에게 술집 알바를 들킨 당신은 갑자기 청혼을 받고 당황했습니다. 여자 친구들과 공유하던 토이보이가 당신을 정말로 사랑한다며 도망가자고 했죠. 불장난이 갑자기 심각해진 거죠. 김우연을 인생에서 제거할 계획을 세웁니다. 그래서 그에게 전화해서 곶자왈에서 하룻밤을 보내자고 졸랐죠. 당신이 가발을 쓰고 나타났을 때 김우연은 재미있어했을 겁니다. 당신은 오렌지주스와 샌드위치를 권했습니다. 주스에 수면제가 든 줄도 모르고 김우연은 마셨겠죠. 그가 잠이 든 걸 확인한 후 당신은 노끈으로 목을 졸라 그를 살해하죠. 햇빛이 아직 남아 있을 때 야생화를 꺾어 화관을 만들고 돌담을 쌓습니다. 점점 어두워지자 당신은 시신 옆에 누웠습니다. 함께 잠들었죠. 아, 여기서 당신에게 묻고 싶은 게 있습니다. 한때 사랑했던 연인이 싸늘하게 식어가는 무덤 옆에서 밤을 지새우는 기분은 어땠습니까?"

"…."

이정원은 아무 대꾸를 하지 않았다.

"만약 긴 머리 여자가 공원 밖으로 도망치지 않았다면? 저는 상상해봤습니다. 긴 머리 여자가 곶자왈에 들어온 후, 한 번도 공원 밖으로 나가지 않았다면? 시신 곁에서 아침까지 밤을 지새웠다면? 그리고 다음 날 아침 탐방 약속 시간에 맞춰서 가발을 벗고 운동복으로 옷을 갈아입고 공원 담장을 넘어가 주차장에 갔다면? 주차장 CCTV에 잡히는 위치에서 보란 듯이 이제 막 공원에 도착한 것처럼 굴면서 탐방로를 향해 걸어갔다면? 아무도 전날 김우연을 죽인 범인이라 의심하지 못했겠죠. 목격자 신분이니 짐을 수색하지도 않을 거고요. 기막힌 밀실 탈출입니다. 살인 도구, 김우연의 옷과 소지품, 그리고 가발과 본인의 옷을 넣은 등산 가방을 현장 근처의 박새 군락지 속에 숨겨놓았죠. 김우연의 시체를 발견하고 박희명 씨는 울고불고했고, 서은아 씨는 그런 희명 씨를 달래느라 정신이 없었을 겁니다. 해설사는 경찰에 신고하러 사무실로 갔었죠. 잠시 혼자 있게 되자 바로 등산 가방을 빼내 내용물만 핸드백에 넣고 빈 가방은 도로 박새 숲에 숨겼죠."

"머리 좋으시네요. 인정."

이정원이 손을 긁적이며 중얼거렸다.

"손을 긁네요. 박새 숲에 가방을 급하게 던져 넣다가 맨살에 박새 잎이 닿았군요."

"맞아요. 쓰리고 아파요. 형사님. 추리 잘하시네요."

"칭찬입니까? 고맙습니다. 가방을 다시 숨긴 게 저에겐 고마운 실수였죠. 만약 가방을 발견하지 못했다면 제 추론을 확신할 수 없었을 겁니다."

"어쩔 수 없었어요. 가방이 커서 핸드백에 넣을 수 없었거든요."

"박희명 씨 집에 살인 도구를 가져다 놓으면 혐의를 피할 줄 알았나요?"

"시간을 벌고 싶었어요. 희명이가 확실하게 누명을 쓴다면 더할 나위 없고요."

"현장에서 발견된 여성의 음모도 박희명 씨 거였죠? 희명 씨 집에 놀러 갔을 때 화장실에서 몰래 가져왔겠죠."

이정원은 말없이 미소 지었다.

"체모 DNA 결과가 나올 테니 진술하지 않아도 됩니다."

좌 형사는 주머니에서 휴대전화를 꺼내 테이블에 올려놓았다. 이정원의 안색이 변했다.

"아까 체포할 때 압수한 정원 씨의 휴대전화입니다."

그는 미리 띄워둔 동영상을 재생했다.

"정원 씨? 정말 좋아해요! 죽을 때까지 정원 씨만 사랑할 거야!"

밝은 목소리로 우연이 말하는 영상이었다. 환하고 명랑한 목소리.

이정원이 침묵했다.

"후배 형사가 체포되기 직전에 당신이 이 동영상을 반복해서 보고 있었다고 하더군요. 본인 휴대전화에 있는 김우연의 동영상과 사진을 단 한 개도 삭제하지 않았더군요. 불리한 증거인데도."

이정원은 코웃음 쳤다.

"지워봐야 뭐해요? 휴대전화 포렌식을 하면 다 나올 텐데. 평생 들키지 않고 저 혼자만 가지고 있으려고 했죠."

"최후의 기념품입니까? 정말 사랑했군요."

"…."

이정원은 잠시 입을 다물었다가 중얼거렸다.

"그 애는 내 인생에 일어난 일 중에서 가장 최상의 것이었어요."

입술이 부들부들 떨렸다. 눈물은 흘리지 않았다.

"그래서 상사화 화관을 머리에 씌워준 겁니까? 산담을 쌓고 그 위에 상사화를 뿌려주고? 숲 해설사에게 상사화의 꽃말을 확인해봤습니다. 이루어질 수 없는 사랑이라고 하더군요. 김우연에게 마지막으로 사랑을 표현하고 싶었나요?"

"…."

그녀는 대답하지 않았다. 좌 형사가 다시 물었다.

"대체 왜 그 기이한 무대를 꾸민 겁니까?"

이정원이 떨리는 목소리로 말했다.

"그 애는 항상 보금자리를 원했어요. 늘 외로움을 탔죠. 내가 엄마, 누나, 연인이 되어주길 바랐죠. 그래서 마지막으로 소원을 들어줬죠."

그녀는 일그러진 미소를 지었다.

"보금자리를 만들어준 거예요."

박소해

추리소설 소비자에서 생산자로 전환 중. 미대 졸업 후 웹기획자, 광고대행사 AE, 영화기자, 갤러리 큐레이터, 출판사 편집기획자 등 다양한 직업을 거쳤다. 현재 제주도에서 남편과 함께 귤 농장과 펜션을 운영하고 있다. 세 아들에게 시달리지 않을 때는 조금이라도 글을 써보려고 궁리하며 살고 있다.

졸린 여자의 쇼크

이은영

순수에도 선과 악이 존재해. 너는 모르겠지만 세상은 언어처럼 유창하게 돌아가는 게 아니야. 비틀리고 무너져. 번민을 쌓을수록 그것은 사라지고 더 높은 이상만이 남지. 차라리 아무것도 모를 때가 나아. 악의 순수는 그럴 때 생겨. 그 사람은 순수하기 위해 악해진 거야. 그 악은 비난할 수 없어.

자, 내 말에 동의하면 대답해봐.

1

"대리님!"

누군가의 손이 내 어깨에 닿았을 때 움찔하며 고개를 들었다. 알바생이 나를 쳐다보고 있었다. 또 언제 잠이 든 걸까. 흐릿한 시선이 자연스레 벽시계로 옮겨간다. 12시 10분. 다들 점심을 먹으러 나갔는지 방금 나를 부른 알바생만 대기하고 있을 뿐 사무실이 텅 비어 있었다. 나는 두 명의 세무사가 동업하여 차린 세무사 사무실에서 일을 하고 있다. 업계 경력은 꽤 되지만 여기 근무한 지는 1년밖에 되지 않았다. 방금 나를 부른 알바생은 바쁜 철이라 가득 쌓여 있는 세금계산서 정리 작업을 위해 단기로 뽑은 인력이었다.

"아, 점심?"

"네. 다른 분들은 다나가셨어요."

팔을 뻗으며 찌뿌둥한 표정을 지었다. 가기 싫다는 의사 표시였지만 알바생은 못 알아들은 건지 멀뚱히 서 있기만 했다.

"난 됐어. 얼른 따라가."

작고 통통한 체구에 밝은 인상인 알바생이 네, 하더니 홀가분한 표정으로 사무실을 나갔다. 아무리 단기라고 해도 대화거리도 없는 나와 5분을 걸어간다는 건 정신노동일 것이다. 딱히 배려심이 많아서 그런 건 아니다. 상대방이 불편하면 나도 불편하다. 게다가 저 알바생은 밝기만 할 뿐 첫인상에서 기대한 만큼 빠릿빠릿한 편이 아니었다. 설사 일을 못한다 해도 곧 나갈 사람에게 뭐라고 말하기도 껄끄럽다. 내 인상만 안 좋아질 뿐이다. 이 와중에 다른 동료는 상을 당해 며칠 자리를 비울 예정이라 제시간에 일을 마무리해야 한다는 내 부담은 두 배로 늘어났다. 그 덕에 내 고질병인 졸림증도 두 배로 늘었다.

그 모습을 옆에서 가장 많이 목격한 사람은 당연히 내 꽁무니만 쫓아다니는 그 알바생이었다. 한번은 내가 야근이 너무 고돼서 죽은 줄 알았다고 했을 정도다. 언제 잠든 건지도 모르고 잠들기 때문에 기억력도 종이를 반으로 자른 것처럼 딱 반만 돌아왔다.

알바생이 거래처 연락을 빠짐없이 전달하고 세금계산서를 정확하게 입력하기까지 두 달 남짓 걸렸다. 그 사이 나는 수십 번 졸렸고 수십 번 근무 중에 잠들었다. 다들 피곤해서 그러려니 받아들였지만 알바생만큼은 약간 다른 눈빛으로 나를 쳐다보았다.

그렇게 단기 알바가 끝나는 날, 세무사 중 키가 작고 머리가 벗어진 남자가 바쁜 시기에 들어와서 수고 많았다며 회식을 하자고 했다. 알바생은 진짜 좋은 건지 아닌지 모를 환한 표정으로 감사하다고 말했다. 회사 근처에 늘 가는 집이 있었지만 오늘따라 교외로 나가자고 하는 바람에 세무사 차 뒷좌석에 끼어 굽이굽이 돌아가야 하는 산중 도로를 탔다. 주변에 불빛이 하나도 없어 이런 곳에 음식점이 있냐고 누군가 의문스럽게 물었고 곧바로 앞좌석에서 걱정 말라는 대답이 돌아왔다.

5분 정도 더 헤매자 불빛이 나타나기 시작했다. 밤이라 경치를 볼 수 있는 것도 아니고 술도 안 마시는 터라 회식 내내 집에 갈 걱정만 들었다. 왁자한 백색소음 속에 무의식의 세계를 호령하는 난쟁이가 뇌 주름을 비집고 나와 눈꺼풀에 올라앉았다. 난쟁이의 술수에 빠져들어 눈꺼풀이 무겁게 내려앉는 사이, 내 옆에 앉은 알바생이 말을 걸었다.

얼른 혼곤한 정신을 깨워 옆을 바라보았다. 그녀는 세무사 둘과 동료 직원의 과도한 관심과 끊임없는 질문 공세에도 시종일관 특유의 밝음을 유지했다. 질문거리가 떨어졌는지 이제 자기네들끼리 마시기 시작했다. 아마도 사람들의 관심이 줄자 심심해서 말을 건 것이리라.

"술은 원래 안 드시나 봐요."

"예전엔 마셨는데 나이 드니까…."

나는 음료수를 컵에 따르며 말했다. 까맣게 달라붙은 고기 한 점이 눈앞에 있었다.

"부족하면 더 시켜요."

"아니요. 배불러요."

누구라도 와서 대화를 끊어주길 바랐던 것인데, 그렇게 말하니 할 말이 없었다. 다시 정적이었다. 옆에선 너무 떠들어서 귀가 찢어질 것 같은데 이쪽은 다른 세상 같았다.

"아… 저 평소에 궁금한 게 있었는데…."

나는 말해보라는 듯 턱을 치켜들었다.

"학교 다닐 때도 그렇게 졸리셨어요? 혹시 기분 나쁘게 듣진 말아주세요. 그냥 제가 본 사람 중에 제일 잠이 많으신 것 같아서요."

그 얘기라면 숱하게 들어와서 아무렇지 않았다. 오죽하면 초등학교 때부터 대학교를 졸업할 때까지 별명이 하나로 일치했을까. 잠탱이.

"어릴 때부터 그랬어요. 기면증인가 싶어서 병원에도 가봤는데 별 이상 없다고….”

한숨을 섞으며 말을 늘어놓자 그녀가 약간 머뭇거리다 입을 열었다.

“혹시… 저랑 얘기하는 거 불편하세요?”

너무 직설적이어서 놀랐지만 요즘 애들은 이런가 보다 싶었다.

“아니… 원래 말하는 걸 별로 안 좋아해서….”

알바생이 아, 하고 탄식했다. 얼른 분위기를 바꾸어야 했다.

“아니, 지금은 괜찮아. 얘기해요.”

“아… 사는 데는 어디세요?”

“회사에서 가까워요. 그거 말고는 장점이 없거든.”

알바생이 웃었다. 진심에서 우러난 게 아니었다.

“지윤 씨는?”

“아… 저는 좀 멀어요. 지하철 타고 한 시간?”

“그렇구나….”

얘기를 나누다 보니 알바생이 제일 듣기 싫어할 것 같은 질문이 떠올랐다. 나도 그런 시절이 있었는데 어째서인지 짓궂게도 반응을 보고 싶었다.

“왜 취직 안 하고 알바 해요?”

올 것이 왔다는 표정으로 이번에는 알바생이 한숨을 푹 내쉬었다. 예상을 빗나간 반응에 갑자기 맥이 빠졌다. 취직이 돼야 말이죠, 라고 가볍게 응수할 줄 알았는데.

“원래 음대에서 첼로를 전공했는데 누가 훔쳐가 버렸어요.”

그 얘기를 듣는 순간, 졸음이 달아날 만큼 핏기가 싹 가셨다. 알바생이 그런 표정 처음 본다며 놀리듯 말했지만 내가 놀란 건 그 얘기 때문이 아니었다. 중학교 다닐 때 같은 반이었던 어떤 애가 20년 만에 불현듯 떠올랐기 때문이다. 이따금 생각했는지도 모르지만 지금처럼 이렇게 선명하게 떠오르긴 처음이었다. 그 기하학적인 연쇄 감정에 물컵을 든 손이 떨리기까지 했다.

"너무 놀라게 해드렸나…."

알바생이 난감한 듯 옆자리를 살피더니 다들 담배 피우러 나갔는지 안 보이네요, 라고 건조하게 말했다. 나는 떨리는 심장을 진정시키고 기억을 억지로 떨쳐냈다. 얼마 안 가 회사 사람들이 들어왔고, 나는 내일 바쁘지 않느냐면서 귀가를 재촉했다. 다들 분위기 파악 못한다는 식으로 농담을 던졌지만 하나도 귀에 들어오지 않았다.

차는 다시 도시로 돌아가는 중이었다. 알바생은 본의 아니게 이번에도 내 옆에 앉은 탓에 아무 말도 하지 않고 창밖으로만 시선을 던졌다. 덕분에 어두운 도로를 달리는 차 안은 산 무덤처럼 조용했다. 원래 술을 안 마시는 키 큰 세무사가 각자의 집을 물어보더니 차례대로 한 명씩 내려주었다. 공교롭게도 마지막엔 알바생과 둘만 남게 되었다. 우린 집 방향이 같았다. 내가 먼저 내리는 게 다행이라고 생각했다. 세무사는 신호가 걸릴 때마다 일 얘기를 던지며 우리와 대화를 주거니 받거니 했지만 어느 순간부터는 침묵했다. 집에 가는 길이 이렇게 멀게 느껴진 건 처음이었다. 이제 사거리 몇 개만 지나면 집에 도착하겠구나 생각한 순간, 창밖을 보던 알바생이 내 쪽으로 고개를 돌려 나지막이 고백했다. 술도 마셨겠다 흘러가는 창밖 풍경을 보다 보니 감상에 빠져든 것이리라.

"…실은 중학교 때 왕따를 당해서 음악을 시작했는데, 첼로까지 없어지니까 살맛이 안 나요."

그녀는 내일부터 볼 사이가 아니라는 점을 너무 잘 활용하고 있었다. 주변은 온통 불 꺼진 상점들뿐이었고 차 안은 그녀의 의도대로 일종의 고해소가 되었다.

"딱히 잘못한 것도 없는데 왜 그랬는지 모르겠어요, 정말. 혹시라도 우연히 만나게 되면 칼이라도 들이댈까 했던 적도 숱하게 많았어요."

"…."

"하아… 내일부터 다시 백수네요. 걔네 죽이고 교도소라도 갈까요…."

가방을 쥔 손에 힘이 들어갔다. 얼른 이 공간에서 벗어나고 싶었다. 얼마 안 가 세무사는 다 왔다는 말도 없이 무덤덤하게 차를 세웠고, 나는 잘 지내라는 마지막 인사를 전한 뒤 도망치듯 차에서 내렸다.

차가 떠나는 모습을 뒤에서 지켜보았다. 왼편에 앉아 있는 알바생의 뒷모습이 흔들림 없이 보이다가 사라졌다.

2

몇날며칠을 떠올려도 도무지 기억이 나지 않았다. 어디에다 묻었지? 어디에다 묻었었지? 그 애의 첼로는 버렸었나? 하필 그때 졸음과 사투하는 바람에 하나도 기억이 나지 않는다. 그 애를 묻은 것까지 잊어버렸으면 어쩔 뻔했나. 그 일에 신경이 쓰여서 거래처 연락을 퉁명스럽게 받았더니 상대방도 화를 냈다. 전화를 끊고 보니 이렇게는 도저히 일이 안 될 것 같았다. 어차피 느슨한 시기여서 세무사에게 이틀만 쉬겠다고 했더니 흔쾌히 그러라고 했다.

다음 날 시외버스를 타고 중학교 때까지 살았던 경기도 변촌으로 향했다. 알바생이 첼로라는 단어를 입에 담지 않았다면 심연에 파묻힌 그 기억의 단편은 절대 떠오르지 않았을 것이다. 그 산간벽지에서 첼로를 갖고 있던 애는 그 애밖에 없었다. 늘 첼로 가방을 가지고 다니며 악기라고는 낡은 피아노 한 대뿐이라 음악실이라 부르기도 뭣한 공간에서 혼자 연습을 했고, 그런 그 애의 존재는 새로운 물건을 탐하는 아이처럼 우리의 호기심을 자극했다. 물론 저열한 호기심이었다.

"너 되게 짜증난다."

애들에게 짜증난다는 감정은 그 애의 얼굴에 침을 뱉는 행위로 이어졌다. 나는 그녀를 괴롭히는 무리의 주축이었다. 지금과 달리 항상 고개를 빳빳이 쳐들고 눈을 내리깔며 애들을 대했던 시절이다. 고까운 얘기를 들으면 바로 손이 날아갔다. 성인이 된 후 달라졌다고 생각하지만 지금이라도 그런 의미 없는 감정의 울타리 속으로 들어가면 똑같은 상황이 벌어질지 몰랐다.

마을버스에서 내려 먼지바람으로부터 등을 돌린 채 서 있었다. 버스가 떠나자 마을 전경이 눈에 들어왔다. 이곳은 전혀 변한 것이 없었다. 아마, 변할 일이 없을 것이다. 침잠된 세계의 공고한 벽은 쉽게 금이 가지 않는다. 그 금은 새로운 벽 틈으로 소멸되어 영원히 침잠될 것이 뻔하다. 우리도 그랬다. 오는 사람도, 가는 사람도 거의 찾아볼 수 없는 마을은 항상 고정된 오차 범위 내에서 흘러갔다. 괴롭힘도 마찬가지였다. 때리면 맞았고 맞으면 그 누구도 저항하지 못했다. 저항한다는 건 이 마을을 떠나야 하는 것과 같았다. 엄마가 어떤 사연으로(빚을 피해 도망 왔다는 소문이 무성했다) 작정하고 터를 잡고 살았기에 그 애는 이곳을 떠날 수 없었다.

사실 우리가 그 정도로 힘들게 한 게 아니어서 버틸 수 있었는지도 모른다. 그 애의 입장이 되어보지 못했으니 그 애가 병신같이 맞고 있었던 게 사실 잘 이해가 되지 않는다. 여러 명이서 괴롭힌 적은 손에 꼽을 정도였고 주로 나 혼자 자잘한 일을 벌였기 때문이다. 심부름을 시켰는데 제대로 하지 않으면 벌을 주고, 벌을 줬는데 반성의 기미가 없으면 또 벌을 주는 식이었다.

그 애를 끌고 갔던 농로에 서서 정면을 바라보았다. 도랑물이 흐르는 소리가 들렸다. 여기서부터 쭉 올라가다 보면 작은 산이 하나 있다. 그 애를 묻은 곳이다.

그날 일은 정말 예상치 못한 변고였다. 내가 알던 세계를 어긋나도 한참 어긋난, 침잠된 세계 내부로부터의 각성이었다. 항상 비 내리는 풍경을 보고 있으면 뭔가를 망가뜨리고 싶은 욕망이 움텄는데 그날도 그랬다. 수업이 끝나자 우리는 그 애를 붙잡아 주인 없는 폐가로 몰려갔고 한 시간가량 괴롭히며 그 애의 반응을 보았다. 아, 재미없어. 어느 순간 어떤 애가 그 말을 던졌고 애들이 한목소리를 내며 우르르 나가버렸다. 남은 건 우리 둘밖에 없었다.

쇠 문짝이 뜯겨 나가 비를 막아줄 천막 수준에 불과했던 폐가의 내부는 온통 빗소리에 잠겨 있었다. 쩍쩍 갈라진 흙벽에 기대어 앉아 있던 그 애가 웬일로 그만해 달라고 부탁했다. 부르튼 입술 끝이 짧게 떨렸다. 나는 그 애 앞에 쭈그리고 앉아 말했다.

"뭘 그만해. 내가 뭘 했는데?"

그 애도 심신이 피로하고 일진이 사나운 날이 있었을 것이다. 그날따라 기분이 안 좋아 보였지만 그건 나와는 아무 상관없는 일이었다.

그 애가 내 말에 응하지 않자 나는 머리카락을 움켜쥐고 흔들었다.

"말 안 하냐?"

"…니가 첼로 부순 거. 엄마한테 말했어."

아, 그래서 기세가 등등한 거였구나. 나는 잡은 머리통을 그대로 옆으로 밀쳐버리고 그 자리에 앉았다. 바닥이 젖어 있어 기분이 더러웠다. 그 애가 입고 있던 겉옷을 뺏어 밑에 깔고 앉았다.

"그래서, 니 엄마가 우릴 처단할 능력이라도 되냐?"

말하고 나니 이가 덜덜 떨려왔다. 조금 전까지 몸이 곧 부서질 것처럼 떨던 그 애는 더 이상 떨지 않았다. 그 애의 눈빛은 정면을 향해 있었는데 어떤 마력이 스미듯 시간이 갈수록 심연의 빛을 발했다. 그러거나 말거나 나는 너무 추워서 집에 뛰어갈까 말까를 고민하고 있었다. 앞으로 벌어질 일을 전혀 가늠하지 못한 채.

"…같이 죽지 않을래?"

그 말을 들었을 때 빗물이 폐가 안으로 들어왔다. 빗발이 굵어진 거였다.

"미친년."

그 애와 처음으로 나란히 앉아 빗소리를 들었던 그 기억이 우정을 나눈 추억처럼 지펴졌다. 인간이란 게 이렇게 잔인한 존재다.

더 이상은 추위를 견디기가 힘들어 벌떡 일어났다. 손은 이미 얼어 있어 아무것도 손에 쥘 수가 없었다. 산속에서 칡 냄새 비슷한 게 흘러들어왔고 우리 입에서 입김이 폭풍처럼 퍼져나가 하나의 공기처럼 흡수되었다. 겨울이었다.

덩치도 비슷하고 머리 스타일도 비슷하고 외모만 봤을 때 우린 닮은 구석이 많았다. 내가 그 애를 그토록 괴롭히고 싶었던 것도 어쩌면 내가 드러낼 수 없는 내면

속의 나를 닮아서였는지도 모른다.

그 애를 내버려두고 뛰쳐나와 가시가 뾰족한 나뭇가지에 찔려가며 산길을 한참 달렸을 때였다. 언제부터 따라왔는지 그 애가 뒤에 서 있었다. 나는 깜짝 놀라 옆으로 비켜섰고 그 애도 방향을 가까스로 틀어 내 교복 옷깃을 붙잡았다. 아마 절호의 기회라고 생각했을 것이다. 비 오는 날, 자신을 괴롭히던 주동자가 무리 없이 혼자 있는 상황.

"진즉에 팔았으면 돈이라도 챙겼지! 엄마가 그러더라?"

그전까지 한 번도 들어본 적 없는 고성으로 그 애가 말했다. 가해자는 분명 나였는데 정신은 내가 더 멀쩡했다. 그게 아직까지도 의문이다. 가해자는 죄를 저지르는 그 순간엔 철저히 이성적일지도 모른다.

"이렇게까지 했는데 같이 죽어주면 안 되니?"

나무들 사이를 헤치며 따라오던 그 애가 말했다. 나는 그때 처음으로 두려운 감정을 느꼈다.

"이제 안 괴롭히면 되잖아!?"

내가 생각해도 웃기지만 쪼그만 돌부리에 걸려 넘어졌을 때 내 앞에 선 그 애를 올려다보며 치졸한 본색을 드러냈다. 그 애의 표정이 우는 건지 웃는 건지 모르게 일그러졌다.

"내가 불쌍해…."

눈물이 전혀 힘을 쓰지 못하는 빗속에서 그 애는 하염없이 눈물을 흘렸다. 평소에는 어지간히 참았구나 싶을 정도로 그 눈물의 불꽃은 죽죽 그어지는 세상 속에서 꺼지지 않고 활활 타올랐다. 이때다 싶었던 나는 무방비한 그 애를 밀쳐냈고 넘어진 그 애를 다시 일으켜 목 뒤편의 셔츠 깃을 휘어잡고 산 밖으로 끌고 갔다. 주변에 민가가 있었지만 빗속이고 어두워서 아무도 우리를 보지 못했다. 내가 아까 서 있던 농로에서 그 애가 발버둥치기 시작했다. 나중에 묻을 때 운동화가 닳아 있었을 정도로 온몸으로 안 가려고 버텼지만 기력이 소진한 그 애는 내 완력을 당해내지 못했다. 말 그대로 질질 끌려갔다.

내가 그 애를 죽일 수 있었던 이유는 너무나도 명백하다. 그 애 곁엔 아무도 없었다. 엄마조차 딸의 고통보다 첼로 값을 아까워했으니 죽여도 되겠다는 믿음이 생겨날 수밖에 없었다. 물론 진짜 죽일 마음은 아니었지만 그래도 죽도록 패주려 마음먹고 산으로 끌고 간 건 맞았다.

내가 지금 서 있는 이 산까지 굳이 그 애를 데려온 이유도 명백했다. 처음 그 산은 마을에서 제일 경관이 잘 보이고 가끔 노인들도 산나물을 캐러 올라왔지만 이 산은 버려진 산이나 매한가지라 아무도 우릴 볼 수 없었다.

그 애를 끌고 산 중턱에 도달했을 때 그 애가 살려달라고 했다. 힘이 빠진 건 나도 마찬가지였지만 역시 평소 손을 써봤던 내가 때릴 힘은 더 남아 있었다. 그 애를 평평한 땅에 밀치고 발로 수없이 걷어찼다. 흙이 미끄러워 계속 넘어졌다. 나는 머리카락에 묻은 흙을 걷어내고 몸을 일으켰다. 그 애가 아픈 배를 부여잡고 침을 억지로 뱉어냈다. 하얀 침이 빗물과 함께 흙 속에 고였다. 습기로 가득한 세상은 당시 어린 우리가 느낀 인생의 더께만큼 숨을 짓눌렀다.

"여기였는데…."

그 애를 묻은 산자락이 햇살 속에 바짝 메말라 있었다. 매장지를 파헤칠 마음은 없었다. 그냥 잘 있는지 확인만 할 작정이었다. 당시 근처 나뭇가지에 나만 알 수 있는 표식을 해두었는데 어디였는지 감이 오지 않았다. 그때는 쉽게 찾을 수 있을 것 같았는데 아무래도 노파심에 내 기억보다 작게 표시해둔 모양이었다.

걷다 보니 고스란히 기억들이 솟아올랐다. 무덤을 등지고 바로 정면에서 보았을 때 신기하게도 떡갈나무 세 그루가 하나로 보이는 지점이었는데, 길을 잘못 든 건지 아무리 찾아도 보이지 않는다. 이러다가 밤이 될지도 몰랐다.

한 시간가량 발로 땅을 툭툭 건드리며 걷고 있을 때였다. 전화가 걸려왔다. 가뜩이나 발이 아픈데 절로 인상이 찡그려졌다.

"네. 우호진입니다."

——저… 지윤인데요.

목소리를 듣자마자 힘이 빠졌다. 그날 밤에 우리 인연은 다 끝난 거 아니었나?

"아… 무슨 일이에요?"

——다름이 아니라 저도 요새 부쩍 졸려서요. 혹시 좋은 약 있으면 추천받고 싶은데….

노골적으로 웃음 섞인 목소리였다. 조롱으로 듣지 않는 게 이상했다. 진짜 용건이 뭐야? 라고 묻고 싶었지만 꾹 참았다.

"약국에 가서 달라고 하면 될 텐데…."

——언니….

"언니?"

대체 무슨 수작이지, 얘.

"그런 호칭은 안 했으면 좋겠는데. 불편해. 이제 일도 그만뒀잖아."

—지금 혹시 영성에 계세요?

하마터면 휴대전화를 놓칠 뻔했다. 심장이 터질 듯이 뛰기 시작했다.

"니가 그걸 어떻게 알아?"

—저희 언니 보러 왔거든요. 근데 아까 언뜻 보이시기에 꿈꾸는 줄 알았어요.

"아… 언니가 있었어?"

나는 겨우 한숨을 돌렸다.

—네. 친언닌 아니고요.

"…그래."

—만나진 못하지만 실종된 곳이 여기라 가끔 와봐요.

순간 잘못 들은 줄 알았다. 실종됐다고?

"실종? 어디서…?"

—여기서요.

"여기 어디?"

—몰라요. 경찰도 포기했으니까.

지윤이 입을 뗄 때마다 머릿속에서 심장 소리가 쿵쿵 울렸다.

"저기 미안한데, 할 일이 있어서 끊어야 될 거 같아."

—괜찮아요, 언니. 그냥 반가워서 전화해본 거예요."

"그래… 전화 줘서 고마워. 다음에 또 만날 일 있음…."

전화가 툭 끊어졌다. 요즘 애들은 어쩜 이리 싸가지가 없을까.

"설마 그 애 얘기일 리가 없잖아. 내가 지금 너무 과민해서 넘겨짚는 것뿐이야. 제발, 정신 좀 차리자, 우호진."

다시 찾기 시작했다. 산이 험준한 편이라 조심조심 땅을 밟아나갔다. 빨리 찾아서 마음을 진정시키고 싶었다. 이왕 온 김에 뼛가루가 된 걸 눈으로 확인하고 싶었다. 일단 위치만 파악해두고 밤에 다시 와서 흙을 파헤쳐야겠다고 마음먹었다. 그때였다. 땅의 감촉이 뭔가 달랐다. 아니, 내 오래된 신체 감각이 뭔가를 알아챘다. 땅 주변이 어딘가 익숙해 보였다. 나무 세 그루… 그래 맞다. 여기다. 나무에 표시해둔 건 맨 마지막에 겨우겨우 찾아냈다. 이렇게 조그매서야 개미도 못 알아볼 지경이었다.

당시엔 없었지만 지금 내겐 휴대전화가 있다. 주변 사진과 위치를 가늠할 수 있을 만한 사진을 여러 장 찍으며 산을 내려왔다. 밤에도 분간할 수 있을지는 모르겠지만 달리 해놓을 수 있는 게 없었다.

혹시 졸음이 몰려올지 몰라 민가에서 잠을 푹 자두고 밤이 되자마자 밖을 나섰다. 하필 같은 계절에 찾아와서 코를 훌쩍거리며 아까 그 농로를 다시 걷기 시작했다. 이번엔 혹시나 해서 가방에 넣어온 손전등을 든 채였다. 저렴하게 구입한 건데도 빛 확산 기능이 좋아서 가시거리를 넓게 확보할 수 있었다. 밤에 오니 모든 게 암흑천지였다. 달도 거의 보이지 않았다. 세상이 밝아졌다 어두워졌다를 반복하는 건 대체 왜일까. 모두가 너절한 진실을 똑바로 볼 수 있게 환하기만 하면 안 되나? 그런 쓸데없는 생각을 하며 휴대전화를 꺼내 낮에 찍은 사진을 훑었다. 평소에 한 번 본 길은 잊지 않고 잘 찾는 편인데 오늘은 긴장해서인지 생각보다 헷갈렸다. 그래도 당황하지 않고 겨울 산을 누비고 다녔다. 어릴 때도 그랬지만 생각 없이 다니는 건 지금도 여전했다.

동네 산이라 그리 어렵지 않게 낮에 발견한 무덤을 찾았다. 그 애가 죽고 나서 폐가에 가서 삽을 가져온 뒤 지쳐 쓰러질 때까지 땅을 팠었는데 그 고통스러운 기억이 왜 사라졌던 걸까. 일단 뼈 하나라도 눈에 보이면 바로 돌아갈 생각이었다. 주머니에 넣어온 조그만 삽으로 땅을 파기 시작했다. 너무 무모한 짓이었지만 파다 보면 언젠간 나올 거란 어처구니없는 믿음이 있었다. 그 애의 발이 있을 지점을 한없이 파다 보니 밑에 뭔가 보였다. 뭔가 보이긴 한데 어딘가 이상했다. 그때부터 심장이 터질 것처럼 요동쳤다. 아니, 중간에 한 번 멎었을지도 모를 일이다. 이건 아니다. 이건 아닌데? 어떻게 이럴 수 있지? 흥분과 공포가 서서히 내 키만큼 솟아올라 내면을 전부 집어삼켰다. 내가 발견한 건 뼈가 아니었다. 살이었다. 근육을 얇게 덮고 있는 피부. 그 애의 발보다 세 배는 더 큰 크기였다.

3

"아아아… 헛것을 보면 안 돼…."

나는 그렇게 입속에서 말을 뭉개면서 정신없이 파고 또 팠다. 애초에 뼈만 보이면 돌아가겠다던 생각은 완전히 잊은 상태였다. 조금 전까지 뺨을 에던 추위가 전혀 느껴지지 않았다. 지금 생각하면 그때 포기하고 도망갔어야 했다. 어느 순간엔 삽을 쥔 손등에 눈송이가 떨어지기 시작했다. 나는 하늘을 올려다보았다. 혹시나 내가 지금 잠든 거라면 깰 것 같아서였다. 그렇지만 얼굴에 떨어지고 있는 건 진짜 눈이었다. 나는 다시 파기 시작했다.

"하아…."

살이 보이는 부분을 대충 전체 윤곽만 알 수 있게끔 팠을 때였다. 추위에 뻣뻣해진 몸을 억지로 일으켜 내가 판 것을 내려다보았다. 그제야 온몸이 땀으로 푹 젖은 게 느껴졌고 근육의 고통도 전해졌다. 얼굴과 손이 떨어져나갈 듯했고 발은 감각이 없었다. 그것을 보자마자 웃지도 울지도 못하던 그날 그 애의 표정이 내 얼굴 속으로 그대로 압착해 들어와 정신을 어지럽혔다. 누가 내 머리를 트럭으로 치고 간 기분이었다. 이 구덩이는 그때 내가 묻은 구덩이가 아니다. 이렇게 큰 구덩이를 어떻게 팔 수 있을까. 그 애는… 열일곱 살 그 애는… 기껏해야 45킬로그램을 넘지 않았을 깡마른 그 애는… 거구가 되어 있었다. 만약 지금 일어선다면 이 세상에서 눈을 가장 빨리 맞지 않을까 싶을 정도로. 이건 원한이 집적된 결과일까. 아니면 나는 지금 졸고 있는 건가. 별의별 생각이 뇌 구석구석을 강타했다. 이렇게 커진 애를 어떻게 할까. 까마득한 밤하늘 아래서 불가사의를 경험한 채 멍하니 고민하고 있었다. 죽어서도 이 모양이구나, 넌.

나는 일없이 그 애의 발을 끌어당겨 보았다. 꿈쩍도 하지 않을 거라고 확신한 터라 별로 힘도 들이지 않았는데 스륵, 하고 내 힘에 반응했다. 하… 아무리 그래도 이건 너무 심하잖아. 이런 게 세상에 어디 있어. 몸은 커졌는데 무게는 그대로라고? 나는 문자 그대로 미치고 팔짝 뛰었다. 제자리에서 몇 번 땅을 차고 발을 굴렀는지 모른다. 이걸 두고 갈 수도 없고, 다시 흙을 뿌릴 수도 없고, 어떡하지… 어떡하지….

그때 문득, 마을에 하나밖에 없는 절벽이 떠올랐다. 거기서 떨어뜨리면 강에 잠길 것이다. 아니 진작 그랬으면 이런 수모를 겪지 않았을 텐데!

눈발이 거세지고 있었다. 마음이 급해졌다. 롱패딩에 달린 털모자를 뒤집어쓰고 그 애의 두 발을 끌어당겼다. 그때도 가벼워서 옮기기가 쉬웠는데 지금도 마찬가지였다. 그동안 대체 너한테 무슨 일이 있었던 거냐?

농로까지 힘들게 옮기고 나니 자신감이 붙었다. 진짜 내가 끌고 온 건지 그 애가 제 발로 걸어온 건지 헷갈릴 정도였다. 나는 주변을 돌아보았다. 온통 검거나 하얬다. 불빛도 없었다. 이런 눈발이 쏟아지는 밤에 누가 나올 리도 없었고, 설령 본다 해도 차라리 상상 속의 동물을 봤다고 착각하는 편이 정신 건강에 좋을 터였다. 눈 내리는 어둠 속에서 자신보다 세 배는 큰 거인을 두 손으로 끌고 가는 여자라니.

도중에 손이 너무 아파 갖가지 방법으로 손에 온기를 불어넣고 다시 출발했다. 농로 끝에 다다랐을 때, 눈앞에 우두커니 앉은 산이 보였다. 산은 오래전 총기를 잃은 시체 같았다. 내 뒤에도 비슷한 뭔가가 있었다. 뒤를 돌아보자 색 바랜 교복을 입은 거인이 내 그림자처럼 뉘어 있었고 내 패딩 속에도 언뜻 교복 셔츠가 보이는 착각이 일었다. 어느새 내 머리를 덮고 있던 털모자가 사라지고 무릎까지 오던 패딩 대신 교복 치마가 눈에 들어왔다. 우린 그 시절 그날로 돌아가 있었다. 슥슥, 내 운동화가 땅을 제대로 밟지 못하고 마찰을 일으키는 소리와 슥슥, 거인이 차가운 길 위를 쓸려가는 소리가 뒤엉켰다. 어쩐지 쓸쓸한 소리였다.

"어디까지, 가려고…?"

처음엔 그 소리가 들리지 않았다. 나는 계속 전진하고 있었다. 휘이익, 서슬 같은 메아리가 한순간 귓가를 훔치고 발목을 붙잡았다. 걸음을 멈추고 돌아보자, 새하얀 거인이 눈을 감고 있었다. 함박눈이 헌화하듯 그 위를 덮고 있었다. 두번 다시 혹하지 않으리라 마음먹고 발걸음을 재촉했다.

"나, 추운데…."

그 순간 발뒤축이 땅바닥에 붙박여 옴짝달싹할 수 없었다. 뒤를 돌아볼 용기는 더더욱 없었다. 그래도 돌아봐야 했다. 뒤에서 나를 덮치기라도 한다면 모든 게 헛수고가 된다. 초시계처럼 천천히 머리를 꺾으며 뒤를 돌아보았다. 그 애가 몸을 일으켜 나를 바라보고 있었다. 나는 그 애의 발을 놓치고 뒷걸음질 쳤다.

"환상…."

뭐에 홀린 듯 그 말이 입가로 흘러내렸다. 그러고 보니 오늘 한 번도 졸지 않았던가. 지금 칠흑 속에 발광하는 이 하얀 세계가 꿈일지도 몰랐다.

"20년 동안, 날 묻어놓고, 할 말이 그게, 다야?"

달라붙은 얼음을 뜯어내듯 처절하게 갈라지는 목소리였다. 아니다. 잊자. 저 목소리는 잊어야 한다. 어차피 귀신은 내게 아무런 해코지도 할 수 없다. 과거에도 지금 이 순간에도 저 애를 해치는 건 나다. 나여야만 한다.

이후로도 그 애는 계속해서 말을 걸었지만 무시하고 산속을 억척스럽게 올랐다.

"하늘이 참 예뻤어…. 매일같이 달이 차고 해가, 기울었는데 난 언제나 누워, 만 있었어…."

"…."

"…그러다… 너를 봤지… 웅크리고, 있는 너를…."

그 밤길에 거인을 끌고 절벽까지 어떻게 옮겼을까. 정신을 차리고 보니 절벽 위였다. 돌아보니 거인이 낫 모양으로 기울어진 나무기둥에 쓰러져 있었다. 눈보라가 일자 핏덩이가 달라붙은 머리카락이 버드나무 잎처럼 흔들렸다. 절벽을 내려다보려고 조심스레 몸을 이동했다. 콧물이 그대로 흘러 땅에 떨어졌다. 코가 얼어 훌쩍일 수조차 없었다. 손으로 아무리 닦아도 제대로 닦이지 않았다. 모든 게 엉망진창이었다. 얼른 저 밑으로 밀어버려야 한다. 얼른 밀어버리고 집으로 돌아가 보일러를 틀고 누워 있자. 그 생각이 스치자 깨질 듯한 두통이 사라지고 최후의 결단만이 남았다. 거인의 두 발을 끌고 절벽으로 향했다. 앞으로 10미터를 더 가야 했다.

졸음이 몰려온 건 그때였다. 왜 하필 지금! 아니, 어떻게 지금? 이 악천후 속에서 너덜너덜해진 육신을 안고 서 있는데 지금 졸음이 온다고?

"아까 전화 왔던, 애, 누구였니…."

절벽이 5미터 앞에 있었다. 눈발이 거칠게 내 얼굴로 역주행했다. 강을 사이에 두고 맞은편 절벽이 괴기스럽게 몸을 움츠리고 있었다. 졸음 난쟁이가 뇌 주름 밖으로 뛰쳐나와 내 눈꺼풀 위에 걸터앉았다.

"졸린가 보네. 그 애가 누군지, 내가, 알려줄까?"

"우리 사무실에서 잠깐 일했던 애야…. 그러니까 그만 닥쳐."

절벽이 3미터 앞에 있었다. 그 애가 몸을 완전히 일으킨 채 기이한 형상으로 내게 말했다.

"아니야…. 그건 너야…. 스물네 살 때 3개월, 단기로 일한 건, 너잖아…. 넌 그 후로 쭉, 백수, 였어. 아무것도 하지, 않고 시간만, 버렸잖아…."

갑자기 울컥 화가 치밀어 뒤를 돌아보았다. 뒤통수를 톡 치면 눈덩이처럼 데굴데굴 굴러 내려올 듯한 거대한 눈동자, 콧잔등에서부터 약간 휜 콧날, 두툼하게 솟아오른 윗입술…. 학교 슬로건이 새겨진 아치형 비석보다 커다란 얼굴이 한 방향을 향해 끝도 없이 날리는 눈발 속에 있었다. 이번엔 네 차례야. 나보다 고통스럽게.

나보다 쥐도 새로 모르게. 그녀의 슬로건이었다.

"넌 왜 여기 왔지…?"

"…니 망할 첼로 때문이야… 제발 입 좀 다물어…."

"첼로 때문에 날 기억해냈다고? 제발 웃기는 소리, 작작해."

"…."

"졸지 말고 들어…. 넌 졸면 안 돼. 니가 졸아서 내가 이렇게 된 거라니까? 니가 졸릴 때마다, 내 몸이 조금씩 커졌어. 신기했지…. 가만히 누워, 있는데도 니, 삶이 눈에 훤한, 거야…."

"이런다고… 니가 나한테 복수할… 수 있을… 거… 같냐?"

절벽이 1미터 앞에 있었다. 호흡은 터질 듯한데 속도는 점점 더 느려졌다. 그 애의 의지가 발동한 것이다. 아까보다 무게도 훨씬 묵직했다. 이대로 가다간 200킬로그램에 육박하는 진짜 거구를 절벽에 던져버려야 할지도 모른다. 졸음을 떨치려 머리를 있는 힘껏 흔들었다. 그러나 내 정신이야말로 훨씬 더 전부터 절벽 아래 떨어져 내가 오기를 기다리고 있는지도 몰랐다.

"넌 현실을, 피하고 싶을 때마다, 조는 척을 했어."

"…헛소리…."

"그게 나쁜 건 아니지. 순수한 악일 테니."

"…."

"있잖아… 순수에도 선과 악이 존재, 해…."

"…."

"넌 모르겠지만 난 여기, 누워서 모든, 걸 느꼈어…. 세상은 언어, 처럼 유창하게 돌아가는, 게 아니야…. 비틀리고, 무너져."

"…."

"번민을 쌓을, 수록 그것은 사라지고 더 높, 은 이상만이 남지…."

"차라리, 아무것도 모를 때가 나아…. 악의 순수는 그럴 때, 생겨…."

"넌 순수하기 위해, 악해진 거야…. 그 악은 비난할 수 없어…."

"자… 내 말에 동의하면 대답해봐."

딱딱해진 귓속이 간질거렸다. 제대로 눈을 뜰 수도 없는 상태에서 눈앞이 계속 흐려졌다. 짓밟힌 눈덩이가 그대로 달라붙은 발은 천근만근이었다. 눈을 감았다 뜨면 코발트빛 바다로 떨어질 것 같았다. 그만큼 대설이었고 그만큼 정신이 몽롱했다.

"넌 누구야…."

그래… 난 누구였지? 지금 여기서 뭘 하는 거지?

"…우호진."

"그건 니 첼로를 갖다 판 니 엄마 이름이잖아. 자… 네 이름이 뭐지?"

"…우호진…."

"아니라니까…."

한 걸음만 더 가면 절벽 아래였다. 이제 다 왔다. 조금만 힘을 내자. 조금만…!

그 애의 다리를 내려놓자, 긴긴 여행을 끝마친 듯 여독이 밀려왔다. 잠시 숨을 돌렸다. 이제 절벽 아래로 밀기만 하면 지긋지긋한 모든 여정이 끝난다. 그런데 문득, 몸이 움직여지지 않는다는 걸 깨달았다. 나는 눈을 내리떠 가슴께를 보았다. 엄청난 두께지만 마르고 딱딱한 팔이 내 목에서 배까지 감싸고 있었다. 틀린 대답에 대한 벌을 주듯 그 애는 더욱더 힘을 주어 흉부를 압박했다.

"난 누구야…. 내 이름은 뭐지?"

대답할 생각은 없었지만 그 말을 듣자마자 그 애 이름을 떠올리려 했다. 이름이 뭐였더라…?

"넌 니 인생을 내버려뒀어."

"…."

"넌 이제 가해자야."

뒷목에 그 애의 크고 차가운 입술이 닿았다 떨어졌다. 변명할 새도 없이 그 애가 내 등을 손가락으로 쑥 밀었다.

"잘 가라…. 이지윤…."

작은 내 몸이 눈발과 함께 절벽 위에 잠시 표류했다. 나를 내려다보는 그 애의 뚱한 표정이 거슬린다 싶더니, 이내 눈앞의 절벽이 하염없이 멀어졌다.

이은영

미스터리와 몽상이 부유하는 환상 문학에 끌린다. 인간이 넘볼 수 없게 암호화된 공상 세계는 동경과 탐닉의 대상이고 늘 호기심을 자극한다. 장르를 불문하고 상상을 독점하는 미스터리 작가로 남고 싶다.

심사평
높은 수준과 다양한 스타일의 응모작들 중 발견한 수작!

《계간 미스터리》 신인상 심사위원

이번 가을호 신인상엔 역대급으로 많은 수의 작품들이 응모했으며 본심에 오른 작품의 수준 또한 고루 높아서 심사하는 내내 깜짝 놀랐다. 하지만 응모작들이 특정 하위 장르에 편중된 경향을 보여 안타깝기도 했다. 아무래도 한 장르에 쏠리다 보면 심사 기준이 높아질 수밖에 없기 때문이다.

〈바리새인의 고백〉은 출세 지향의 의사가 과거의 치부를 덮기 위해 저지르는 범죄를 그리고 있다. 대화체가 현실감 넘쳤고, 타락한 종교 단체에 대한 묘사도 재밌었다. 개개의 사건들은 모두 흥미로운데 중심 사건인 살인사건과의 연관성이 다소 떨어져 아쉬웠다.

〈부동산개발팀 소실 사건〉은 제목에서부터 호기심을 끄는 데에 성공했다. 그리고 공모전에선 잘 볼 수 없었던 직장 스릴러라서 반가웠다. 직장 내 갑질 행태와 회사원들의 고충도 잘 느껴졌다. 감자 독으로 죽인다는 설정도 참신했다. 하지만 그게 실현 가능한 일인지 의문스러웠다. 썩은 감자로 요리를 하면 맛도 쓰고 색깔도 검게 변하기 때문이다. 다음번에는 독 당근처럼 먹기 전까진 이게 독인지 모를 만한 식재료를 선택해보길 바란다.

중·장편 분량으로 응모한 〈소시오패스 감별사〉는 '페이지터너'를 중요하게 여기는 미스터리 장르에서 보기 드문 만연체를 사용하고 있다. 호흡이 긴 문장을 미스터리 장르에 쓰지 말라는 건 아니다. 그만큼 '잘' 쓰기가 힘들다는 것이다. 구병모의《파과》를 참조해보길 바란다. 이야기 자체는 재밌으니까 문장만 좀 더 다듬으면 분명히 좋은 작가가 될 것이다.

〈얼굴들〉은 은퇴를 눈앞에 둔 노형사가 현재의 사건을 통해 과거 섬에서 발생했던 살인사건을 회상하는 이야기다. 모든 면에서 일정 수준 이상이지만, 현재 사건의 진범인 청년과 과거 사건의 범인인 소녀와의 연관성이 부족하고 노형사의 심리묘사가 미흡한 탓에 작품의 주제가 설득력이 없다는 점이 단점으로 지적됐다.

〈콘크리트 살인사건〉은 일본에서 벌어진 실제 사건에서 모티프를 가져왔나 했으나 기우였다. 신분 상승을 위해 우발적으로 살인을 하게 된 남자의 '웃픈' 사체처리 이야기였다. 전형적인 스릴러 이야기지만 끝까지 끌고 가는 힘도 있고 재미도 있다. 다만 콘크리트 안에서 사체가 부패하는 과정에 대해선 잘못 알고 있다. 고증

까진 아니더라도 한번쯤 자료를 찾아봤다면 다른 방식으로 부패 과정을 설명하지 않았을까 하는 아쉬움이 있다.

〈개는 알고 있다〉는 은둔형 외톨이인 주인공이 친족 살인이라는 극단적인 선택에 이르는 과정을 묘사하는 사이코 심리 스릴러물이다. 좋았던 점은 집에 세 들어 사는 외국인 노동자와 집주인이나 다름없는 아들인 주인공의 위치가 어느 순간 전복된다는 것이다. 사실 은둔형 외톨이, 친족 살인, 이상심리 등의 이야기는 미스터리 장르에선 너무나도 흔한 소재이다 보니 눈에 띄게 잘 쓰기가 힘들다. 우발적인 살인사건을 저지르게 된 주인공과 그 살인사건의 목격자이자 세입자인 외국인 노동자 간의 대결로 밀고 나가면 훨씬 좋은 작품이 되지 않았을까.

〈두 얼굴의 사내〉는 일본의 환상, 추리소설의 거장인 에도가와 란포를 떠올리게 하는 문체를 쓰고 있다. 주인공이 상상하는 대로 실제 사건들이 일어난다는 발상 자체도 기이하면서 재밌다. 옛날 느낌의 문체는 개성 있고 나쁘지 않다. 문제는 분량 조절에 실패한 것이다. 초보 작가가 흔히 하는 실수인데, 초반에 너무 힘을 많이 주다 보니 배경 묘사나 인물 묘사에 불필요하게 많은 분량을 할애하게 되는 것이다. 기, 승, 전, 결에 합당한 매수를 미리 정해놓고 소설을 쓰면 실수를 보완할 수 있을 것이다.

〈졸린 여자의 쇼크〉는 과거 자신이 저지른 살인에 대한 죄책감으로 결국엔 죽음을 선택하는 여자의 이야기다. 여자는 왜 가수면 상태에 빠져서 환각과 환청을 보는가, 거인은 누구인가, 거인은 왜 여자를 죽이려 드는가 하는 점에서 미스터리가 발생한다. 의문점들을 다 해소해주지 않고 모호하게 끝냈다는 점과 가수면 상태인 특이한 기면증이 생기게 된 원인을 명확하게 밝히고 있지 않은 점이 단점이라면 단점이다. 하지만 이번 가을호에 응모한 사이코 심리 스릴러 중에선 단연 으뜸이었다.

"오늘 엄마가 죽었다. 아니 어쩌면 어제"라는 뫼르소의 독백으로 시작하는《이방인》이후로 얼마나 많은 소설들이 사이코패스의 심리를 다뤘는지 셀 수조차 없을 것이다. 지금 바로 이 시대를 살아가는 우리의 마음속에도 악의는 피어난다. 그걸 놓치지 않고 쓴다면 정말 멋진 심리 스릴러가 될 것이다.

마지막으로 〈꽃산담〉은 제주도 특유의 관습인 무덤가 산담을 연상시키듯, 시신 둘레에 돌담을 쌓고 꽃을 뿌린 살인자를 뒤쫓는 전통 경찰 수사물이다. 주인공인 좌 형사는 제주 토박이로 제주 사투리를 쓰는 묵직한 캐릭터인데 개성 있고 매력적이다. 현재 제주도가 안고 있는 여러 가지 사회 병폐들을 짚어내고 있는 점도 높이 샀다. 복선과 미스디렉션까지 시도한 점이 패기 있다. 서사가 약간 산만한 느낌이긴 하나 그런 단점을 상쇄할 만큼의 매력이 충분하다.

이번 가을호 신인상 당선작은 심사숙고 끝에 〈졸린 여자의 쇼크〉와 〈꽃산담〉으로 뽑았다. 응모작들 모두 어느 정도의 문장력과 현상력을 지니고 있었기에, 그중 이야기의 완결성과 캐릭터 조성 등의 다른 장점들이 두드러진 작품들을 선정했다. 물론 단점도 분명히 있지만 두 작품에서 무궁한 가능성을 엿보았기에 앞으로의 창작 활동이 기대된다.

다양한 이야기와 결합할 수 있는 게 바로 미스터리 장르다. 겨울호에는 본격, 코지, 코믹, 호러, SF 등 참신한 소재와 더 다양한 형식의 응모작들을 만나보고 싶다.

당선 소감
스스로를 변호하지 못하는 죽음들을 대변하겠습니다

박소해

제주에 산다고 하면 바다가 가까워서 좋겠다고 하는데 중산간 마을에 살고 있는 저는 바다보다 곶자왈을 더 좋아합니다. 바다는 관광객이 너무 많아서 잘 안 가게 되더군요. 반면 곶자왈은 항상 시원하지만 적당히 어둡고 습해서 사람들이 적습니다. 눈이 오지 않는 한 사시사철 애용할 수 있는 산책로입니다.

낮과 저녁 시간에는 여러 가지로 부산하고 집중이 잘 안 되어서 보통 새벽에 일어나서 홀로 글을 씁니다. 책상에 앉아서 글을 쓰다가 아침놀이 떠서 하늘색이 밝아지면 후드집업을 대충 걸치고 가까운 곶자왈에 갑니다. 아직 남편과 아이들은 꿈나라에 있을 시간입니다.

집 근처 곶자왈은 산책로가 잘 조성되어 있어서 혼자 걷기에 좋습니다. 곶자왈은 낮에 가도 밤처럼 어둡고 시간이 멈춘 듯이 신비롭습니다. 들어서는 순간 무겁고 축축한 공기가 확 피부에 와 닿습니다. 코로 폐를 찌를 것같이 날카롭고 차가운 새벽 공기가 들어옵니다. 산책에 나설 때는 스마트폰, 아이팟, 작은 피디수첩, 그리고 볼펜을 챙겨 나갑니다.

대개는 곶자왈을 걸으며 자연을 만끽하겠지만 추리소설을 쓰는 저는 곶자왈을 걸으며 죽음을 생각합니다. 고사리 숲을 지나고 버섯 포자가 잔뜩 피어난 바닥과 초록 이끼에 뒤덮인 바위를 밟으며 스스로를 대변할 수 없는 어떤 죽음들을 생각합니다. 이곳에 누군가의 시체가 버려져 있다면, 그 죽음이 나에게 들려줄 이야기는 무엇일까? 살해당한 걸까? 자연사? 아니면 스스로 선택한 죽음일까? 우거진 숲 속 작은 틈에서 만난 햇살은 제 눈을 무자비하게 찌릅니다. 잠시 눈을 찌푸리고 계속 걸어 어둠에 적응할 무렵, 수탉과 섬휘파람새의 울음소리가 들립니다.

곶자왈에서 맞이하는 수탉과 섬휘파람새의 시간은 소설을 구상하며 하루 중 거의 유일하게 혼자 있을 수 있는 시간입니다. 곶자왈에 와서야 저는 비로소 혼자입니다. 그러나 혼자 걷지 않습니다. 시체들이 저와 함께 걷습니다. 곶자왈에서 저는 심방(무당을 일컫는 제주 방언)이 됩니다. 그들은 저에게 자기 이야기를 써달라고 자꾸만 속삭입니다. 그들의 이야기를 듣고 또 듣습니다. 그들의 이야기를 세상에 알리는 것은 작가로서의 제 의무입니다.

저에게 다정하게 손을 내밀어주셔서 고맙습니다. 앞으로도 스스로를 변호하지 못하는 죽음들을 계속 대변하겠습니다. 지켜봐주세요.

당선 소감
일상 속에서 비집고 나오는 비밀스러운 공간

이은영

전 꿈을 참 많이 꿉니다. 시도 때도 없이 상상도 많이 합니다. 멍 때리는 건 기본이죠. 사물을 가만히 보다 보면 뭔가가 비집고 나와 비밀스러운 공간을 창출하고 제게 말을 겁니다. 너 다음에 이거 써봐, 라고 말이죠. 그들은 저의 친구나 다름없습니다. '상상은 했으나 불가능할 거라 여겼던 어떤 일'이 일어나고 보니 문득 궁금해집니다. 작가가 된 제가 떠올린 최초의 상상은 뭐였을까요. 최초는 아니겠지만 가장 오래된 기억은 초등학생 때 거울을 보며 했던 말들입니다. 그때 거울을 보며 저게 진짜 나인가? 저쪽 세계엔 뭐가 있을까, 그런 생각을 했고 일상 소재에 환상을 가미한 기이한 내용으로 밀린 방학일기를 써 내려갔습니다. 담임선생님의 취향이었는지 희한하게도 일기상을 받았죠. 그것도 학년 내내. 그게 제가 글을 쓰게 된 최초의 경위가 아닌가 싶습니다.

그 모든 최초의 것들이 지금의 저를 있게 했습니다. 작가에게 주어지는 최초의 상인 신인상을 주셔서 대단히 감사합니다. 오늘은 거울 대신 제 소설을 보며 이게 정말 내가 쓴 게 맞을까 의심하며 잠들 것 같습니다. 정말 감사합니다.

단편소설

공짜는 없다

버추얼 러브

임시보호되었습니다

무속인 살인사건

공짜는 없다

장우석

"저녁에 올 거지?"

녀석은 몇 번이나 확인 전화를 했다. 대충 핑계를 댄 뒤, 집을 빠져나왔다. 곧 여름방학인 데다 토요일 저녁이라 길거리는 사람들로 북적였다. 난 버스 창문에 기대어 앉아 며칠 후 있을 가출 계획을 점검했다. 드라마나 영화에서 보던 서울 거리를 돌아다녀 보는 것 말이다. 시옷자 모양의 서울대학교 정문은 꼭 걸어서 통과할 것이다. 종로에 있다는 지하 교보문고도 빼먹을 순 없다. 엄마가 반대할 것을 대비해 몇 달 동안 용돈을 모으고 집에 있던 헌책들도 팔았다. 석원이 녀석은 비용을 어떻게 마련했을까.

버스에서 내렸다. ○○동 노인회관 입구. 석원은 친한 친구지만 집에 가보는 것은 처음이다.

"잘 먹겠습니다."

"그래, 그래. 천천히 많이 먹어."

내가 전교 일등이라는 말을 들었는지 석원이 어머니는 연신 웃는 얼굴이었다. 한참 밥을 먹고 있는데 복도 끄트머리의 문이 열렸다가 닫히는 소리가 들렸다.

"우리 누나야."

석원이 주먹만 한 탕수육을 손으로 집으며 말했다. 석원에게 누나가 있다는 이야기는 처음 듣는다.

"누나는 같이 안 먹어?"

"누난 혼자 먹는 거 좋아해. 신경 쓰지 마."

우리는 고기와 기름기로 가득한 접시와 냄비를 깨끗이 비우고 방에 들어왔다.

벽에 펼쳐진 서울 지도가 어느덧 새까매졌다. 이로써 계획은 완성 단계로 접어들었다. 어머니를 설득하는 일만 남기고 말이다.

"우리 엄만 찬성이야. 너하고 간다니까 바로 괜찮다던데. 크크."

"나 화장실 좀 갔다 올게."

육중한 나무 바닥 복도는 밟아도 소리가 나지 않았다. 화장실 대각선 맞은편에 방문이 조금 열려 있었다. 복도 끝머리에 있는 화장실 쪽으로 지나가며 방 안쪽을 슬쩍 엿보았다. 안에는 아무도 없었다. 거기서 멈추고 친구 방으로 돌아왔어야 했다. 그랬다면 아무 일도 일어나지 않았을 것이다. 난 방을 지나쳐 화장실 쪽으로 갔다. 문손잡이를 잡으려는데 문이 열렸다. 누가 안에서 연 것이었다.

"…."

그녀는 움직이지 않고 나를 지그시 내려다보았다. 새하얀 팔과 다리. 긴 목과 부릅뜬 눈. 외로운 눈. 내 심장이 가슴을 뚫고 나오고 있었다. 그녀의 숨결이 느껴졌다. 난 고개를 숙인 채, 친구 방으로 돌아왔다.

"얘가 갑자기 무슨 소리를 하고 있어?"

"그냥 가면 안 돼? 민락동으로 다시 이사 가면 안 돼?"

엄마는 텔레비전을 보면서 고양이 머리를 쓰다듬고 있었다.

"그러니까 갑자기 웬 이사냐고? 여기로 이사 온 지 2년밖에 안 됐는데. 그리고 이사가 쉬운 줄 알아?"

난 목소리를 쥐어짜면서 말했다.

"학교가 너무 별로야. 선생님들이 못 가르치고… 반 아이들도 그냥 그렇고…."

"한 학기 지나도록 잘만 다니더니만. 뭔 소리래?"

난 엄마 앞에서 무릎이라도 꿇고 싶었다.

"너, 엄마한테 솔직히 말해봐. 뭔 일 있었지?"

엄마는 리모컨으로 텔레비전 전원을 껐다.

"학교에서 누가 괴롭혀? 사실대로 말해봐. 엄마 눈 똑바로 쳐다보고."

난 고개를 저었다.

"그럼 뭐 사고라고 쳤어?"

"그런 건… 아니고."

내 얼굴을 살피던 엄마는 리모컨을 다시 집으며 말했다.

"그럼 요 앞 세탁소 가서 아버지 양복 찾아와. 회색하고 감색 두 벌이다."

난 힘없이 일어서서 안방을 나왔다. 전교 일등을 한 놈이 갑자기 전학을 가겠다는 건 내가 생각해도 말이 안 된다.

"일어나라. 시험 시간에 자는 놈이 어디 있니?"

웃음을 머금은 목소리가 내 어깨를 툭 쳤다. 난 홀린 사람처럼 멍하니 앉아 국어 선생님이 답안지를 걷어가는 모습을 바라보았다. 월요일 1교시. 칠판에 적힌 문제를 읽은 것까지는 기억이 난다. 그런데… 어느 순간에 정신을 잃었다. 엎드리지도 않고 앉은 상태 그대로 눈을 감고 잔 것 같다. 아무리 내신에 들어가지 않는 쪽지시험이라지만 이래서야 전교 일등의 위용이 말이 아니다.

"오늘 국어는 아예 참고서 그대로 냈던데. 예시 문항도 똑같더라. 우리 박 쌤, 내일모레가 방학이라고 이제 막 가네. 뭐 우리는 좋지만."

석원은 탄산음료 병을 입으로 가져가며 말했다.

"너야 뭐 당근 백 점일 거고. 그런데 어제 잠 못 잤어?"

"어. 그냥… 좀."

뒷동산 여기저기서 아이들이 둘러앉아서 잡담을 하고 있었다. 조금 더 위로 올라가면 등산로 입구가 있다.

"그건 그렇고. 야, 2차 모임 해야지. 모레 수요일 어떠냐. 목요일부터 방학이니까. 밤샘해도 될 거 같은데."

기어코 서울 탐방을 할 생각인 모양이다.

"저… 석원아."

"왜?"

"저기… 그…."

말없이 내 얼굴을 보던 녀석은 왼손을 휘저으며 고개를 흔들었다.

"야, 우리 누나 땜에 그러지? 신경 꺼."

"그게 아니라…."

"에이, 자식이 하필 그때 화장실을 가는 바람에…. 우리 누나 친절해. 음식도 잘하고 내 공부도 도와줘."

"그런데 우리가…."

"그날도 너 가고 난 후에 친구냐면서 이것저것 물어보던데."

석원은 재미있다는 듯 웃으며 말했다.

"이름하고 어디 사는지 뭐 그런 거 물어보더라. 그래서 가르쳐줬지. 대연동이라고. 학기 초에 니네 집에서 짜장면 먹은 적 있잖아. 아 참, 전교 일등이라는 것도 알려줬어. 뭐 별로 놀라는 기색은 없었지만."

사는 곳을 물었다고? 그 짧은 순간에… 날… 알아본 걸까? 확인할 필요가 있다.

"그래. 모레 저녁에 갈게."

난 가방을 챙기며 일어섰다.

다시 석원의 집을 찾았을 때, 그녀는 외출 중이었다. 천만다행인 것은 석원의 집안 사정으로 우리의 서울 여행이 겨울방학으로 미뤄졌다는 사실이다. 석원은 방학 전 이삼 일을 우울한 표정으로 지냈다. 속 좋은 녀석이지만 이번 일은 많이 아쉬웠던 모양이다. 난 물론 다행이라고 생각했다. 적당한 구실을 붙여 겨울방학 여행도 취소할 계획이었으니까 말이다.

내가 석원과 어울리게 된 계기는 짝이라는 단순한 이유 때문만은 아니다. 중간고사가 끝난 직후의 어느 날이었다. 점심시간이 끝나고 오후 수업이 시작되기 전에 학급 아이 하나가 학교 뒤쪽 등산로 근처에서 뱀 한 마리를 잡아 교실에 가져온 일이 있었다. 작은 방울뱀이었다.

문제는 이 녀석이 책상 위를 기어 다니다가 바닥으로 떨어져 교실을 휘저으며 돌아다니기 시작한 것이다. 그 바람에 한바탕 난리가 났다. 친구들이 잡으려고 해봤지만 방울뱀은 책상과 의자 사이로 요리조리 달아나고 때로는 타고 오르기도 하면서 잘도 피했다. 남자 고등학생들이라고 해도 실제로 뱀을 보는 건 처음이었다. 아이들이 비명을 지르며 도망치는 혼란의 와중에 선생님이 교실 문을 열고 들어왔다. 모두들 창문 쪽으로 몰려가 있어 수업은 불가능했다. 어리둥절해하던 선생님이 사태를 파악하고 나서 슬그머니 교실 문을 열고 나가려고 했다.

그때 석원이 나섰다. 녀석은 방울뱀이 책상 다리를 타고 위로 올라온 순간, 손에 들고 있던 커터 칼로 뱀을 두 동강 내버렸다. 우리는 환호성을 지르며 박수쳤다. 교실은 다시 평화를 찾았고 석원은 영웅이 되었다. 그날, 난 석원의 결단력에 깊은 인상을 받았다.

난 화장실을 나와 냉수로 샤워를 하고는 러닝셔츠로 몸을 닦고 교실로 들어갔다. 자습 시간이었다. 이어폰을 끼고 감독을 하던 나이 많은 한문 선생님이 활짝 웃으며 날 맞이했다. 어서 들어와, 전교 일등. 덥지?

오전 보충 수업이 끝나고 점심시간이 되었다. 방학 중이라 매점은 한산했다. 장의자 군데군데 아이들이 섬처럼 떨어져 앉아 있었다. 난 입구 쪽에 있는 자판기에서 커피를 뽑아들고 안쪽으로 들어가 자리를 잡고 앉았다. 빵을 먹으며 수학 노트를 폈다. 어차피 오후는 자습이다. 어두컴컴한 실내지만 아직 대낮인지라 역도부 연습실이 있는 반대편 출구, 그러니까 뒷동산 쪽에서 햇빛이 들어 노트를 보는 데는 지장이 없었다. 수열 문제였다. 점화식으로 일반항을 구하는 문제. 뻔해 보이지만 변수가 숨어 있어 식을 변형시키는 데 기술이 필요한 식이었다. 지난주 수업 시간에 선생님이 칠판에 쓰자마자 풀기 시작해서 선생님보다 빨리 풀어낸 식. 이런 식으로 공부하는 것도 재미있는 방법이 되겠다 싶었다. 수학 시간마다 선생님과 경쟁하는 방식으로 문제를 풀어내는 것. 나중에 학력고사 전국 일등이라도 하면 '난 이렇게 공부했어요'라는 책이라도 낼까? 하며 속으로 쿡쿡거렸다.

그런데… 노트 구석에 문자를 써 갈기며 식을 변형하려고 해도 방법이 떠오르지 않는다. 곱하기를 역수 나누기로 바꾸고 다시 해당 문자를 치환했던가? 수업 시간에 내가 발견한 방법은커녕 선생님이 가르쳐준 방법조차 떠오르지 않는다. 노트를 뒤로 넘겨봤다. 문제가 네 개 더 있다. 하루에 다섯 문제. 문제를 푼 후 그냥 다음 문제로 넘어가면 안 된다. 문제의 조건을 바꿔보고, 일반화해보고 이리저리 조절해서 새 문제를 만들어 다른 방식으로 풀어봐야 문제가 가진 진짜 의미가 드러난다. 그 과정에서 문제를 이해하는 능력, 문제 속에 숨어 있는 본질을 잡는 능력이 생겨난다. 그러니까 문제를 많이 푸는 게 능사가 아니다. 하루에 이런 방식으로 다섯 문제만 풀면 문제집에 있는 백 문제를 기계적으로 풀어내는 것보다 훨씬 도움이 된다. 수학 선생님이 수업 시간에 해준 말이지만 지키는 학생은 많지 않다. 특별한 공부법 같은 건 없다. 선생님과 교과서가 말하는 것을 성실히, 자기 방식으로 수행해나

가면 되는 것이다. 내가 지금까지 그래왔듯이.

샤프 끄트머리에서 등식이 겨우 완성되었다. 그럼 그렇지. 휴. 풀이법의 특징과 일반화 가능성에 대해 짤막하게 노트에 필기한 후 페이지를 넘겼다.

"앉아도… 될까?"

난 샤프를 잡은 채, 고개를 들었다. 큰 키, 가느다란 팔, 그리고 짙은 선글라스. 그녀는 내 맞은편에 앉았다. 앉은키가 컸다. 종이 울린 지 한참 지난 때라 커다란 매점 안에 둘 말고는 아무도 없었다. 난 노트를 옆으로 치운 채, 자리에서 일어나 입구로 갔다. 자판기에서 코코아 한 개를 뽑아 되도록 천천히 원래 자리로 갔다. 난 그녀 앞에 코코아를 놓았다.

"지난번에 미안했다. 우리 석원이 친구가 집에 왔는데 불편하게 해서."

선글라스 속이 전혀 보이지 않았다. 아마도 집 밖에 나갈 때는 항상 선글라스를 끼겠지. 난 구겨진 종이컵을 만지작거렸다. 뒤뜰로 드나드는 문 쪽이 시끄러웠다. 고개를 돌려보니 역도부 아이들 몇 명이 안으로 들어오고 있었다.

"집이 대연동…이라면서."

허스키한 목소리. 난 커피를 한 모금 마시며 마음을 가다듬었다.

"예. 어릴 때부터 계속 살았어요."

거짓말이다. 난 중학교 2학년 때까지 범천동에 살았고 지금은 그 동네를 잊으려 노력한다. 머리를 빡빡 민 역도부 아이들이 계속 들어오고 있었다.

"그런데… 그건 왜 물으세요?"

나는 선글라스를 정면으로 바라보았다. 그녀는 표정 없이 한참 동안 날 바라보았다. 시간이 지나면서 선글라스 안쪽이 엷게 보이기 시작했다. 외로운 눈동자 하나가 날 노려보고 있었다.

"3년 전 여름에…."

"…."

"혹시 자전거 타고 산복도로 위 수정동 근처에 간 적 있니?"

자전거를 타고 산복도로 위를 올라간 적이 있느냐고? 그것도 콕 집어서 3년 전에? 당연히 있지. 있고말고. 그걸 확인하러 온 거잖아. 3년 전 그날, 나만 상대방의 얼굴을 본 게 아니었다. 그 짧은 순간의 기억을 소환해낸 것도.

"누나. 전 자전거 못 타요."

그녀는 살짝 웃는 것처럼 보였다. 우리는 의미 없는 대화를 몇 마디 더 나눴다. 몇 분 후, 그녀는 일어서며 교무실 위치를 물었다. 난 그녀를 배웅한 후 뒤뜰로 나왔다. 아이들 두세 명이 뒷동산 쪽 장의자에 앉아 있었다. 구름 한 점 없는 화창한 날씨였다. 아이들을 지나쳐 등산로로 접어들었다. 난 계속 뛰어 올라갔다. 10분쯤 지나자 중간 능선에 다다랐다.

3년 전 그날. 여름방학이 끝나기 직전인 8월 중순. 송도 바닷가 끄트머리 어디쯤이다. 가위 바위 보를 한다. 난 가위. 친구는 바위. 내가 이겼다. 우리는 서로 자전거를 바꾼다. 올 때와 똑같다. 뭐 가는 동안 젖은 옷은 다 마를 테니깐. 지난번처럼 자전거에서 내릴 때, 옷 안에서 마른 소금 가루가 툭 하고 떨어질 게 분명하다.

나는 진석의 오렌지색 자전거를 타고 앞서 나간다. 진석은 우리 할머니가 동네 김씨 할아버지에게 헐값에 빼앗다시피 구입한 나의 낡은 자전거를 타고 뒤따른다. 우리 둘 다 한 손에 대나무 낚싯대를 들고 다른 한 손으로 몇 시간을 거뜬히 달릴 수 있는 실력자들이다. 도로를 달리는 승용차들이 우리를 비켜간다. 내가 길을 내고 친구는 뒤따른다.

내가 갑자기 방향을 튼다. 산복도로로 올라가면 집에 돌아가는 데 시간이 더 걸린다. 경사가 급해 아주 힘든 길이다. 2차선 좁은 길을 달리는 마을버스를 피해가야 할지도 모른다. 초등학교에 들어가기 전, 엄마와 마을버스를 타고 아버지 회사로 도시락을 들고 갔던 기억이 난다. 나는 사이클 선수처럼 다리에 힘을 실어 자전거를 끌어간다. 한참을 오르다 돌아보니 진석이 보이지 않는다. 하긴 가뜩이나 힘들어 죽겠는데 오르막길을 올라갈 필요는 없었겠지. 녀석은 오던 8차선 대로를 그대로 달려 집으로 간 것이다.

헉헉거리며 자전거를 끌고 올라가니 평지와 다름없는 마을이 눈앞에 나타난다. 사각형 모양으로 각진 집집마다 앞뜰이 보인다. 드라마에서 보던 마을 같다. 기왕 들어온 마을이니 충분히 즐기고 가자. 난 자전거를 돌려 골목길을 돌아다니기 시작한다.

동네는 조용하다. 한 손으로 핸들을 잡고 묘기 부리듯 돌아다니던 나는 어느 순간, 길을 잃는다. 저녁 시간까지 들어가지 않으면 엄마는 밥을 주지 않는다. 난 고개를 들고 처음에 들어왔던 골목을 찾기 시작한다. 비슷한 골목이 여러 개가 있다. 골목을 들어가면 다시 새로운 풍경이 펼쳐진다. 미로 같은 마을이다. 높은 지대라 붉은 노을이 하늘에 아름답게 펼쳐져 있다. 진석인 이미 집에 도착했을지도 모른다. 한 손에 들고 있던 대나무 낚싯대가 무겁게 느껴졌다. 버스 지나가는 소리가 들린다. 난 속도를 올려 가장 가까이 있는 골목 쪽으로 내달린다. 골목을 접어드는데 여학생의 얼굴이 나타났다. 눈이 마주치는 순간, 칼 같은 비명이 들린다. 한 번도 들어본 적 없는 소리. 난 자전거를 세운다. 무슨 일이 일어났는지 알아채는 데는 그리 오랜 시간이 필요하지 않았다. 핸들을 잡은 채 왼손에 움켜쥐고 있던 대나무 낚싯대가 여학생의 왼쪽 눈을 찌른 것이다. 난 자전거를 그대로 몰아 전속력으로 골목을 빠져나온다.

난 무서웠다. 이후로 몇 달 동안 나는 경찰이 애꾸눈 여자를 데리고 우리 집 대문을 열고 들어오는 꿈을 꿨다. 학교에서 수업 중에 갑자기 교내 방송이 나오면 심장이 콩알만 해지며 사색이 되곤 했다. 하지만 방범 카메라가 거의 없던 시절이고 주변에 목격자도 없었기에 난 다행히, 정말 다행히 잡히지 않았다.

부모님의 경제 상황은 한동안 회복되지 않았다. 아버지는 실직과 이직을 반복하고 있었다. 엄마는 담배를 피우기 시작했다. 난 만화 그리기와 잡지 수집에 빠져 있었다. 몸이 불편한 여동생의 검진을 위해서 전라남도 여수에 다녀온 며칠 후, 엄마는 여동생과 함께 음독자살을 시도했다. 다행히 둘 다 목숨에는 지장이 없었다. 움직임이 멈춘 여동생의 다리 근육이 앞으로 영구히 쓸 수 없으리라는 검진 결과를 어머니는 받아들일 수 없었던 것이다. 병명조차 없는 희귀병이었고 이번 여수는 마지막 희망이었다.

병원 복도 의자에 앉아 있는 나에게 둘째 이모가 말했다. 아주 어린 시절부터 날 아껴주던 이모였다. 우진아. 엄마가 너 하나 보고 사는 거 알지? 엄마를 지켜드려야 한다. 난 고개를 끄덕였다. 그리고 결심했다. '지금까지의 나'를 모두 털어내기로 말이다. 난 착하고 성실하고 모범적인 아들로 거듭나고자 피눈물 나게 노력했다. 몇 달에 걸쳐 영어 참고서를 통째로 암기했다. 휴일엔 열 시간씩 공부를 하고는 학습 일기를 기록했다. 중3 때 처음 학급 일등을 찍자 어머니는 둘째 이모에게 빌린

돈으로 떡을 해서 우리 반 아이들에게 돌렸다. 공부는 재미있었고 성적이 오를수록 더 열심히 했다. 선생님들이 내 답안지를 보고 채점을 할 만큼 나는 성적과 인품 모두 뛰어난 학생으로 신뢰받고 있었다. 보이스카우트 일원이었던 나는 중3 겨울 방학 때, 호주에서 열린 국제 잼버리에 한국 대표 학생 중 한 명으로 참가할 기회를 얻었다. 한국보이스카우트연맹 이사인 교장 선생님의 추천 덕분이었다. 잼버리 기념 녹색 배지는 지금도 옷깃에 달고 다닌다. 배지가 예쁘기도 하지만 무엇보다도 명예로운 삶을 살겠다는 내 의지가 강하기 때문이다.

회사를 그만두고 운동용품 매장을 차린 아버지는 의외의 운영 능력을 발휘해서 1년 만에 부산 시내의 금싸라기 땅인 서면 한복판에 스포츠 용품 매장을 내는 기염을 토했다. 아버지와 아들의 선순환. 우리는 얼마 후 대연동 주택가로 이사했다. 엄마가 여동생을 돌보기에 좋은 환경이었다. 부모님의 전격 결정이었고, 그렇게 난 범천동을 벗어날 수 있었다.

내 생일이었던 11월 21일 토요일, 학교 수업이 끝난 후 시민회관에서 열린 미술 국전을 보러 갔다. 미술 선생님이 티켓을 선물해줬기 때문이다. 국전은 재미없었다. 난 벽에 걸린 이상한 그림들을 보다가 건물 바깥으로 나왔다. 눈부시게 밝은 늦가을의 한낮이었다. 시민회관은 범천동과 멀지 않은 곳에 있었다. 횡단보도를 건너자 건물 옆에 있는 개천이 눈에 들어왔다. 개천 주변으로 꼬마들이 자전거를 어지럽게 타고 있었다. 잠시 옛 생각이 났다. 아니 사실 늘 하던 생각이다. 자전거. 털어내지 못한 마지막 한 조각.

난 천천히 개천 길을 따라 걸어갔다. 토요일이라 길거리는 차들로 북적였다. 자성대를 지나 부산역 쪽으로 접어들었다. 눈에 익은 길이 계속 나타났다. 자전거 핸들을 잡고 승용차와 버스를 피해가며 질주하던 길. 눈을 감고도 자유자재로 방향을 틀 수 있었던 길. 난 홀린 듯 앞으로 나갔다. 어느덧 나는 산복도로 입구 앞에 서 있었다. 3년 전. 왼손에 대나무 낚싯대를 든 채로 자전거를 타고 신나게 올라갔던 그 조그만 길이었다. 난 걸음을 옮겼다. 나를 기억하는 누군가가 나타날 수도 있다. 내 기억보다 경사가 높지 않았다. 그때 그 여학생이 어딘가에서 날 기다리고 있을지도 모른다. 그날, 날 목격했던 누군가를 만날 수도 있다. 그래도 어쩔 수 없다.

이제 곧 미로 같은 마을이 나타날 것이다. 그리고 그 골목이 나타날 것이다. 심장이 조여왔지만 여기까지 와서 포기할 수는 없다. 한번은 겪어야 할 일이니까. 올라가는 내내 마을버스가 보이지 않았다.

이상하다. 분명히 여기가 맞는데. 골목 마을이 통째로 보이지 않는다. 아예 사라진 것 같다. 위쪽엔 사람이 살지 않는 걸까? 아래쪽으로 발걸음을 옮기려는데 길 건너편에 사람이 보였다. 지나는 차도 없기에 난 가볍게 길을 건넜다.

"저… 아주머니."

모범생답게 정중한 톤으로 목소리를 깔았다. 여인은 누런 바구니를 손목에 끼운 채로 날 쳐다보고 있었다.

"저쪽에 골목이 있었던 거 같은데… 안쪽에 집들도 있고요."

"다 헐었어."

여인은 말을 마친 후, 다시 걷기 시작했다.

"동네를… 헐었다고요?"

따라붙으며 물었다. 여인은 고개를 끄덕였다.

"어떤 목사가 저 위쪽에다가 대형 교회를 짓는다고 저기하고 이 아래쪽 모두 헐었다는데. 셋방은 다 쫓겨나고 집주인들은 보상받고 이사 갔지 뭐."

위쪽에 마을버스가 보이지 않았던 이유가 있었다. 여러모로 누추해 보이는 그 여인이 사라질 때까지 나는 고개 숙여 인사했다.

나는 피해자를 만날 위험을 무릅쓰고 이곳을 다시 찾았다. 보이스카우트답게 명예롭고 용기 있는 선택을 한 것이다. 하지만 동네가 헐렸다! 사라졌다! 이건 나의 능력 밖이다. 난 그녀를 찾을 수 없다! 앞으로도 마찬가지다. 마을이 사라졌으니 그 집 주변에서 물어볼 사람도 이제 없다. 3년 전 그날 도망가지 않았으면 더 좋았겠지만 그건 내 정신으로 선택한 행동이 아니다. 누군들 그러지 않았을까? 그럼에도 난 온전히 내 의지로 여기까지 왔다. 후들거리는 다리를 땅에 붙여가며 떳떳하게 돌아왔다. 마지막 한 조각의 부끄러움을 털어내기 위해서 말이다. 난 최선을 다했다. 난 더 이상 쓰레기가 아니다. 오늘 일은 어쩌면 그동안 충분히 힘들었으니 과거의 잘못을 털어내고 앞으로 열심히 살아가라는 신의 명령이 아닐까? 하필 내 생일에 받은 신의 선물 말이다. 그래. 그녀에 대한 미안함은 앞으로의 내 삶으로 보상하자. 희생과 봉사, 그리고 올바른 삶으로 말이다. 그 방법밖에 없지 않나? 난 한 번도 쉬지 않고 두 시간 반을 뚜벅뚜벅 걸어서 집으로 돌아왔다.

고등학교에 입학하기 전 화학 교과서의 원소 주기율표를 전부 암기했고, 수학의 정석을 연습문제까지 모조리 풀어서 노트에 정리했다. 결과는 고입 배치고사 학급 일등으로 돌아왔다. 다음 목표는 전교 일등. 난 하루 열두 시간씩 공부했고 결국 1학기 기말고사에서 전교 일등을 이루어냈다. 과거의 잘못을 통해 현재를 온전히 살아낸다는 것. 자신에게 떳떳한 삶. 난 신의 아름다운 설계에 찬사를 보냈다. 이런 거군요. 삶이란 게. 노력하는 자에게 보상 있으라. 난 한국 전자산업을 이끌

훌륭한 공학자가 되어 있는 10년 후의 내 모습을 그렸다.

주변에 아무도 보이지 않았다. 소나무들이 뿜어내는 억센 향이 콧속을 후비고 들어왔다. 그녀는 내가 3년 전 그놈이라는 걸 알고 있는 듯했다. 분명히 그랬다. 그러지 않고서야 그런 걸 물을 리 없다.

이제 난 어떡해야 하나. 늦었지만 고백을 하는 게 맞을까? 이 길로 뛰어 내려가 교문을 지나 내려가고 있을 그녀를 붙잡고 무릎을 꿇을까? 저 누나, 정말 죄송합니다. 예. 저 맞아요. 접니다. 제가 그날 누나 눈을 찌른 그놈입니다. 사고였지만 그땐 너무 무서워서 도망갔어요. 그 후 사죄하기 위해 그 동네를 찾아갔지만… 믿어주세요. 정말이에요. 동네가 사라졌더라고요. 그래서 어쩔 수 없이… 어떤 비난도 달게 받겠습니다. 이렇게 나타나셔서 너무 놀랐지만 용기 내어 말씀드립니다. 정말… 죄송합니다.

짐작하겠지만 그동안 널 무척 원망했었어. 원망하는 마음이 커질수록 더더욱 네 얼굴은 내 기억 속에 또렷이 박혔지. 삶을 포기할 만큼 힘들었어. 여자에게 이건 정말 큰 형벌과도 같은 재앙이란 걸 알아줬으면 좋겠구나. 이렇게 솔직히 고백하며 용서를 구하니 널 용서하도록 노력해볼게. 그래도 그동안 들어간 치료비와 정신적 피해 보상은 해야 하지 않겠니?

그녀가 나를 용서할까? 그럴 리 없다. 그럴 수가 없다. 내가 회한의 눈물을 흘리면서 땅에 머리를 처박고 사죄의 비명을 질러댄들, 자신의 인생을 한순간에 망치고 사과도 없이 도망쳐버린 날 이해해줄 리 없다.

용서는 그녀에게 맡기고 내가 할 도리를 다한다? 그러니까 용서는 그녀에게 맡기고 말이다. 만약 그녀가 나더러 자기 인생을 책임지라고 하면? 천문학적인 돈을 요구하면? 그러니까 우리 집안을 파탄 낼 정도로 무리한 요구를 한다면 말이다. 우리 아버지에게 돈이 조금 있다는 것을 알면 엄청난 보상금을 요구할 가능성이 다분하다. 지역 스포츠 계통의 전문가가 되어 멋진 인생을 살아가고 있는 아버지에게 못할 짓이다. 더구나 몸이 불편한 여동생을 휠체어에 태우고 매일 학교를 오가는 엄마는 경제적 어려움과 나에 대한 실망(학교에 소문이 다 나서 전학도 불가능할 것이다)으로 또다시 극단적 선택을 할지도 모른다. 이건 거의 확실하다.

난 그 사건 이후, 철없는 말썽쟁이에서 가족을 포함해서(이 부분이 특히 중요하다) 모든 사람에게 인정받는 반듯한 모범생으로 거듭났다. 중1 때 반에서 40등 하던 애가 고1 때 전교 일등을 하는 것은 말처럼 쉬운 일이 아니다. 이건 그냥 열심히 사는 수준으로는 불가능하다. 영혼 수준의 변화가 있어야 한다. 난 내가 저지른 실수를 통해 내 삶을 고원하게 끌어올렸다. 그런데 그 정점에서… 신의 아름다운 설계? 신이 정말로 존재한다면 내게 이럴 수는 없다. 이렇게 악의적으로 사람을 괴롭힐 수는 없다.

난 우리 반 누구에게도 자전거를 타고 낚시를 다녔다는 말을 한 적이 없다. 아니 자전거를 탔다는 말조차도 꺼내지 않았다. 자전거와 낚시는 나한테 금기어니까. 내가 범천동에 살았다는 사실을 아는 사람도 지금 내 주변에 아무도 없다. 담임선생님까지 포함해서 말이다. 그러니까 내가 그놈이라는 증거는 **아직은** 없다는 말이다. 마음에 걸리는 사실이 하나 있다. 진석인 지금도 범천동에 살고 있을까? 난 고개를 흔들었다. 무슨 상관인가? 진석이 현장을 목격한 것도 아닌데 말이다. 어쨌건 그녀는 의심을 하고 있을 뿐, 내가 자기 왼쪽 눈을 대나무 낚싯대로 못 쓰게 만든 범인이라는 것을 확신할 그 무엇을 아직은 가지고 있지 못하다.

하얀 돌멩이 몇 개가 굴러 떨어졌다. 고개를 돌려 위쪽을 쳐다보았다. 한 사람이 요란스럽게 내려오고 있었다. 멀리서 보아도 벌건 얼굴에 한 잔 걸쳤는지 콧노래를 흥얼거리고 있었다. 난 옆으로 비켜 소나무에 몸을 기댔다. 자세히 보니 한 손에 담배를 들고 있었다. 환경 파괴범은 날 쳐다보더니 웃으며 담배를 끼운 손으로 거수경례 자세를 취했다. 어떻게 대응할까 고민하는 순간 그는 몸의 균형을 잃고 옆으로 넘어졌다. 난 잽싸게 몸을 날려 그의 왼쪽 팔을 두 손으로 붙잡았다. 순식간에 벌어진 일이었다. 우리 둘 다 흙바닥에 배를 댄 채, 마찰력으로 몸의 균형을 유지했다.

잠시 후 우리는 누가 먼저랄 것도 없이 천천히 일어났다. 환경 파괴범은 놀랐는지 멍하니 앉아서 날 잠시 쳐다본 후, 몸을 돌려 하산했다. 고맙다는 말도 없이, 더 이상 흥얼거리지도 않고 말이다. 그대로 굴렀다면 아마 중상을 입었을 것이다. 난 한참을 자리에 앉아 그가 남긴 담배꽁초를 바라보았다. 지금의 내 상황이 흙바닥에 아무렇게나 버려진 저 꽁초보다 못하다는 생각이 들었다. 난 일어나서 담배꽁초를 밟아서 확실히 끈 후 발로 차버렸다. 그리고 조금 더 걸어 내려갔다. 아까 장의자에 앉아서 이야기하고 있던 녀석들이 그대로 있었다. 녀석들에겐 내가 보이지 않는 위치다. 난 아래쪽을 내려다보며 심호흡을 한 후 그대로 몸을 날렸다.

문이 열리더니 야구 모자를 쓴 석원의 얼굴이 빼꼼 나타났다. 내 얼굴을 본 녀석은 걱정과 미소가 반반 섞인 표정을 지었다.

"근사한데? 우진아. 나도 1인실 한번 쓰고 싶다."

녀석은 플라스틱 음료수 상자를 창가에 놓으며 말했다.

"뭐 생각만큼 어려운 것도 아냐. 산에 올라가서 내려오다가 다리가 꼬이면 돼. 단 너무 위쪽에서 떨어지면 많이 굴러야 하니까 적당한 높이에서 구르는 게 좋아."

난 천천히 몸을 일으켜 베개에 기댔다.

"하하. 자식 걱정했는데. 멀쩡하구나."

석원은 골절된 내 오른쪽 팔 깁스를 유심히 살피더니 준비해온 마커로 깁스에 필기체로 휘갈겨 썼다.

"다리는 어때? 괜찮아?"

난 애매한 미소를 지으며 고개를 끄덕였다. 다리에 타박상이 꽤 많지만 심각한 부상은 아니다. 아쉬운 부분이다. 애초에 의도한 건 다리뼈 골절인데 말이다. 세상일이 뜻대로 되는 건 아니니까. 몸이 땅바닥에 닿는 순간, 본능적으로 웅크려 모드로 들어가 버린 것이다. 찰나의 순간이지만 순수한 사고와 의도된 설정의 결정적인 차이. 밑에 앉아 있던 아이들이 달려와 나를 일으켜 세울 때, 이 작전이 실패했음을 알았다. 하지만 어쩔 수 없었다. **주어진** 상황에서 최선을 다하는 수밖에. 이름 모를 두 아이가 부축해서 병원까지 가는 몇 십 분은 그야말로 몸이 터지고 살이 찢기고 뼈가 갈리는 고통의 시간이었다.

"오른쪽 팔이라서 좀 지장이 있겠네."

그나마 다행이라고 생각한다. 이 정도**라도** 다쳐줘서 말이다.

"뭐 할 수 없지. 왼손으로 수저 잡는 거 연습 중인데 좀 더 노력하면 될 거 같아."

석원은 고개를 끄덕였다. 나는 깁스를 한 팔에 그림처럼 그려진 글씨를 바라보았다. Keine Kosten.

공짜는 없다. 모든 일에는 양면이 있으니 힘든 일이 닥치더라도 좋은 태도로 임

하면 나쁜 일도 자산이 될 수 있다는 의미에서 독일어 선생님이 첫 시간에 해준 말이다. 제법인데?

석원은 웃으며 음료수 병을 집었다.

"너도 하나 멋진 거 개발해라. 내가 다치면 써주게. 크크."

난 사람이 다치는 거 좋아하지 않는다. 진심이다. 우리는 플라스틱 음료수 병을 여러 번 주고받으며 모두 비웠다.

한번 부러진 뼈는 다시 붙어도 그 기능이 예전과 같을 수는 없다고 한다. 더군다나 오른팔이다. 일상생활에 상당 부분 제약이 생기는 것이다. 평생 동안 말이다. 왼쪽 눈과 오른쪽 팔을 바꿀 순 없겠지만 나름대로 최선을 다했다. 난 자리에서 일어나 병원 복도를 한 바퀴 돌았다. 먹기 싫은 병원 밥도 오늘까지다.

병실에서 짐을 챙기는데 노크 소리가 들렸다. 더 올 사람은 없는데…. 난 "네" 하고 명랑하게 대답하며 고개를 돌렸다.

"들어가도… 되니?"

그녀는 꽃바구니를 들고 서 있었다.

"예… 뭐."

난 새파래진 얼굴을 숙인 채, 그녀를 안으로 안내했다. 그녀는 침대 근처까지 왔지만 앉지 않았다. 난 감히 꽃바구니를 받지 못한 채 엉거주춤 서 있었다. 그녀는 창밖으로 고개를 돌리더니 뭔가 생각하는 듯했다.

"미안해. 우진아."

"…."

"내가 좀 오해한 거 같아."

이게 무슨 소리지?

"널 내가 아는 아이로 잠깐 착각했어. 너하고 상당히 비슷하게 생겼거든."

양 손끝이 동시에 찌릿했다.

"그럼 지난번에 학교에 오신 것도 그것 때문에…."

그녀는 고개를 끄덕였다. 난 누구하고 혼동했는지, 또 그 아이가 누군지 굳이 묻지 않기로 했다. 이미 알고 있으니까. 그날 자전거를 못 탄다고 했던 내 말을 신뢰한 건지, 아니면 날 만난 후 확신이 사라진 건지 알 수 없지만 어쨌든 오늘의 만남은 나에게 복음이었다. 그야말로 이보다 더 확실할 수 없는 복음 말이다. 난 심장 밑바닥을 채우며 올라오는 피의 온도를 느끼며 차분하게 입을 열었다.

"굳이 여기까지 안 오셔도 되는데… 와주셔서 정말 감사해요."

난 처음으로 그녀의 검정색 선글라스를 따뜻한 눈길로 쳐다보았다. 그녀는 살짝 고개를 저은 후, 몸조리 잘하라며 일어섰다. 난 그녀를 병원 입구까지 배웅했다. 역시 노력하면 안 될 일은 없었다. 그날 저녁에 난 퇴원했다.

석원은 공부에 관심이 많았다. 정확히 말하면 성적일 것이다. 내가 봐도 머리가 나쁜 편은 아닌데 성적이 안 나온다. 이런 경우는 둘 중 하나다. 공부를 하지 않았거나, 방법이 잘못되었거나.

"그래서 말인데… 네가 나 공부 좀 가르쳐주면 안 되겠냐?"

녀석은 애절한 눈빛으로 두 손을 비비며 날 바라보았다. 공부를 가르쳐달라고?

"어떻게… 가르쳐달란 거냐?"

평일 오후 해변에는 사람이 많지 않았다. 난 석원과 버스를 타고 광안리 해변을 거닐다 과자와 음료수를 사서 해변 구석에 자리를 잡고 앉았다. 퇴원하고 딱 일주일이 지난 후였다. 그럭저럭 다닐 만했다.

"일단 수학이 문젠데… 뭐 기초부터 해야겠지?"

"그냥 열심히 하면 돼. 교과서하고 정석 놓고 하루에 한 시간씩 죽어라 두 달만 풀면 머릿속에서 길이 생겨. 그러니까 그냥 해봐. 공부는 머리가 아니라 엉덩이로 하는 거라니까."

내가 생각해도 수학 공부에 관한 최고의 조언이 아닐 수 없다. 그래 기분이다. 내친 김에 하나 더 가르쳐주자. 이건 나름의 비법이기도 하다.

"산만한 오전에는 영어 같은 암기 과목 위주로 하고, 조용하고 시간이 잘 안 가는 저녁에 수학 문제를 풀면 매일 규칙적으로 공부하는 데 도움이 될 거야."

조언을 마친 나는 조금 전에 가게에서 사온 에너지바를 한입 깨물었다. 석원은 말없이 날 쳐다보았다.

"그래. 그런 방법이 있었네."

"내 조언은 그냥 참고만 하고 석원이 네가…."

"그렇게만 하면 전교 일등 할 수 있냐?"

"너도 잘 알겠지만 몇 달 공부한다고 일등 할 수 있는 건 아니야. 일단 공부 습관부터 몸에 붙고 난 후에…."

"넌 어떻게 공부했기에 전교 일등을 했냐? 난 그게 궁금하단 말이야."

아이를 업고 지나가던 젊은 엄마가 우리 쪽을 쳐다보았다.

"석원아…."

"그딴 일반론 말고 정석을 펴놓고 문제 푸는 법을 하나하나 실제로 해보란 말이야. 네가 어떻게 푸는지 난 궁금하거든. 뭐 시작은 나와 똑같을 거 아니냐."

석원은 마치 내가 자신의 **부탁**을 거절하지 못할 것을 안다는 듯, 여유로운 표정을 짓고 있었다. 난 자리에서 일어났다.

광안리 해변 동쪽 끝에는 방파제가 있다. 테트라포드가 디귿자 모양으로 쌓여 있는데 낚시꾼이 가끔 보일 뿐, 사람들이 많이 찾지 않는 장소다. 서쪽으로 5분만 걸어가면 해수욕장 해변이 있기 때문이다. 여름에 태풍이라도 불면 바닷물이 방파제를 넘어서 한참 안쪽에 있는 횟집까지 덮친다. 어항이 깨져서 길바닥이 물고기 밭이 되는 일도 가끔 있다. 비바람 속에서도 낚시를 하는 또라이들도 있고. 실제로 술에 취한 낚시꾼이 발을 헛디뎌 사망한 사건이 있었다. 내가 이 동네 살 때의 일이다. 보기에는 별거 아닌 것 같지만 방파제 위를 걷다가 테트라포드 아래쪽으로 빠지면 스스로의 힘으로 올라오기 힘들다. 떨어지면서 머리나 다리를 다친 경우에는 더욱 그렇다.

"그럼 매일 한 시간씩 수학과 영어를 교대로 방과 후에. 오케이?"

시원한 바닷바람이 온몸을 핥고 지나갔다. 테트라포드 아래쪽에는 물이 규칙적으로 들어왔다가 빠져나가고 있었다. 매일 한 시간씩 이 녀석 과외를 해주느니 집에서 텔레비전을 보는 게 나을 것이다. 난 웃으며 말했다.

"그래. 그럼 일주일만 한번 해보자. 그다음엔 석원이 너 스스로…."

"노노."

석원은 고개를 저었다.

"몇 번을 말해. 난 전교 일등이 목표라니까. 공부를 끝내주게 잘하는 거 말이야.

너도 알잖아. 그 기분. 뭘 해도 용서되고, 격려를 받고, 어디를 가도 부러운 눈빛으로 수군거리고. 누구 집엘 가도 환영받고. 뭐 그런 거 말이야. 전교 일등만 누리는 그 기분. 응? 나도 느껴보고 싶거든."

녀석은 고개를 옆으로 돌려 나를 쳐다보며 싱긋 웃더니 말을 이었다.

"그러니까 우리 둘이서 한번 만들어보는 거야. 너도 보람 있을 거 아니냐. 친구를 전교 일등으로 만들어준 모범생. 야. 어쩌면 신문에 날지도 모른다고."

석원은 영어 시험이 있는 직전 주 금요일에 항상 내 교과서를 빌려 갔고 수학의 정석 연습문제를 내게 자주 물었다. 그때마다 난 도움을 주었다. 친절하고 상세하게 말이다. 성적에 대한 욕심이 있다는 것을 알았지만 이건 아니다.

"석원아. 나도 내 공부를 해야 하고… 그렇게 매일 시간을 써가며 널 도와주기는 힘들어. 무리한 요구야. 그리고 무엇보다…."

"이건 어때?"

석원은 오른손으로 내 어깨를 툭 쳤다.

"우리 누나 말이야."

난 말을 하려다 말고 석원을 쳐다보았다.

"왼쪽 눈. 너도 봐서 알지? 고등학교 3학년 때, 그러니까 3년 전에 사고가 나서 그렇게 된 거야."

"…."

"엄마 심부름 가려고 집 대문을 열고 골목길을 도는데… 하. 한 10초만 빨리 가거나 늦게 가지 하필 그 순간에 자전거 탄 놈이 모퉁이를 돌고 있었지 뭐냐. 손에 대나무 막대기 같은 걸 들고 말이야."

석원은 웃었다. 발아래 쪽에서 파도가 리드미컬하게 왔다가 밀려가며 조금씩 소리가 커지고 있었다.

“누나 눈을 찌른 놈은 자전거를 타고 도망갔어. 나중에 경찰에 신고했지만 뭐 그대로 끝이었지. 근처에 사는 놈은 아니었던 거 같아.”

“….”

“그런데 말이야. 누나가 최근에 그놈을 찾은 거 같더라고.”

바닷바람이 내 볼을 스쳐 석원 쪽으로 날아갔다.

“우진아.”

“응?”

옆으로 고개를 돌렸다. 석원은 내게 싱긋 윙크를 했다.

“우리 누나 눈 찌르고 도망간 놈… 너지?”

난 과장되게 웃었다.

“뭔 헛소리야. 농담하지 마라.”

석원은 자리에서 일어나서 호주머니를 뒤졌다.

“그러고 보니 아침에 바지를 갈아입었네. 에이 참.”

다시 방파제 둑에 앉은 석원은 손가락으로 담배를 집는 흉내를 내며 익살스러운 표정을 짓고는 어깨를 으쓱했다.

“뭐, 담배가 필요한 사람은 내가 아니니까.”

“석원아. 지금 무슨 말 하는 거냐? 내가 누나를 뭐 어쨌다고?”

“범천동. 범곡사거리 12-1. 진주여관. 네가 3년 전에 살던 주소 맞지? 아직 너네 할머니가 살고 계시던데? 종업원 한 명 두고.”

난 입을 떡 벌리고 아무 말도 할 수 없었다.

"어떻게 알았냐고? 뭐 그렇게 어려운 일은 아니야. 이사를 가도 생활기록부 학적란에 예전 주소가 누적되어 나오거든. 담탱이들이 학급 아이들 생기부 출력해서 모아두기도 하잖아? 혹시나 해서 담탱이 퇴근한 후에 심부름하는 척하며 서랍을 뒤져봤는데 말이야. 후후. 뭐 아무도 신경 안 쓰더라."

"너… 도대체 왜…?"

"니네 집 주소를 확인할 생각을 했느냐고? 이유는 세 가지야."

"네가 우리 집에 온 날부터 누나가 좀 이상했어. 너에 대해서 이것저것 자세히 물었거든. 전에도 친구들이 집에 온 적이 있었지만 이런 적은 없었어. 누나는 내 친구들에게 아예 관심이 없었다고. 처음에는 공부 잘하는 아이에 대한 관심이라고 생각했는데 사는 집이 어딘지, 이사한 집인지 꼬치꼬치 묻는 게 좀 이상하더라고."

"고작 그 정도로…."

"이런 조사까지 한 거냐고? 물론 그건 아니지. 네가 우리 집에 왔다 가고 이틀 후, 그러니까 여름방학 하루 전에 나한테 전화가 왔어. 우진이 너네 엄마 전화였는데… 뭐 생각나는 거 없냐?"

전학이었다. 난 이 녀석의 누나와 마주친 바로 그날 엄마에게 전학을 가고 싶다고 말했다. 엄마는 내 앞에서는 쿨하게 흘려보낸 것처럼 행동했지만 다음 날 무슨 일인가 싶어 친한 친구라고 알려진 석원에게 전화를 한 것이다. 전화번호는 내 폰을 몰래 들여다봤거나 담임에게 물어봤을 것이다. 그러니까 내가 그 집에서 그 누나를 본 날 이후에 석원에게는 두 가지 정보가 동시에 모인 것이다. 애꾸눈 누나는 우진에 대한 정보를 얻으려고 하고, 우진은 학교를 떠나려고 한다.

"나도 처음엔 그 정도까지 상상하지는 못했어. 너처럼 전교 일등 하는 머리도 못 되잖니? 하하."

부모님이 분가해 나왔지만 할머니는 아직 그 집에서 여인숙을 운영하고 있다. 그리고 옛 친구들도 그 동네에 살고 있다. 3년 전 그날 나와 같이 낚시를 갔던 진석이도….

"전학은… 그냥 공부 스트레스 때문에 말한 거야. 그런 걸로…."

"내가 널 범인으로 확신하게 된 건 그다음에 벌어진 일 때문이야."

석원은 깍지를 낀 채 두 눈을 감았다. 그러고는 예술 작품을 음미하듯 천천히 말했다.

"네가 산에서 굴러서 다쳤을 때, 병원에 데려다준 고마운 친구들 있지? 그 두 명 중 한 녀석이 천석호라고 내 중학교 동창이거든. 우리 아랫동네 사는데 친하게 지낸 놈은 아니지만 지나가다 만나면 손 인사 정도는 나눈단 말이야. 네가 입원한 다음 날 낮에 길에서 우연히 만났어. 인사하고 지나치는데 이놈이 나한테 할 말이 있다는 거야. 내가 너하고 뒷동산에서 대화하는 걸 몇 번 본 모양이더라고. 그날 네가 다쳐서 병원에 데려다줬다고 하면서 이 녀석이 글쎄 뭐라고 한 줄 알아?"

석원은 내가 이미 자신이 무슨 말을 할지 알고 있다는 것을 아는 눈빛이었다. 그래. 그랬다니깐.

"잠깐 눈을 돌렸는데 위쪽에서 우진이 네가 아래쪽으로 스카이다이빙 하듯이 몸을 날리더라, 이 말이야."

방파제 아래쪽에서 물이 계속 테트라포드를 밀고 들어오고 있었다. 난 휴 하고 한숨을 쉰 뒤, 자리에서 일어났다.

"뭐라는 거야. 그러니까 내가 일부러 내 몸에 상처를 냈다는 거냐? 허 참. 기가 막혀서…."

석원은 고개를 끄덕였다.

"전학이 어려우니까 일부러 다치기라도 해서 학교에 대한 좋지 않은 이미지를 엄마에게 심어주려는 의도와 함께 약간의 죄의식을 상쇄하려는 의도가 아닐까 생각해. 나도 이 정도 다쳐줬으니까 됐지 하는."

"그러니까 그건 네 착한 친구의 착각이고 너의 상상이지. 증거가 있냐고. 내가 일부러 다쳤다는 증거 말이야."

"아하. 이렇게 나오시겠다?"

"석원아. 우리 이럴 게 아니라…."

"김진석."

해변 쪽으로 몸을 돌리던 나는 그 자리에 멈췄다. 누구라고? 석원은 오른손 바닥을 아래쪽 방향으로 공을 튕기듯 툭툭 쳤다. 다시 앉으라는 뜻이다.

"기왕 시작한 이야기 마무리하고 가야지."

난 주저앉듯이 다시 앉았다. 석원은 바다 쪽을 바라보며 입을 열었다. 내 몸속의 피가 조금씩 타서 증발하고 있었다.

"어디까지 했더라. 아 그래. 김진석. 네 어릴 적 동네 친구 말이야. 범천동에 그대로 살고 있더라."

"도대체 무슨 말을 하고 싶은 거냐?"

"들어봐. 여관 앞길 가에 옥이네라는 가게가 있어. 동네 아이들에게 아이스크림과 어묵 같은 간식 파는 가게. 기억나지?"

"…."

"그 가게 대머리 아저씨 있잖아. 그 아저씨가 우진이 널 기억하고 있더라. 덕분에 동네에 아직도 살고 있는 네 친구들을 만나볼 수 있었지. 황현식, 준식 형제와 박태진은 길 건너 달동네로 이사 갔고 윤상훈은 아직 그대로 살고 있더라고."

내가 병원에 입원해 있는 동안 석원이 자식은 내 뒷조사를 하며 3년 전 그날의 내 행적을 알 만한 증인 후보자들을 모조리 찾아다닌 것이다.

"그런데 아무도 모르더라. 3년 전 사고 말이야. 뭐 신문이나 텔레비전에 나오지도 않은 산동네의 조그만 사건이니까 충분히 이해가 가. 그래서 그냥 가려고 했지. 마지막으로 한 사람만 더 만나보고 말이야."

"계속해봐."

석원은 어깨를 으쓱했다.

"와. 기대 이상이었어. 김진석, 이 친구야말로 모든 것을 다 기억하고 있더라고. 그날 너하고 둘이서 송도로 낚시 간 이야기. 자전거 타고 돌아온 이야기. 그런데 돌아올 때, 자전거를 바꿔 타고 왔다면서? 우린 기찻길 바로 앞에 있는 튀김집에서 두 시간도 넘게 이야기를 나눴어."

"석원아."

석원은 웃음을 머금은 얼굴로 날 쳐다봤다.

"네가 이렇게 철저히 조사한 건 친한 친구인 내가 누나를 그렇게 만든 범인이 아니길 바라는 마음을 아주 조금은 가지고 있어서라고 생각해. 뭐 그 점에선 고맙기도 하고 말이야."

"음. 그런데?"

"네 말대로. 아니 진석이 기억대로 내가 자전거를 타고 낚시를 갔다 온 게 사실이라고 하자. 그런데 그날이 누나가 다친 날과 같은 날이라는 확실한 증거가 있니? 무려 3년 전 기억이잖아. 날짜가 정확하다는…."

"말했잖아. 우린 두 시간 넘게 대화를 나눴다고."

석원은 고개를 살짝 흔들었다.

"우진이 너와 진석이가 송도에 낚시 간 날은 3년 전 여름이야. 진석인 그 날짜까지 정확히 기억했어. 8월 26일. 그날이 시계수리공인 진석이 아버지 생신이었기 때문이지. 바로 네 낚싯대에 우리 누나 왼쪽 눈이 끝장난 날이기도 하고 말이야."

찬 바닷바람이 이마를 스쳤다.

"글쎄. 진석이가 그날 그런 말 한 적은 없는데? 자기 아버지 생신이라는 거 말이야."

석원은 폭소를 터뜨렸다.

"거봐. 그러니까 둘이서 같이 자전거 타고 낚시를 한 건 인정하는 거구나? 하하."

아뿔싸. 당했다는 생각과 함께 분노가 발밑의 파도처럼 솟아올랐다.

"그래서 하고 싶은 말이 뭐냐? 진석이 말이 확실한 증거라도 돼? 아니면 그 친구가 석원이 네 말대로 내가 누구를 다치게 하는 걸 보기라도 했다는 말이냐고?"

석원은 날 한참 동안 쳐다보다가 천천히 고개를 끄덕였다. 날 이해한다는, 지극히 모욕적인 눈빛이 내 눈을 파고 들어왔다.

"네 입장에서는 그렇게 말할 수밖에 없겠지. 그런데 우진아. 3년 전, 그날 동일 시간대에 넌 한 손에 대나무 꼬챙이를 든 채, 자전거를 타고 우리 집이 있는 산복도로를 올라왔어. 더 중요한 건 네가 타고 온 자전거가 친구 진석이 거였다는 사실이야.

오렌지 색깔 몸체에 바퀴 부분 테두리에 녹색이 들어가 있는 거 말이야. 그 자전거는 지금도 진석이가 타고 있어. 중요한 건 자전거 색깔이 우리 누나가 사고 후 경찰서에서 진술한 내용과 일치한다는 거지. 이 정도 정황을 바탕으로 경찰에서 수사를 시작하면 그날 널 본 증인이 더 나타날 수도 있어. 자전거를 압수해서 정밀 조사를 할 수도 있고 말이야. 어때?"

맞는 말이다. 진석의 증언은 경찰에서 날 용의자로 특정할 수 있을 만큼 결정적이다.

"진석이가… 네 이야기를 듣고… 뭐라고 했지?"

석원은 손사래를 쳤다.

"야. 설마 내가 우리 누나 이야기를 걔한테 했다고 생각하는 거야? 아서라 아서. 내가 누구냐. 우진아. 네 친구 아니냐. 진석인 아무것도 몰라. 이냥저냥 내가 물어서 알아낸 거야. 두 시간도 더 걸려서 말이지. 그리고 네가 우리 누나를 몰라서 그래. 이게 내가 너한테 하는 아주 큰 배려야. 인마."

배려라….

"그러니까 지난번에 내 병문안 왔을 때, 넌 이 모든 걸 알고 있었다는 거잖아."

"그래서 그렇게 써줬잖아."

써줬다니?

"Keine Kosten."

깁스한 팔의 석고에 녀석이 써준 글씨. 공짜는 없다! 씨팔.

석원은 싱글거렸다. 이놈이 이토록 집요하게 내 뒷조사를 한 이유는 오직 하나. 자신의 성적을 올리기 위해서였다. 커터 칼로 뱀의 머리를 잘라내 쓰레기통에 던져

넣던 석원의 모습이 떠올랐다. 그래. 그랬었구나. 진즉 이렇게 이야기하지. 붉은 노을과 수평선이 한 폭의 아름다운 그림을 만들어내고 있었다. 몇 십 미터 옆에서 낚시하던 아저씨도 보이지 않았다. 내가 자신의 부탁을 들어준다고 해서 이 녀석이 멈출까. 아니 그럴 리 없다. 이놈은 자신이 부러워할 만한 모든 것을 나에게서 뽑아낼 것이다. 평생 동안. 석원은 이미 일상의 얼굴로 돌아와 있었다. 난 자리를 털고 일어났다.

"그럼 오늘부터 바로 공부 시작할까."

"오케이. 일등 한번 해보자고."

석원이 손을 내밀었다. 앞으로 잘해보자는 화해? 비밀을 보장해줄 테니 자신을 믿으라는 회유? 우리는 한 몸이니 빠져나갈 수 없다는 협박? 뭐 아무래도 상관없다. 난 웃으며 석원의 손을 잡아 아래쪽 테트라포드로 밀어 던졌다. 물론 나도 함께 떨어졌다. 놈 위로 말이다.

담임선생님과 친구들이 한바탕 쓸고 간 후라 병실은 더 썰렁하게 느껴졌다. 난 자리에서 일어나 목발을 짚은 채로 창문 쪽으로 갔다. 지난번에는 팔이 문제였는데 이번에는 다리가 문제다. 그 딱딱한 시멘트 구조물 위로 떨어졌으니 어쩌면 당연한 결과다. 눈부신 햇살이 창문으로 들어오고 있었다. 이런 때 담배를 피우는 건가. 괜스레 눈물이 났다. 아 참 세상 살기 어렵네. 벽시계가 오전 11시를 가리키고 있었다. 엄마가 오려면 한 시간을 더 기다려야 한다. 복도 자판기에서 설탕 커피 한 모금 마시고 싶다는 생각이 들 때, 문이 열리는 소리가 났다. 고개를 돌렸다.

"좀… 어떠니?"

그녀는 단정한 투피스에 하얀색 핸드백 차림이었다. 짙은 선글라스와 잘 어울리는 조합이었다. 어차피 한번은 넘어가야 할 산. 차라리 와줘서 고마울 지경이었다. 난 창가에 기댄 채 그녀를 향해 고개를 숙였다.

"죄송합니다. 제가…."

"아냐. 그런 말 하지 마. 석원이가 실수한 건데."

"그래도…."

난 목발을 내려놓고 잠시 생각했다. 혼란스러웠다. 테트라포드 틈에 머리가 끼어서 뇌사상태에 빠진 석원이 무슨 실수를 했다는 것인가. 그녀가 다가왔다.

"팔도 그렇고. 다리도 그렇고… 머리뼈에 금도 갔다며. 회복되려면 짧게 잡아도 6개월은 걸리겠는데? 여러 가지로 지장이 많겠구나."

전담 의사가 한 말과 정확히 같았다. 신기해하는 나를 보며 그녀가 말했다.

"석원이가 말 안 했나 보네. 내가 의대생이라는 거."

커튼이 살짝 펄럭였다.

"우진아."

학교 매점에서 날 바라보던 그 눈빛이었다.

"석원이는 더 이상 가망이 없다고 해."

친구를 배신하고 누나를 이용해 자기 이익을 챙기려 한 놈에게 마땅한 형벌이다.

"제가 조금만 조심했어도 그렇게 되지는 않는 건데…."

눈물이 살짝 나왔다. 내가 냉철한 편이기는 하지만 그렇게 무심한 사람은 아니다. 그녀는 내 눈물을 감상하듯 침묵을 지키고 있었다. 창문을 통해 시원한 바람이 실내에 들어오고 있었다. 그녀가 입을 열었다.

"나한테 혹시 할 말 없니?"

"할 말…이라뇨?"

그녀는 천천히 선글라스를 벗었다.

"나한테 말 안 한 거 있으면 지금 말해도 돼. 아무리 늦어도 말하는 순간, 용서받을 수 있단다."

"무슨… 말씀이세요. 누나. 용서라뇨? 제가 석원이를 구하지 못해 죄송하지만 이런 추궁은 너무 불편하네요."

난 분노를 절제하는 표정을 지으며 한 자 한 자 또박또박 말했다. 석원은 자기 누나에게 결코 3년 전 일을 말하지 않았다. 그랬다면 협박이 성립할 수 없기 때문이다. 당신의 덜떨어진 동생 일은 유감이야. 그건 나로서도 어쩔 수 없는 심리적 극한 상황에서 벌어진 불행한 사고였어. 지금의 난 당신의 작품이야. 당신에게 저지른 실수를 통해 모범생으로 거듭났잖아. 고맙게 생각하고 있어. 앞으로 당신 동생 몫까지 열심히 살게. 그러니까 이제 그만 나가줘.

그녀는 하얀색 핸드백을 열어 교과서 크기의 투명한 사진을 한 장 꺼냈다.

"석원이 가슴 엑스레이 사진이야."

"…."

그녀는 의사가 환자에게 설명하듯이 조그만 볼펜으로 사진의 특정 부분을 가리키며 설명하기 시작했다.

"여기 아래 부분에 조그맣게 쓸린 부분 두 군데 보이니?"

난 고개를 끄덕였다. 빨갛게 표시되어 있는데 안 보일 리가 있나.

"석원이는 테트라포드에 머리가 끼어서 두개골이 골절되었지만 그건 사망 원인이 아니야. 공식 사인은 익사야."

"익사라고요?"

난 최대한 놀란 표정을 지었다.

"머리가 낀 석원이가 빠져나오지 못하게 위에서 계속 누른 거지. 두 손으로 말이야. 그 바람에 계속 밀려들어오는 바닷물이 기도에 찬 거고."

"…."

"가슴팍에 쓸린 두 자국은 누가 강력한 힘으로 아래쪽으로 밀고 있었다는 증거야."

말을 마친 그녀는 사진을 가방 속에 다시 넣었다. 그 상황에서 그럴 수 있는 사람은 너밖에 없다는 말을 대신한 우아한 몸짓. 경찰도 이 사실을 알고 있을까?

"설마 제가 일부러 그랬다고 생각하시는 건 아니죠? 제가 기절한 채로 석원이 몸 위에 포개져서 시간이 흐르는 바람에 쓸린 자국이 생길 수도 있지 않았을까요?"

그녀는 고개를 끄덕였다.

"전교 일등이라더니 역시 똑똑하구나. 그런데 우진아. 그건 아냐. 기절한 상태, 그러니까 몸에 힘이 빠진 상태에서 중력으로 누른 것과 의지를 가지고 누른 건 차이가 크단다."

"누나 말대로라면 경찰이 절 잡아갔겠죠. 석원이가 그렇게 된 데 제 책임이 크다는 걸 잘 알아요. 하지만…."

"경찰에서도 의견이 분분하단다. 무엇보다도 우진이가 석원이의 친한 친구라 해칠 **동기**가 전혀 없다는 사실 때문에 고민 중이겠지."

그렇다니까. 난 어깨를 으쓱했다. 통증으로 비명이 흘러나왔다. 그녀는 다시 가방에서 은백색 케이스를 꺼냈다. 스마트폰이었다. 그녀는 그 조그만 물건을 탁자에 놓고 화면을 몇 번 터치했다.

난 훅하고 숨을 들이켰다. 석원과 진석의 대화가 하나도 빠지지 않고 녹음되어 있었다. 내가 부인할 경우, 또는 진석이 나중에 말을 바꿀 경우를 대비해서 몰래 녹음해둔 것인가.

"너에게는 세 번의 기회가 있었어."

내 머릿속 자동차가 간선도로를 달렸다. 그녀는 내가 석원의 입을 막으려고 살해했다는 사실을 알고 있다. 그놈이 내게 협박한 사실은 모른 채. 하지만 그걸 이야기하는 게 지금 내게 도움이 될까?

"학교 매점에서 한 번의 기회가 주어졌지. 네 입장에서는 가장 좋은 기회였어. 넌 내게 자전거를 못 탄다고 거짓말을 했지. 두 번째 기회는 정말 안타까워. 석원이가 무슨 말을 했는지는 모르겠지만 넌 그 아이 입을 막는 방법을 택했어."

난 하마터면 그날 석원이 협박한 일을 털어놓을 뻔했다. 하지만 지금 이게 함정이라면? 그날 석원이 녀석이 그랬던 것처럼 나로 하여금 자백하게 만들기 위한 정교한 함정이라면? 침묵이 최선의 수비다. 최악의 경우, 녹음이 공개되더라도 석원의 죽음에 대한 직접적인 증거는 없다.

"그리고 조금 전에 난 네게 마지막 기회를 줬어."

"기회라는 둥 거짓말이라는 둥, 도저히 무슨 말인지 모르겠네요."

그녀가 손가방에서 뭔가를 꺼냈다. 곧 엄마가 온다.

"그 녹음기, 경찰에 제출하실 건가요?"

"굳이 그럴 필요가 없을 거 같구나."

그녀가 천천히 다가왔다. 석원이가 방파제 위에서 했던 말이 떠올랐다. 네가 우리 누나를 몰라서 그래. 이게 내가 너한테 하는 아주 큰 배려야, 인마. 밖에서 문 두드리는 소리가 들렸다. 뭐 상관없다. 그녀가 들어오면서 잠가놨을 테니. 난 침대를 건너뛰어 창틀에 몸을 걸쳤다. 그녀는 손끝에 반짝이는 뭔가를 감아든 채, 희미한 미소를 지었다. 여기가 4층이던가? 눈 하나, 목숨 하나. 어깨가 뻐근해진다. 선택의 시간이다.

장우석

2014년 《계간 미스터리》 봄호에 〈대결〉로 등단한 후 〈안경〉, 〈파트너〉, 〈인멸〉, 〈특별할인〉 등 단편들을 지속적으로 발표하였다 〈대결〉은 2017년에 영화화되어 제19회 국제여성영화제 본선에 진출하기도 하였다. 인터넷 채팅형 소설 플랫폼 채티에 단편 〈인과율〉을 발표하고 2020년 여름에 단편집 《주관식 문제》를 발표하였다. 《주관식 문제》는 판권이 계약되어 현재 영상화 준비 중이다. 대중을 위한 수학 교양서 《수학, 철학에 미치다》, 《수학의 힘》, 《내게 다가온 수학의 시간들》을 출간한 바 있다.

버추얼 러브

제리안

1

섬뜩한 기운이 목덜미를 감쌌다. 눈을 떠보니 싸늘히 식은 욕조의 물이 가슴께에 고여 있었다. 두 눈꺼풀은 무의식과 의식 사이를 나른하게 넘나들었다. 그런데 왜 일까. 눈앞이 온통 새빨갛다. 선명한 장밋빛이 흐릿한 시야를 붉게 물들인다. 녹슨 쇠 냄새가 코끝에 아릿하게 맺히는 그 순간, 붉은색 속에 잠겨 있는 남자와 눈이 마주쳤다.

단말마의 비명과 함께 날카로운 전율이 두나의 등줄기를 스쳐갔다. 한껏 부푼 심장의 팽만감이 가슴을 죄어왔다. 두나는 황급히 욕조를 빠져나왔다. 현기증으로 몸이 기우뚱거렸다. 가까스로 욕조 모서리를 짚은 덕에 중심을 잃진 않았으나, 심장을 짓뭉개는 듯한 둔통은 쉬이 가라앉지 않았다.

욕조를 그득 채우고 있는 액체는 분명 피였다. 그렇다는 건…. 찰나에 뇌의 활동이 멈췄다. 상황 파악이 전혀 되지 않았다. 눈앞의 대상이 희뿌옇게 흔들렸다. 맥없이 고개를 저으며 뒤로 물러나던 그때, 무언가가 발꿈치에 닿았다. 무심코 내려다본 타일 바닥엔 혈흔이 묻은 식칼이 덩그러니 놓여 있었다. 아연실색한 두나의 가느다란 팔에 오스스 소름이 돋아났다.

"서, 설마… 내가 죽인 거야? 그, 그럴 리가…!"

이번엔 뜨거운 기운이 쓰나미처럼 온몸을 덮쳐왔다. 두 손을 포개 제 입을 틀어막은 두나는 한동안 미동도 않고 남자를 응시했다. 정말로, 저 남자를 내가 죽였다고? 남자 옆으로 불안한 시선을 옮기자 와인병과 유리잔이 보였다. 잔에는 레드와인이 3분의 1쯤 남은 채였다.

뭐가 어떻게 된 거야. 도대체 무슨 일이 있었던 거지? 두나는 남자의 머리 위에 매달린 샤워기를 힘껏 잡아당기고는 물을 틀었다. 해바라기 샤워기의 무수한 구멍에서 차가운 물줄기가 세차게 쏟아졌다. 굴곡진 나신을 뒤덮고 있던 선혈이 배수구로 빠르게 흘러들어갔다. 그 무렵 어떤 장면이 눈앞까지 다가와 있었다. 그러나 토막 난 기억 몇 개가 전부였다. 누군가 악의적으로 기억을 잘라내기라도 한 것처럼.

"그러니까 어젯밤… 우읍!"

뱃속에서 신물이 치밀어 올라 헛구역질이 났다. 얼굴에 샤워기를 가져다대자, 파르르 떨리는 눈꺼풀 안으로 시뻘건 물이 쉴 새 없이 젖어들었다.

"미쳤어. 생애 첫 데이트 상대를 내 손으로 죽이다니…."

몹시 혼란스러웠다. 두나는 얼빠진 표정으로 다시 한번, 붉은 욕조 속 남자를 쳐다봤다. 몇 번을 보아도, 누가 보더라도 저건 딱 시체였다. 잘은 몰라도 죽은 지 한참은 지난 듯한 시체.

"그, 그래도 굳이 이럴 것까진 없잖아…? 아니, 뭐가 이렇게 리얼하냐고, 쓸데없이!"

욕실 안엔 역한 피비린내가 진동했다. 버티고 선 두 다리가 후들거려서 금방이라도 쓰러질 것만 같았다. 거친 숨소리와 흠뻑 젖은 머리칼에서 떨어지는 물방울 소리만이 고요한 새벽을 깨우고 있었다.

2

3주 전.

"나이는 스물다섯. 취업 준비생이고 연애 경험은 없다고 적으셨네요, 모두나 씨?"

한승진 대표가 서류철을 들여다보며 건조하게 물었다.

"무슨 문제라도…."

아까부터 아랫입술을 물어뜯던 두나가 힐끗 그를 쳐다봤다.

"아뇨. 오히려 저희 기준으로는 이 프로젝트에 최적화된 조건을 갖고 계십니다."

"어떤 의미에서요?"

"본인이 프로필에 기재한 그대로입니다. 덧붙이자면, 보기 드문 자연 미인이고요."

승진은 의미심장한 표정으로 두나를 직시했다. 담담하게 얘기했으나 겉치레로 하는 빈말은 아니었다. 실제로 그녀는 실감콘텐츠의 주요 타깃층을 대변하기 적절한 연령이었으며 밝고 건강한 이미지의 소유자였다. 무엇보다 최종 관문을 통과한 최후의 1인다운 독보적인 미모에 풋풋한 매력까지 겸비하고 있었으니, 회사 입장에서는 쾌재를 부를 일이었다. 물론 승진은 내색하지 않으려 포커페이스를 유지하는 중이었지만.

"제가요?"

"충분한 답변이 되었다면, 여기에 서명해주시죠."

그가 건넨 계약서엔 상호간에 준수해야 할 비밀 유지 조건에 합의한다는 내용과 홍보 동영상 촬영 및 초상권 사용을 허락한다는 내용 등이 명기돼 있었다. 펜을 그러쥔 두나는 잠시 머뭇거리는가 싶더니, 곧 자기 이름 옆에 사인했다.

"이제 된 건가요?"

"안내렌즈 삽입술에 관한 동의서에도 서명 부탁드립니다."

승진은 차분하게 또 한 장의 서류를 내밀었다.

"저기, 그런데요…."

두나는 우물쭈물했다. 사전 설명을 들은 터라 익히 알고는 있었지만, 막상 수술까지 해야 한다고 생각하니 망설여졌다.

"프로젝트가 끝나면 바로 제거해드릴 예정입니다. 비용은 당연히 저희가 부담하고요."

승진은 그녀의 마음을 읽은 듯 선수를 쳤다. 그럼에도 두나는 선뜻 사인할 엄두가 나지 않아 한참을 고민했다.

“그냥 안경 같은 걸로 대신하면 안 돼요?”

“불가합니다. 말씀드렸다시피, 콘택트렌즈 형태의 ‘홀로 렌즈’는 세계 최초로 저희 베일미디어가 개발한 XR(확장현실)의 핵심이니까요.”

“….”

두나는 난처해하며 입을 꾹 닫았다.

“상용화가 된 이후엔 보통 렌즈처럼 자유롭게 끼고 빼는 일이 얼마든지 가능해질 겁니다. 다만, 현재로선 혹시 모를 분실 사태에 대비할 수밖에 없다는 점 양해 바랍니다. 홀로 렌즈가 워낙 천문학적 액수라.”

“아, 제가 거기까진 생각 못했네요….”

그제야 뭔가를 납득했다는 듯 고개를 주억거리는 그녀였다. 만에 하나 자신의 실수로 렌즈를 잃어버리기라도 한다면 그야말로 대형 사고였다. 아니, 참사가 벌어질 터였다. 백수인 자신이 얼마인지도 모를 ‘천문학적 액수’를 무슨 재주로 물어낼 수 있을까. 말인즉슨, 이번 일에 참여하고 싶다면 닥치고 동의서에 사인하라는 뜻이었다.

‘모두나! 너 그 얘기 들었어? 이번에 네가 지원했다는 프로젝트에 정부가 글쎄, 100억 원이나 지원했대. 거기에 난다 긴다 하는 대기업도 성공 못한 홀로 렌즈까지 개발해서 완전 초대박 났고. 네가 테스터로 선정되기만 하면 한 마디로 베일미디어의 간판스타가 되는 거란 말이지. 야, 또 아니? 프로젝트 잘되면 너한테도 주식 좀 나눠줄지.’

연수가 했던 말이 번뜩 떠올랐다. 하아, 여우같은 계집애. 하필이면 이 타이밍에….

"할게요, 사인."

두나는 마침내 결심한 듯 펜을 집어들고 사인을 휘갈겼다. 그러면서도 자신의 결정이 꼭 돈 때문이 아니라는 점을 누구한테든 목 놓아 외치고 싶은 심정이었다.

"계약금은 직원을 통해 오늘 중으로 입금해드리겠습니다. 프로젝트는 3주 후. 시간과 장소는 따로 연락이 갈 거고요. 이건, 담당자 연락처니 받아두시죠."

"아, 네. 감사합니다."

두나는 명함에 적힌 '조민석 팀장'이라는 글자를 빤히 바라보았다.

"이제부터 그 친구가 모두나 씨의 스케줄을 포함한 제반 사항을 전담하게 될 겁니다. 궁금한 점이나 불편한 부분은 조 팀장과 상의하시면 됩니다. 그럼, 3주 후에 다시 뵙겠습니다."

승진은 끝까지 한 치의 흐트러짐도 없는 태도로 일관했다. 소파에서 일어나 악수를 청할 때도 그가 입은 명품 슈트는 잔주름 하나 없이 말끔했다. 신기할 정도로 말이다.

3

D-Day.

검은색 세단이 별장 초입에 멈춰 섰다. 두나는 차에서 내린 다음에야 비로소 안

대를 벗을 수 있었다. 안대를 벗겨내자 햇빛이 한꺼번에 쏟아졌다. 두나는 질끈 눈을 감고 손바닥으로 이마를 가렸다. 안내렌즈 삽입술을 한 탓에 각막이 예민해진 상태였다.

"보안 때문에 어쩔 수가 없어서요. 이해해주세요."

옆에 서 있던 조민석 팀장이 은테 안경을 추어올리며 기어들어가는 목소리로 말했다.

"전 괜찮아요."

시간과 장소를 알려준다는 말은 반은 맞고, 반은 사실이 아니었다. 조 팀장이 톡으로 보내준 주소는 어디까지나 '픽업'을 위한 장소였을 뿐. 서울에서부터 여기까지 오는 내내 눈을 가린 채 목적지에 대해선 한 마디도 하지 않았으니까. 두 시간 정도 이동했으니 아마 양평쯤이 아닐까, 추측해볼 따름이었다.

'XR 메타버스 리얼 러브 프로젝트'가 정부 주도의 대규모 선도 프로젝트인 동시에 과기부의 실감콘텐츠 신시장 창출 사업의 일환이니만큼 IT 업계와 언론의 관심이 집중되고 있었으나, 프로젝트 자체는 극비로 진행되었다. 비밀 유지 계약서를 쓴 것도 이 때문이었다. 그래도 그렇지. 안대까지 씌울 건 또 뭐람. 눈을 가리지 않았어도 어차피 찾아오지도 못할 텐데. 참고로, 두나는 타고난 길치였다. 주위를 슥 둘러보니 보나마나 길 잃어버릴 각이었다.

"저기요, 팀장님."

"네?"

앞장서서 걸어가던 조 팀장이 숨 가쁘게 돌아봤다. 괜찮다는데도 기어이 두나의 캐리어를 가로채 드르륵 끌며 언덕길을 오르려니 아닌 척해도 호흡이 달리는 모양이었다.

“이렇게 많이 걸어갈 거면 아까 왜 내렸어요, 우리?”

별장 입구인 철문을 지나온 지 5분은 더 된 듯했다.

“그건… 저도 잘 모르겠는데, 암튼 대표님 지시 사항이거든요. 좀만 더 힘내세요.”

“캐리어는 저 주세요.”

“어우, 아닙니다. 이제 다 왔어요.”

조 팀장은 행여 캐리어를 빼앗길세라 발길을 재촉했다.

‘누가 보면 자기 건 줄 알겠네.’

두나는 조 팀장의 과도한 친절이 왠지 부담스러웠다. 걸을 때마다 휘청거리는 그의 가냘픈 종아리 때문인지도 몰랐다. 어쨌든 벚꽃이 흐드러지게 피어난 언덕을 넘어 구불구불 여러 갈래로 나뉜 오솔길과 대숲까지 통과하고 나서야 마침내 두 사람은 문제의 저택에 다다를 수 있었다.

“별장 전체가 마치 거대한 미로 같네요.”

역시. 길 잃어버릴 각이다.

“아마 여기까지 오실 일은 없을걸요? 메인 공간은 본관이니까요.”

무슨 뜻인지 이해한 두나는 더 이상 묻지도 따지지도 않고 그와 함께 프랑스의 어느 오페라하우스를 연상케 하는 르네상스풍 건물로 들어섰다.

4

“오시느라 고생하셨습니다.”

2층 응접실에는 먼저 도착한 한승진 대표가 기다리고 있었다. 지난번에 봤을 때보다 한층 더 멀끔해진 차림새였다. ‘나는 성공한 사업가입니다’ 하고 뽐내는 것처럼 머리부터 발끝까지 잔뜩 힘을 줬다고나 할까.

“고생은요, 뭘.”

그에 반해 두나는 편해도 너무 편한 복장이라, 괜스레 주눅이 들었다. 승진의 어깨너머로 분주히 움직이는 촬영 스태프들을 보니 뒤늦은 후회마저 밀려왔다. 이럴 줄 알았으면 계약금 받은 걸로 옷부터 사는 거였는데.

“그러면, 바로 의상 교체하고 촬영 시작할까요.”

승진의 말에 당황한 두나가 급하게 캐리어를 쳐다봤다.

“저, 대표님. 죄송한데 제가 가져온 옷들이 좀….”

두나가 주춤하자, 승진은 알 듯 말 듯한 미소를 띠며 물었다.

“실례가 안 된다면, 제가 봐도 되겠습니까?”

“상관없긴 한데요….”

촬영보다 쇼핑이 먼저일 것 같다는 느낌적인 느낌. 두나는 승진의 끈질긴 시선을 견디다 못해 어쩔 수 없이 캐리어를 열어주긴 했으나, 민망한 표정까지 숨길 겨를은 없었다.

‘쪽팔려…. 준비 제대로 안 해왔다고 막 뭐라 그러는 거 아냐?’

가방 안의 옷가지들을 이리저리 살펴보는 승진은 한동안 잠잠했다. 두나는 교무실에 불려온 불량 학생마냥 그가 가방 검사를 마칠 때까지 초조한 마음으로 기다렸다. 얼마쯤이나 그러고 있었을까.

"완벽합니다."

승진의 입에서 생각지도 못한 대답이 튀어나왔다.

"네? 뭐, 뭐가요?"

두나는 어리둥절하기만 했다. 뭐가 완벽하다는 건지.

"제법 센스가 좋으시군요. 이대로 가죠. 마음에 드는 걸로 갈아입으세요. 나오시면 바로 촬영할 수 있도록 준비하고 있겠습니다. 조 팀장, 방으로 안내해드려요."

"모두나 씨, 이쪽으로."

엉겁결에 조 팀장의 뒤를 따르면서도 연신 입술만 씰룩이는 그녀였다. 지구상에서 가장 해괴한 말을 들은 사람의 표정이었다.

몇 분 뒤.

산뜻한 레드 컬러 스웨터에 데님 팬츠로 갈아입은 두나는 쭈뼛거리며 카메라 앞에 섰다. 이런 촬영은 처음이라, 손을 어디에 두어야 할지조차 감이 잡히지 않았다.

"어색하면 주머니에 손 넣고, 여기 봐요."

"이렇게…요?"

두나는 시키는 대로 양손을 바지 주머니에 푹 찔러 넣고 물끄러미 한곳을 바라보았다.

"좋습니다, 아주 좋아요!"

뷰파인더를 들여다보는 촬영 감독의 입가에 자족의 미소가 떠올랐다. 한쪽에 설치된 모니터를 주시하던 승진도 만족한 듯 입꼬리를 슬며시 끌어당겼다.

'괜찮은 거 맞아? 저 대표라는 남자도 그렇고, 감독도 그렇고 죄다 입만 열면 칭찬 일색이네. 적응 안 되게….'

두나의 속마음이 어떻든 간에 포스터 촬영은 그렇게 시작됐다. 의상을 몇 벌 더 갈아입는 동안 두나는 조금씩 긴장이 풀렸다. 긴장이 풀리니 굳어 있던 얼굴 근육도 점차 자연스러워지면서 본연의 미모가 부각되었다.

"잘하는데? 한 대표, 어디서 이런 모델을 구한 거야?"

"1500 대 1의 경쟁률을 어떻게 뚫었겠습니까."

감독의 너스레에 승진은 어깨를 으쓱하며 차분하게 답했다. 그러고는 두나를 정면으로 응시하며 덧붙였다.

"포스터 촬영은 이만하면 된 것 같습니다. 두나 씨, 수고했어요."

"끝난 거예요? 하아, 정신이 하나도 없네요."

티를 안 내서 그렇지, 두나는 지금 졸도하기 일보직전이었다. 열 명도 넘는 사람들이 저만 뚫어져라 보고 있으니 얼굴이 화끈거리는 건 당연했다.

"최고였습니다. 궁금하실 테니 직접 확인해보시죠."

승진은 두나에게 자리를 양보하고는 유유히 촬영장에서 벗어났다. 진줏빛 대리석 계단을 내려가는 구두 소리가 조금씩 또렷해졌다. 올곧게 내딛는 걸음걸이엔 특유의 자신감과 확신이 묻어났다.

'나이브한 아가씨네. 생각보다 일이 쉽게 풀리겠어.'

5

본격적인 프로젝트는 이튿날부터 시작되었다. 조 팀장에 따르면, 유저의 몰입도를 높이고 자연스러운 반응을 이끌어내기 위해 카메라는 곳곳에 눈에 띄지 않게 설치해두었다. 관계자들은 별관에서 실시간으로 모니터하는 중이라고 했다.

두나는 신중히 주위를 살피며 복도를 걸어갔다. 스테인드글라스로 장식된 커다란 채광창 옆을 지날 즈음, 눈에서 이물감이 느껴지면서 따끔따끔 아파왔다. 하지만 절대로 눈을 비비면 안 된다는 의사의 충고를 상기하면서 이내 눈을 감아버렸다. 그리고 다시 눈을 떴을 땐, 자신보다 키가 두어 뼘쯤 큰 남자가 시야에 들어와 있었다.

"좋은 아침이에요."

누구지? 하는 의문도 잠시, 그가 '리얼 러브'의 남자 캐릭터임을 알아차린 두나는 가만히 손을 뻗어 남자의 얼굴을 만져보았다. 따스한 온기가 손바닥으로 고스란히 전해졌다. 호기심으로 반짝거리던 눈동자에 놀라움과 당혹감이 빠르게 엇갈렸다.

'심플하게 정리하자면 이래요. 홀로 렌즈와 연결된 시신경이 시각 정보를 뇌로 전달하는데요. 뇌에 수집된 이미지가 다시 감각 신경으로 전달되어 실제처럼 '오감'을 체험할 수 있다는 게 초실감형 시뮬레이션의 메커니즘이거든요. 어때요, 굉장하죠?'

조 팀장이 뭔가 착각한 게 틀림없었다. '오감'이 아니라 '오금'이 저리는 체험이겠지. 진짜, 이런 게 가능하다고? 여전히 믿기지 않아 좀처럼 손을 뗄 수가 없었다. 캘리포니아 아몬드처럼 연한 갈색에 맑은 광채가 도는 눈동자가 퍽 매력적인 남자였다. 외까풀의 깊고 그윽한 눈매. 거기에 날렵한 턱선과 오뚝 도드라진 콧날은 신이 백 일 밤낮 공들여 깎아놓은 듯 완벽한 균형을 이루고 있었다.

'하, 말도 안 돼….'

입속말을 하듯 혼잣말을 중얼거리던 그때,

"통성명도 하기 전에 스킨십이라니. 진도가 너무 빠른 거 아닌가요?"

남자의 얼굴에 묘한 미소가 번지는가 싶더니, 잠시 틈을 두고 말을 이었다.

"난 심상현인데. 그쪽은요?"

"모두나…."

당황한 두나는 얼굴을 붉혔다. 실제가 아니라는 걸 알면서도 온몸의 피가 뺨으로만 몰리는 것처럼 금세 뜨거워졌다. 그 사이 남자가 두나를 향해 성큼 다가섰다. 색색거리는 그의 숨소리가 들릴 만큼 가까운 거리였다.

"그럼, 데이트할 차례군요. 순서가 조금 꼬이긴 했지만."

"네?"

"생각해보니 억울하긴 하네요."

"뭐, 뭐가요?"

"두나 씨만 나 만졌잖아요. 아침부터 설레게."

남자의 커다란 손이 두나의 머리칼을 헝클어뜨리듯 어루만졌다. 계속 당황하기만 하는 두나의 등 뒤로 식은땀까지 났다. 무표정하려 애쓰는 기색이었으나, 송아지처럼 커다란 눈망울은 속내를 숨기지 못했다.

6

놀라운 일의 연속이었다. 하루에 한 명씩 등장한 남자 캐릭터들은 상헌을 포함해 총 네 명. 스타일이며 외모, 성격, 신체 조건, 취향 등 달라도 너무 다른 그들은 우열을 가릴 수 없는 4인 4색의 매력을 지니고 있었다. 상헌이 아이돌 같은 화려한 비주얼에 치명적인 섹시함을 표방하는 타입이라면, 다음 날 만난 오정윤은 어딘지 차분하고 어른스러운 분위기랄까. 3일 차에 나타난 정한별은 이름만큼이나 순수하고 소년미가 돋보이는 외모의 소유자로 거짓말을 못하는 정직한 성품이 가장 큰 장점이었다. 마지막으로 비상한 두뇌와 예술적 재능까지 두루 갖춘 천재형 캐릭터 고유한까지.

매일 이런 남자들에게 둘러싸여 있으니, 두나의 현실 감각은 무뎌진 지 오래였다. 사실 이곳에서의 모든 경험, 느낌들이 처음이었다. 호화찬란한 대저택도, 누구의 간섭도 없는 자유로운 생활도. 그 어떤 제한도 없으며 자유의지에 따라 얼마든지 선택하고 행동할 수 있는 메타버스의 세계는 두나의 마음을 온통 사로잡고 있었다.

"여기 있었네? 한참 찾았잖아."

소파에 앉아 상념에 잠겨 있던 두나의 귓가에 대고 상헌이 속삭이듯 말했다. 살짝 놀란 두나가 뭐라 말하려는 듯 입술을 옴짝거렸다. 그 틈을 타 상헌은 제 입술을 그녀의 입술 위에 포갰다. 입술은 2초 만에 떨어졌지만, 진한 여운이 남는 그런 입맞춤이라고 두나는 생각했다.

"이젠 안 피하네, 두나 씨?"

상헌이 짓궂게 시선을 맞대왔다.

"결정했으니까요."

두나는 네 명의 쟁쟁한 후보들 중 상헌을 최종 파트너로 낙점했다. 결코 쉽지 않은 결정이었으나, 마음은 이미 굳어진 채였다.

"그게 나라는 소리로 들리는데."

"네, 상헌 씨 맞아요."

"이유… 물어봐도 될까?"

"비밀이에요."

"그러니까 더 궁금하잖아. 이러기야?"

"후후, 나중에 말해줄게요."

두나는 말을 아꼈다.

"저녁에 단둘이 파티하자. 근사하게 와인도 한잔하면서 비밀 얘기도 하고."

"그래요."

"예쁘다, 우리 두나 씨."

상헌은 사랑스러워 죽겠다는 표정으로 두나의 머리칼을 쓸어내리며 오랫동안 그녀를 바라봤다. 살며시 눈을 내리뜨는 두나의 뺨에 발그레한 홍조가 번졌다.

7

다시 현재.

두나는 부연 거울을 손으로 닦아냈다. 거울 속 여자가 원망 서린 눈빛으로 저를 쳐다봤다. 상헌과 저녁 식사를 한 후, 와인을 마신 것까지는 기억이 났다. 그러나 고작 와인 석 잔에 필름이 끊길 정도로 주량이 약한 것도 아니었고, 상헌을 살해할 이유는 더더욱 없었다. 그보다 왜 갑자기 장르가 바뀐 거지? 불길한 생각에 가슴이 덜컥 내려앉았다.

"맞다, 조 팀장!"

별관에 있을 조 팀장은 이 사태에 대해 뭔가 알고 있을 터였다. 두나는 욕실을 나서기 전, 싸늘한 주검이 되어버린 상헌을 돌아봤다. 불현듯 울컥 하는 감정에 목이 갑갑해왔다. 땀인지 눈물인지 모를 뜨거운 것이 뺨을 타고 턱으로 주르르 흘러내렸다. 잠시 넋을 놓고 있던 두나는 곧 정신을 가다듬고 욕실 문 앞에 떨어져 있는 옷가지를 부랴부랴 챙겼다.

정신없이 현관을 향해 달려가다가, 돌연 방향을 틀어 다시 계단을 올랐다. 어디에 있는지도 모르는 별관을 찾아 헤매는 것보다 조 팀장에게 전화하는 게 더 빠른 방법이었으므로.

'별장 전체가 마치 거대한 미로 같네요.'

핸드폰, 핸드폰… 맹목적으로 내달리는데, 복도 중간쯤에 누가 쓰러져 있는 게 보였다. 이건 또 무슨…! 두나는 놀랄 겨를도 없이 냅다 뛰어갔다. 가까이 다가가 살펴보니 이미 숨이 끊어진 후였다. 그는 다름 아닌, 두 번째 캐릭터 오정윤이었다.

"꺅!!"

혼비백산한 두나가 발라당 나자빠졌다. 백지장으로 변한 얼굴이 삽시간에 일그러졌다. 정윤 씨는 또 왜? 뭔가 잘못된 게 분명했다. 연애 시뮬레이션에서 연쇄 살인이라니. 시스템 오류 같은 건가? 아 참, 이럴 때가 아니지. 겨우 몸을 일으킨 두나는 비틀비틀 걸음을 옮겼다.

방에 도착하자마자 침대에 올려둔 휴대전화를 집어들고 통화 버튼을 눌렀다. 몇 번의 신호가 지루하게 이어지더니, 수화기 너머로 잠이 덜 깬 목소리가 들려왔다.

——네, 두나 씨… 꼭두새벽부터 무슨 일이에요?

"티, 팀장님. 큰일 났어요! 사람이, 아니 남자 캐릭터가 둘이나 죽었다고요."

휴대전화를 부여잡은 손이 바들바들 떨렸다.

——무슨 말이에요, 그게?

"그니까, 심상헌 씨는 칼에 찔린 채 욕조에서 죽어 있었고, 오정윤 씨는 복도에 쓰러져 있었어요. 어떻게 죽었는지는 모르겠는데 암튼 죽었단 말이에요!"

——흐음, 버그가 생긴 모양이네요. 제가 확인해보고 연락드릴게요. 쉬고 계세요.

조 팀장은 그렇게만 말하고 일방적으로 전화를 툭 끊어버렸다.

"버그라고? 이 정도 버그면 출시 못하는 수준일 텐데, 너무 침착한 거 아니야?"

조 팀장한테 연락하면 다 해결될 줄 알았더니 오히려 의구심만 더 깊어졌다. 100억짜리 프로젝트가 엎어질지도 모르는 판에 기껏 한다는 말이 쉬고 계세요? 상식적으로 납득하기 힘든 답변이었다. 아무래도 사태의 심각성을 인지하지 못한 듯했다. 이렇게 된 이상, 한 대표랑 직접 얘기해보는 수밖에.

8

일단, 밖으로 나오긴 했는데 방향조차 잡지 못해 우왕좌왕했다. 막막하기 짝이 없었다. 조 팀장 말대로 그냥 얌전히 기다릴 걸 그랬나 싶은 순간도 있었으나, 이대로 프로젝트가 종료될지도 모른다고 생각하니 전에 없는 조바심이 고개를 들었다. 아니, 끝날 때 끝나더라도 이런 식으로 끝나는 건 너무도 허무했다.

별장에 도착한 첫날의 기억을 조금씩 더듬으며 한발 한발 나아갔다. 그래, 왔던 길만 그대로 따라가면 되는 거야. 별관이라고 했으니까 본관이랑 그렇게 멀리 떨어져 있진 않겠지. 스스로 결론을 내려놓고도 왠지 개운치가 않았다. 길치인 자신의 기억을 신뢰하지 못한 까닭이다.

“아, 혹시나 했는데 역시나… 여긴 아까 지나왔던 그 길이잖아!”

만약을 대비해 나무 한 그루를 골라 돌로 표시를 해두었더랬다. 지금이라도 조 팀장한테 다시 전화해보는 게… 맙소사. 배터리가 방전됐는지 어느 틈에 전원이 꺼진 상태였다. 총체적 난국이었다. 다리에 힘이 풀려 그 자리에 풀썩 주저앉았다. 순간, 딱딱하고도 날카로운 것이 허벅지 안쪽을 쿡, 찔러왔다. 기겁하며 일어나 봤더니 부러진 나뭇가지였다.

“어휴, 놀래라. 심장 멎는 줄….”

가슴을 쓸어내리며 안심하던 그때, 발치에서 이상한 소리가 들렸다. 반사적으로 내려다본 그곳엔 모로 누운 정한별이 고통스러운 신음을 토해내고 있었다. 머리며 얼굴이며 피범벅이 된 채로 말이다.

“정한별 씨! 정신 차려 봐요!”

“도… 도….”

알아들을 수 없던 두나는 무릎을 꿇고 그의 곁으로 바짝 다가갔다.

“도… 망… 가요… 빨리….”

“도망가라니, 무슨 뜻이에요?”

할딱할딱 숨을 몰아쉬던 한별은 힘겹게 손가락을 들어올렸다. 두나의 고개가 얼떨결에 손가락이 가리키는 방향으로 향했다. 1미터쯤 떨어진 위치에 고유한의 시신이 반듯이 누워 있었다. 예리한 충격이 맥박수를 단박에 끌어올렸다. 혈관이 터질 것 같더니 일순, 눈앞이 핑 돌았다. 정신이 아뜩하게 멀어졌다가 다시 돌아왔다. 바람에 흔들린 벚꽃나무가 퍼르르 하얀 꽃잎들을 떨어뜨렸다. 갓 떠오른 아침 해가 푸르스름한 새벽빛을 벗겨내는 사이, 한별의 숨이 멈췄다. 느닷없는 고요가 찾아들었다.

“캐릭터들이 전부 다 죽었어. 어떻게 이래?”

일련의 상황이 단순한 버그일 리 없다는 걸 직감한 두나는 숲길을 질주하기 시작했다. 몇 번이고 발을 접질리고 넘어질 뻔했지만 주먹을 불끈 쥐고, 있는 힘을 다해 달리고 또 달렸다. 이윽고 별관으로 짐작되는 건물 앞에 도달했을 그 무렵. 마침, 입구에서 걸어 나오는 한 대표와 조 팀장의 모습이 보였다. 두 사람의 손목에 채워진 수갑이 햇빛에 반사되어 홀로그램처럼 반짝였다. 몇 대의 경찰차가 건물을 가로막고 있었다. 두나는 제 눈을 의심했다. 내가 뭘 보고 있는 거지. 설마, 이것도 시스템 오류인가? 눈앞에 펼쳐진 장면이 심하게 초현실적이라, 그 어떤 예측도 할 수가 없었다. 질문은 결국 원점으로 돌아오고 말았다.

9

조사실 문이 열리고 두 명의 형사가 들어왔다. 두나는 눈길조차 주지 않은 채 멍하니 책상만 쳐다볼 뿐이었다. 맞은편에 앉은 배불뚝이 강 형사가 먼저 입을 열었다.

"모두나 씨 통화 기록을 보니 마지막으로 통화한 사람이 조민석이더군요. 왜 전화한 겁니까?"

"…버그 때문에요."

두나는 탈진한 나머지 말할 기운조차 없었다.

"버그요?"

강 형사는 의미를 모르겠다는 듯 고개를 갸웃거렸다.

"프로그램 에러가 발생했었어요. 그걸 해결해달라고 조 팀장한테 연락한 거고요."

"살인사건이 일어났는데, 그 와중에 컴퓨터 고쳐달라고 전화했단 말입니까?"

"살인사건 아니에요. 죽은 건… 진짜 인간이 아니니까요."

갈 곳을 잃은 두나의 시선이 마구잡이로 흔들렸다.

"당최 이해를 못하겠네. 네 명이나 죽어나갔어요, 거기서!"

강 형사는 답답증을 호소하듯 언성을 높였다. 그러다 안 되겠는지, 책상 위에 네 장의 사진을 연달아 올려놓고 다시 물었다.

"심상헌, 오정윤, 정한별, 고유한. 부검 결과 이들의 시신에서 모두 동일한 DNA가 나왔습니다. 한승진의 것으로 확인됐고, 범행 일체를 자백했단 말입니다. 조민석도 공범이라고 이미 다 불었다 이거예요."

"네? 어떻게 그런…."

욱신욱신 눈두덩이 쑤시기 시작했다. 망할 놈의 렌즈. 두나가 미간을 찌푸리던 그때,

"선배님, 제 생각엔 모두나 씨가 아직 메타버스 시뮬레이션과 현실을 혼동하는 거 같은데요."

책상 한쪽에서 말없이 자판을 두드리던 김 형사가 보다 못해 끼어들었다.

"메타… 뭐? 인마, 알아먹게 말해."

"한승진이 대표이사로 있는 베일미디어에서 프로젝트를 하나 진행했는데요. 있지도 않은 홀로 렌즈가 뭔가를 개발했다는 헛소문을 퍼뜨려서 주가가 엄청 올랐걸랑요. 분위기 제대로 타서 정부에서는 100억이나 지원해주기로 했고요."

"백어어어억? 그게 말이야 방귀야? 그딴 헛소문만 믿고 정부가 미쳤다고 지원을 했다고?"

"정확히는 준 게 아니고, 주기로 한 거죠. 암튼 한승진 입장에선 무슨 수를 써서라도 그 프로젝트를 성공시키고 싶지 않았을까요?"

"말 같지도 않은! 완전 사기잖아, 대국민 사기극! 그래서 진짜처럼 보이려고 모두나 씨를 끌어들였다? 어허, 말세다. 말세야. 완전 미친놈들이잖아. 아무리 돈에 환장했어도 그렇지!"

강 형사는 흥분을 주체하지 못하고 책상을 탁, 내려쳤다.

"저기요. 잠깐만요…. 그럼 제가 받은 수술은요?"

어안이 벙벙해진 두나의 눈꺼풀이 경련을 일으키듯 쌈박거렸다.

"병원에 문의해봤더니 일반 ICL 수술이었대요. 그건 난시 교정이 안 돼서 빛 번짐 현상도 심하고, 수술 후에도 사물이 겹쳐 보이거나 흐릿하게 보인다고 하더라고요. 수술 받고 눈 안 피곤했어요? 차트 보니까 난시가 꽤 심하던데."

두나는 기가 막혀서 한동안 아무 말도 하지 못했다.

"모두나 씨가 가상의 캐릭터라고 믿었던 피해자들도 한 대표가 극비리에 고용한 배우 지망생들이었답니다. 그나저나 다들 연기력 하나는 끝내줬나 보네요. 감쪽같이 속으신 걸 보면. 하기는 100억이 왔다 갔다 하는 블록버스터급 연극이니 그럴 만도 했겠어요."

김 형사의 말을 듣고 있던 두나의 기억 속에서 목소리 하나가 스프링처럼 튀어나왔다.

'홀로 렌즈와 연결된 시신경이 시각 정보를 뇌로 전달하는데요. 뇌에 수집된 이미지가 다시 감각 신경으로 전달되어 실제처럼 '오감'을 체험할 수 있다는 게 초실감형 시뮬레이션의 메커니즘이거든요. 어때요, 굉장하죠?'

조 팀장, 이 개자식.

"1500 대 1의 경쟁률을 뚫은 바보였군요, 저는…."

그딴 말을 순순히 믿다니. 스스로가 한심해서 당장이라도 혀 깨물고 콱 죽고만 싶었다.

"작정하고 사기 치는 놈들은 하나님도 못 당하는 법입니다, 원래. 자자, 진정하시고."

강 형사가 심심한 위로와 함께 물이 담긴 종이컵을 건넸다. 두나는 나라를 잃은 표정으로 물 한 모금을 겨우 마셨다. 그러다 문득 간과한 사실이 떠올랐다.

"근데요. 그 사람들은 대체 왜 죽인 거래요?"

"네 명이 작당하고 비밀을 폭로하려고 했답니다. 궁지에 몰린 한승진이 한 명씩 살해했고, 조민석은 CCTV 파일을 지웠다고 합디다. 모두나 씨가 전화한 그 시각쯤에요."

이제야 모든 것이 명확해졌다. 그리고 기분은 끔찍할 만큼 참담했다. 알 수 없는 냉기가 느껴져 으슬으슬 오한이 날 정도로.

"신고는요. 누가 경찰에 신고한 거죠?"

"정한별 씨 본인이 112에 신고했습니다. 아마, 죽기 직전에 전화한 모양이에요."

"그래서 나더러 도망가라고… 난 그것도 모르고… 아무것도 몰랐어요, 정말."

두나의 꽉 잠긴 목구멍에서 들릴 듯 말 듯 흐느낌이 새어나왔다.

"그건 그렇고. 심상헌 씨 말입니다. 욕실에서 발견됐을 당시 댁도 거기 있었다면서요."

"네. 정신을 차려보니 욕조에 상헌 씨가 알몸으로…."

"흠! 그러니까 같이 목욕을 할 만큼 심상헌과 각별한 관계였다, 맞습니까?"

"첫…사랑이었어요. 믿으실지 모르겠지만요."

말하는 두나의 표정에서 어딘지 몽환적인 분위기가 느껴졌다.

제리안

2006년《문학바탕》시 부문 신인문학상. 시집《고래는 왜 강에서 죽었을까》, 인문《나도 로맨스 소설로 대박 작가가 되면 소원이 없겠네》, 로맨스 장편소설《결혼계약》,《내겐 너무 비싼 그놈》,《케미하우스》,《심야 작가》외 다수 출간.

임시보호되었습니다

김영민

후텁지근한 밤공기를 뚫으며 오르막길을 걸었다.

귀와 눈에 온몸의 감각을 모았다. 새벽 2시. 사람이 없을 만한 골목길이고 그럴 만한 시각이지만 조심해야 한다. 누군가라도 마주쳤다간 곤란하다. 어떤 대학생이 전 여자 친구의 집에 찾아가 문을 두드렸다가 벌금 100만 원을 선고받았다는데, 나도 같은 꼴이 날지 모른다.

하지만 맹세컨대 나는 그런 부류의 인간이 아니다. 전 여자 친구, 구성은에게 미련은 거의 없다. 애초에 그녀는 지금 집에 없다.

내가 관심 있는 건 따로 있다.

골목길 모퉁이에서 잠시 멈춰서 마스크를 내리고 숨을 골랐다. 조심스레 고개를 내밀어 전방을 주시했다. 검은색 대문 앞에는 아무도 없었다. 담벼락 너머 창문으로 보이는 집 내부도 깜깜했다.

성은의 집은 요새는 보기 힘든 낡은 단독주택이다. 검은색 철 대문에 달린 빨간색 우체통은 온통 갈색 녹으로 뒤덮여 있다. 담벼락은 빨간색 벽돌을 조악하게 쌓아올린 단순한 형태다. 벽돌 사이에 곰팡이가 슬어 있다.

발꿈치를 들어 안을 살폈다. 사람이 없는 것을 확인하고 가볍게 담벼락을 넘어 마당 안에 착지했다. 약간의 소리가 나긴 했지만 이 정도는 집 안에서 듣지 못하리라.

마당 구석의 컴컴한 어둠 속에서 내 쪽을 향한 발소리가 들렸다. 곧 성은이 키우는 강아지 쿠키가 모습을 드러냈다. 흰색 토이푸들이며 나이는 여섯 살. 내가 키웠던 갈색 푸들 호두보다 한 살이 많다.

강아지를 누구보다 사랑하지만 앞으로는 절대 키우지 않겠다고 다짐했다. 그때의 트라우마가 너무 심했다. 그러나 남의 강아지에게 몰래 밥 하나 챙겨주지 못할 정도는 아니다. 내 강아지가 아니니까. 마당에 있으면 가슴 줄을 안 한, 주인 모르는 차우차우한테 쫓기며 도망가다가 트럭에 치여 죽을 일은 없을 테니까. 다섯 살의 어린 나이에 세상을 떠난 호두처럼.

쿠키는 꼬리를 살랑 흔들며 다가오더니 내 앞에서 발라당 누우며 배를 깠다. 또 다시 눈가가 촉촉해졌다.

오래 있을 생각은 없다. 호두를 생각하면 그럴 수 없다.

가방에서 간식을 꺼냈다. 오리 고기와 황태를 기반으로 오메가 3, 유산균이 다량

함유된 최고급 장수 간식이다. 바닥에 흩뿌려놓자 쿠키는 내 존재를 까맣게 잊고 허겁지겁 먹기 시작했다. 그 틈에 담벼락을 넘어 다시 밖으로 나왔다.

남쪽에 있는 월덕천 방향으로 걸었다. 물이 거의 없는 작은 하천이었는데, 천을 중앙선 삼아 4차선 도로가 천변과 나란히 남과 북 양 방향으로 길게 뻗어 있다. 도로 규모는 크지만 통행량이 상당히 적어 조용한 편이다. 특히 인도가 숲을 가로지르는 작은 길처럼 굉장히 예쁘게 꾸며져 있다. 강아지와 산책하기에 딱 좋은 코스다. 밤마다 호두와 함께 이 길을 걸었다.

그때 맞은편에서 불쾌한 광경이 보였다.

검은 반팔티를 입은 남자가 강아지와 산책 중이었다. 산책이라 표현하기엔 심히 불쾌하다. 버튼으로 길이 조절이 가능한 고급형 가슴 줄을 한 손에 들고는 있지만 정작 강아지한테는 매지 않았다. 성은이 쿠키를 산책시킬 때 채우던 가슴 줄과 똑같은 것이다. 견종은 골든레트리버이며 성견. 레트리버가 아무리 순하다고 해도 저건 절대 용납 못한다. 다른 사람은 몰라도 나는 그렇다. 가슴 줄을 하지 않은 녀석 때문에 호두가 죽었으니까.

나는 소심하다. 직장에서도 말을 거의 안 했다. 싸움을 싫어해서 나와 관련 없는 일인데도 누군가가 다투는 모습을 보면 불안하다. 불의를 보고도 웬만하면 넘어간다. 하지만 지금은 그럴 수 없다.

표정을 일그러뜨리고 남자에게 성큼성큼 다가가려다 멈칫했다. 남자는 시선을 땅바닥에 고정시킨 채 앞을 걷고 있었다. 장애물이 있으면 영락없이 부딪힐 모양새였다. 묘하게 그래도 상관없다는 분위기가 풍겼다. 무엇보다도 남자의 표정이 어두웠다. 어딘가에 정신이 깊게 팔린 듯했다. 하지만 내 알 바 아니다. 아, 이 남자 마스크를 쓰고 있지 않다. 턱스크도 아니고 마스크가 아예 없다. 여러모로 민폐다.

"저기⋯."

말을 멈췄다. 어느새 남자는 나를 한참 지나쳐 있었다. 그의 걸음걸이가 빠르기도 했지만 나도 모르게 너무 오래 생각에 잠겨 있었던 모양이다. 찝찝했다. 남자에게 한소리를 하지 못해서가 아니다. 호두와의 추억이 어린 공간에 호두를 죽음으로 몰고 간 존재가 나타나서다. 추억이 짓밟히는 소리가 머릿속에서 울렸다.

됐다. 잊자. 잊으려고 노력하자.

그래봤자 오늘 밤도 뒤척이겠지만.

다음 날 밤엔 처음으로 대여용 전동 킥보드를 타봤다.

성은과 만날 때는 월덕천 산책로로 가지 않는다. 집에서 출발해 좁은 골목길을 가로질러 북쪽으로 가면 곧바로 성은의 집이 나오는데 산책로로 가면 꽤 돌아가야 하기 때문이다. 물론 호두와 함께라면 돌아가는 것쯤은 아무렇지 않았다. 오히려 더 좋았다. 그래서 호두와 함께 성은의 집에 갈 때는 산책로를 이용하곤 했다.

오늘은 호두도 없고 전동 킥보드도 있고 하니 산책로를 택했다.

성은과는 애견카페에서 처음 만났다. 호두와 쿠키가 우리를 이어준 셈이다. 그 후 내가 호두를 잃고 공황 상태에 빠지자 그녀는 진심으로 나를 위로해주었다. 고맙게 생각하지만 그때의 나는 언제 죽어도 이상하지 않을 정도였다. 성은도 결국 그런 나에게 지치고 말았다.

그녀의 가족은 전부 동물을 싫어해 쿠키는 어쩔 수 없이 마당에서 지내야 했다. 그러다 그녀가 2주간 지방 출장을 갈 일이 있어 내게 쿠키를 맡기려 했다. 하지만 나는 절대 맡을 수 없었다. 나는 그때 그녀와 만났던 카페에서 엉엉 울었다. 예전 같으면 손수건을 건넸을 그녀지만 그날은 자리에서 일어나 나가버렸다.

애견호텔은 맞지 않았는지 그녀는 결국 쿠키를 집에 놔두고 출장을 떠났다. 가족한테 최대한 부탁을 했다고 하지만 그래도 걱정이 돼서 새벽마다 이렇게 몰래 찾아가기로 했다.

어젯밤의 불쾌한 기억은 어느새 다 말랐지만 마음속에 자국이 남아버렸다. 그래도 오늘은 밤공기가 시원하다. 아, 빠르게 달려서 그런가. 속력을 내자 조금 무서웠다. 넘어지지 않으려 집중을 하다 보니 어느새 성은의 집과 가까워졌다. 전동 킥보드의 소음 때문에 여기에서부터는 걸어가기로 했다.

오르막길을 오르니 곧바로 더워졌다. 모퉁이에서 고개를 내밀어 대문 앞을 살폈다. 아무도 없었다. 집 안에 불은 꺼져 있다. 능숙하게 담벼락을 넘었다,

착지할 때 소리가 별로 안 나 이상하게 뿌듯했다. 곧바로 싸한 느낌이 나를 덮쳤다. 마당 구석에서 보여야 할 움직임이 보이지 않았다.

쿠키는 바닥에 누워 있었다. 배를 내 쪽으로 보이고 옆으로 누워 있는데, 쓰러져 있다는 표현이 더 어울렸다. 입가에 구토 자국이 보였고, 설사를 한 흔적이 남아 있었다.

동물에 무지한 사람도 쿠키가 아프다는 사실을 한눈에 눈치챌 수 있을 것이다. 뭘 잘못 먹었나. 성은의 가족은 동물을 싫어해서 쿠키에게 아무것도 챙겨주지 않았을 텐데. 아, 혹시 내가 준 최고급 장수 간식이 잘못되었나.

난감하게 됐다. 10년이 넘게 반려동물을 키운 경험이 당장 이 아이는 입원이 필요하다고 말하고 있다. '이 아이를 병원에 데려가겠습니다'라고 메모라도 남겨야

하나 생각했지만 그럴 필요까진 없을 것 같다. 아마 성은의 가족은 쿠키가 아픈지도 모를 것이다. 혹은 알지만 방치하는 걸 수도.

쿠키를 안아 담벼락을 넘어 밖으로 나왔다. 다행히 스물네 시간 운영하는 동물병원이 있었다. 택시비가 만 원은 넘게 나오는 거리지만 가야 한다. 만 원이라. 입원을 하면 진료비가 훨씬 많이 나올 텐데. 성은에게 영수증을 들이밀며 진료비를 달라고 할 수도 없는 노릇이다.

택시를 잡아 24시 동물병원으로 향했다. 진단 결과는 원인 불명의 장염. 이틀간 입원해야 하며 비용은 50만 원이란다. 3개월 할부로 카드를 긁었다. 알바라도 구해야겠다.

다시 택시를 타고 집에 돌아왔다. 새벽 4시. 자기엔 글렀다. 호두를 잃은 후 불면증 때문에 원래 이 시간에 깨어 있긴 하다만. 전동 킥보드의 첫 경험이 나름 신선했으므로 한번 더 타보기로 했다. 마침 집 근처에 전동 킥보드 한 대가 서 있었다. QR코드를 찍은 뒤 출발했다.

산뜻한 주행이었다. 그 남자를 다시 만나기 전까지는.

남자는 어제와 같은 방향, 같은 옷차림, 그리고 같은 자세와 표정으로 걷고 있었다. 레트리버에게 가슴 줄을 매지 않고 한 손에 들고 있는 모습도 똑같았다. 마스크도 쓰지 않았다. 화가 치밀었다. 간만에 활기를 되찾을 수 있을까 기대했더니만.

"저기요."

남자는 내 말에 마치 마네킹이 움직이듯 목을 꺾으며 나를 쳐다봤다. 본인의 의사가 아니라 누가 남자의 목에 실을 매달아 조종한 것처럼 보였다. 조금 섬뜩해 움찔했다. '왜요?'라는 대답이 돌아오면 말을 꺼내려 했는데 그럴 생각이 없어 보였다.

"강아지한테는 가슴 줄을 하세요."

쌍욕을 퍼붓고 싶었지만 가까스로 참았다.

남자는 내 말을 듣고도 계속 일시정지 모드를 유지했다. 그러다가 뒤늦게 생각이 미친 듯 뒤를 돌아봤다. 레트리버가 앉아 자세를 취하며 남자를 올려다봤다. 남자는 모든 행동을 일부러 느리게 하는 듯했다.

"왜요?"

기다리던 대답이 몇 박자 늦게 돌아왔다. '왜 가슴 줄을 매야 해요?'라는 뜻일까, '왜 나한테 말을 걸어요?'라는 뜻일까.

"왜냐뇨? 당연히 해야 하는 거예요. 레트리버가 순한 성격이긴 하지만 큰 개를 무서워하는 사람도 있다고요."

남자가 한숨을 푹 내쉬었다.

"내 개가 아니에요. 개 주인한테 물어보세요."

"거짓말하지 마세요. 그럼 가슴 줄은 왜 들고 온 거죠?"

남자의 눈가 주변이 심하게 떨렸다.

"내 맘입니다. 가슴 줄은 그냥 들고 온 거고, 이 개는 내 개가 아닙니다. 차에 치여 죽어도 상관없어요. 그럼 이만."

마지막 말에 압도되어 남자가 내 곁을 훌쩍 지나갔다는 사실을 깨닫는 데 시간이 조금 걸렸다. 어떻게 저런 말을 할 수가 있지? 따지고 싶었지만 참기로 했다. 괜히 내 감정을 엉망진창으로 만들기 싫다.

내일은 저 남자를 만나지 않길 기도하며 전동 킥보드의 가속 버튼을 눌렀다.

다음 날 원인 불명의 고열로 아침부터 꼼짝없이 누워 있어야 했다. 하긴 하루를 날린다고 크게 달라지는 인생을 살고 있진 않다. 해열제는 없는데 이불 밖으로 나가긴 싫어 머리맡에 있던 항우울제를 아무 생각 없이 먹었더니 열이 떨어졌다.

하하. 항우울제가 해열제 역할도 하나. 웃고 나니 어처구니가 없다. 고작 이런 걸로 웃다니. 그런데 생각해보면 참 오랜만에 웃은 것 같다. 호두가 있을 땐 매일 웃었는데 사고 이후로는 실소조차 내뱉은 적이 없었다.

열은 내렸지만 여전히 몸에 기운이 없었다. 혼자 살면 서럽다. 아프면 더 서럽다. 그래서 호두를 키운 건데. 아, 생각하니 또 서럽다. 평소 내가 아플 때 호두는 내 가슴 위에 올라타 내 얼굴을 아주 꼼꼼하게 핥는다. 그럼 엔도르핀인지 뭔지 하는 좋은 호르몬이 분비되는 것 같은 기분이 들면서 곧 활력을 되찾곤 했다.

심호흡을 한 뒤 힘겹게 상체를 일으켰다. 우울감은 남아 있지만 이대로 고독사해도 아무런 상관없는 정도는 아니다. 혹시 산책로에서 마주쳤던 남자한테서 코로나 바이러스가 옮은 건…. 아닐 것이다. 아, 그 남자가 다시는 산책로에 나타나지 않았으면 좋겠다. 마스크도 안 쓰는데 코로나에나 걸리라지. 여태껏 호두와 산책을 하면서 한 번도 본 적이 없는데 왜 하필 호두가 떠난 후부터 산책로에서 보이는 걸까. 나를 괴롭히려고 신이 보낸 사자인가.

해열제와 수면 유도제를 같이 먹었다. 그런데 두 가지 약을 같이 먹어도 되나 하는 생각과 함께 잠에 빠졌다.

휴대전화가 울리는 소리에 잠이 깼다. 오후 6시. 여덟 시간 정도 잠들었나 보다. 쿠키가 입원한 24시 동물병원에서 온 전화였다. 생각보다 회복이 빨라 오늘 퇴원할 수 있다고 한다.

"지금 데리러 오시겠어요?"

간호사의 물음에 잠시 망설이다 그러겠다고 말했다. 또다시 택시를 타고 병원으로 갔다. 쿠키는 나를 보더니 좋아서 꼬리를 마구 흔들었다. 마음속에 작은 파문이 일었다. 쿠키는 나를 이렇게 좋아하는데 내 강아지가 아니라는 이유로 거리를 두는 게 평등한 걸까. 나는 아까 간호사의 물음에 왜 곧바로 대답을 하지 못했나.

쿠키를 품에 안고 동물병원을 나왔다. 택시를 잡으려 도로변에 서 있다가 깨달았다. 이제 어디로 가야 하지? 내 품에 안긴 강아지가 호두였다면 당연히 내 집으로 가야 한다. 쿠키는 완전히 나은 것 같지만 마당에 놔두고 가기는 좀 그렇다. 하지만 나는 다시는 강아지를 키우지 않겠다고 다짐했었는데.

생각해보니 성은에게 쿠키가 아팠다는 사실을 알리지 않았다. 어차피 내 연락은 무시할 텐데, 꼭 알려야 하나 싶다.

몸살 기운이 여전한 탓에 일단 쿠키와 함께 집으로 돌아가기로 했다.

집으로 돌아와 쿠키를 신발장에 내려놓았다. 쿠키는 내 신발의 냄새를 한참 맡다가 안으로 들어섰다. 그러고는 잠시 멈칫하더니 방 안 어딘가로 달려갔다. 평소에 호두가 자던 파란색 꿀잠방석이었다. 쿠키는 호두가 세상을 떠났다는 사실을 아마 알겠지. 쿠키도 눈치를 챈 모양인지 움직임이 느려졌다. 파문이 커졌다. 일단 며칠만 쿠키를 돌보자. 얼마 전까지 아팠으니까. 나 자신과의 다짐을 어기게 되어 불안하지만.

산책이라도 갈까.

호두가 썼던 가슴 줄을 쿠키의 가슴에 대봤다. 가슴 줄의 용도를 정확하게 아는 쿠키는 제자리를 빙글 돌기 시작했다. 조금 슬프게도 호두의 가슴 줄은 쿠키에게 딱 맞았다. 잠시 생각에 잠기느라 내가 움직이지 않자 조급했는지 쿠키는 내 허벅지로 점프를 시작했다. 어쩌면 하는 짓이 호두와 똑같을까.

한번만 더 생각해보기로 했다. 하늘에서 호두가 이 광경을 보면 질투하지 않으려나. 최소한 가슴 줄이라도 새 걸 매주는 게 예의일까? 호두와 함께 갔던 그 산책로에 가도 되는 걸까. 잠시 생각한 후에 변명거리를 떠올렸다. 친구의 냄새가 밴 가슴줄로 친구의 흔적이 남아 있는 산책로에 가면 병원에서 스트레스를 받았을 쿠키에게 조금의 위로라도 될 것이다.

그렇게 산책로로 향한 나는 얼마 안 가 후회했다.

그 남자가 있었다.

이번에도 남자는 똑같은 모습이었다. 가슴 줄을 레트리버에게 매지 않고 자신이 들고 있다. 레트리버는 여전히 신이 난 모습이다. 남자는 오늘도 마스크를 쓰지 않았다. 쿠키가 레트리버를 보자 멈칫했다. 순간 쿠키에게 호두가 겹쳐 보여 재빨리 쿠키를 안아 올렸다.

"저기요."

남자가 내 말을 듣고도 그냥 지나치려는 기색을 보이자 나는 그의 앞을 가로막아 섰다. 그가 나를 노려봤다. 아니, 노려보는 대상은 내가 아닌 쿠키 같았다. 쿠키를 안은 팔에 저절로 힘이 들어갔다.

"지금 당장 레트리버에게 가슴 줄을 매요."

남자가 얼굴의 모든 근육을 움직여 웃었다. 짜증이 상당히 많이 난 듯하다.

"싫습니다."

"왜죠?"

"알려주고 싶지 않아요."

"왜 알려주고 싶지 않은 거죠?"

"비켜요."

"아뇨. 죄송하지만, 아니 하나도 죄송하지 않고, 그럴 수 없습니다. 당신 같은 인간을 보면 환멸이 나요. 가슴 줄도 안 매고 강아지를 산책시키는 인간이요. 당신 강아지의 안전은 내 알 바 아니고 주변 사람과 다른 강아지가 위험하단 말입니다. 거기에 한 손에 가슴 줄을 들고 말이죠. 여유? 아니면 당신의 강아지를 무서워할 다른 사람들과 강아지를 놀리려는 건가요? 그렇다면 강아지를 다른 종으로 바꾸는 게 좋겠는데요? 아니면 적어도 그 망할 가슴 줄을 주머니에 처넣든지요. 당신 같은 사람 때문에…."

'내 강아지가 죽었다'는 말을 떠올리자마자 지웠다. 쓸데없이 현실을 직시하고 싶지 않다.

"비켜요."

"가슴 줄을 매란 말이야."

"비켜."

"못 비켜. 미치지 않았다면 당장 가슴 줄 매라고."

"비켜."

"안 비키면 내가 당신을 때려눕혀서라도 가슴 줄을 뺏어서 대신 매줄 거야. 접착제를 발라 풀 수 없게…."

그 순간 뺨에 강한 통증을 느끼며 뒤로 넘어졌다. 남자가 내 뺨에 주먹을 갈긴 것이다. 뒤통수가 가로수의 뿌리줄기에 부딪혔다. 타는 듯한 통증이 일었다.

"제발 비켜 이 새끼야!"

마음은 당장 일어나 맞대응하고 싶었지만 몸이 말을 안 들었다. 발목에도 강한 통증이 느껴졌다. 넘어지며 발목을 다친 모양이다. 아차. 서둘러 쿠키의 상태를 확인했다. 쿠키는 다행히 내 품 안에 있었다. 겁을 먹었는지 꼬리가 엉덩이에 딱 붙어 있다.

그때 레트리버가 쿠키 쪽으로 달려왔다.

"안 돼!"

나는 재빨리 옆으로 굴러 레트리버에게 등을 내주고 쿠키를 숨겼다. 쿠키까지 호두처럼 죽게 놔둘 순 없다.

킁킁거리는 소리가 났다.

뒤를 돌아보니 레트리버는 초롱초롱한 눈으로 나를 내려다보고 있었다. 내 옷에서 나는 냄새를 맡은 모양이다. 이 강아지의 종이 레트리버라는 사실을 잠깐 잊고 있었다. 세상에서 제일 착한 견종 아닌가.

레트리버는 계속해서 내 냄새를 맡다가 그 남자를 향해 뛰어갔다.

심장이 쿵쾅거렸다. 호두를 잃었을 때의 기억이 파도처럼 나를 덮쳤다. 머리가 어지러워 나무뿌리를 베개 삼아 누웠다. 눈을 감고 심호흡을 했다. 공황 발작이 일어나려 할 때 이렇게 대처하라고 정신과에서 알려준 기억이 떠올랐다.

그때 얼굴에 차갑고 촉촉한 감촉이 느껴졌다.

눈을 뜨니 쿠키가 보였다. 쿠키의 코가 내 뺨에 닿은 것이다. 내 가슴팍 위에 똑바로 서서 내 얼굴을 핥아주고 있다. 나를 위로하는 듯했다. 호두와 똑 닮았다.

쿠키야.

쿠키의 등에 양손을 가볍게 얹었다. 고개를 일으켜 쿠키의 가슴팍에 뽀뽀를 했다. 오른발에 체중을 실어 자리에서 일어났다. 바로 옆의 도로에서 운 좋게 택시를 잡아탔다.

한 발로 깡총 뛰며 겨우 집에 돌아왔다. 뒤통수에 손을 갖다 대니 피가 조금 묻어 나왔다. 쿠키는 다행히 안정을 되찾았다.

일단 침대에 누웠다. 뒤통수고 발목이고 뭐고 쉬고 싶다.

침대에 누워 생각했다. 그 남자는 도대체 뭐하는 인간일까. 화라는 감정은 어느새 증발하고 의문만 남았다.

그 남자가 미친 사람이 아니라는 가정을 해보자.

남자는 분명 '이 개는 내 개가 아니다'라고 했다. 그럼 뭐지? 처음 보는 개가 자신을 따라왔다는 건가? 일단 그렇다 치자. 잠시 반려동물의 보호자가 가져야 할 의무를 접고 보면, 남자가 가슴 줄을 맬 필요가 딱히 없긴 하다. 그래도 이상하다. 레트리버가 남자와 관련이 없다면, 그 상황에서 개의 존재를 한번 지워보자. 남자는 자기 혼자 가슴 줄을 들고 산책로를 걸었다는 뜻이 된다.

남자는 무슨 생각인 걸까.

의문은 또 있다. 나는 왜 자꾸 그 남자와 마주치는 걸까?

그저 재수 없다는 말로 치부하기엔 꺼림칙하다. 남자의 의도는 모르겠지만 그는 매일 산책을 하러 나왔다. 그리고 나도 매일 산책을 하러 나갔다. 둘 다 우연히 같은 산책로를 택했다. 충분히 그럴 수 있다. 거긴 산책하기에 안성맞춤이니까.

내 의문은, 3일 연속 다른 시간대에서 어떻게 매번 마주칠 수 있냐는 것이다.

처음 마주쳤을 때 나는 새벽 2시에 성은의 집에 가고 있었다. 그리고 산책로를 지나 집에 가다 그와 마주쳤다. 시각은 대략 새벽 2시 반. 두 번째는 쿠키를 24시 동물병원에 입원시킨 후. 시각은 대략 새벽 4시 반. 그리고 방금 전 마주친 시각은 오후 7시. 비슷한 시간대라고 보긴 어렵다. 왜 갈 때마다 그 남자와 마주치는 걸까.

이것도 그저 우연이라고 치부할 수 있을까? 만약 필연이라면 어떻게 되는 걸까. 나는 그 남자를 모른다. 그런데 계속해서 마주친다는 것은….

그 남자는 나를 알고 있다는 걸까? 스토커? 하하. 그럴 리 없다. 내가 뭐라고. 그러나 한 번 이상한 생각에 사로잡히니 갑자기 심각해졌다. 그 남자가 가슴 줄로 줄넘기를 하건 뭘 하건 상관없다. 하지만 내일도 마주친다면? 모든 걸 떠나 너무 섬뜩하지 않을까.

마지막으로 그가 한 말, '제발 비켜.' 남자는 뭔가 급한 일이 있었던 걸까? 전혀 그렇게 보이진 않았는데.

가라앉았던 내 일상에 갑자기 활력이 도는 듯하다.

그 남자를 조사해야겠다.

다음 날 눈을 뜨자마자 우선 정형외과에 갔다. 다행히 뼈나 인대에는 아무 이상이 없었고, 약간의 타박상이었다. 목발까지는 하지 않기로 했다. 오늘은 오랜만에 꽤나 바빠질 예정이니까.

사람이 우울감에 오래 잠기다 보면 별것 아닌 일에도 신나게 되는 모양이다.

약을 타고 집에 돌아와 쿠키에게 밥을 줬다. 오후에는 같이 못 있어줄 테니 산책을 했다. 다만 그 산책로가 아닌 골목길을 택했다. 그와 마주치면 안 되니까. 산책을 너무 열심히 했는지 집에 돌아온 쿠키는 금세 낮잠을 잘 준비를 했다.

준비를 마치고 밖으로 나갔다.

산책로는 남북으로 길게 뻗어 있는데 양쪽 끝은 느린 걸음걸이로 40분은 걸린다. 남자가 걸어온 방향으로 추측하건대 그는 산책로의 북쪽 끝에서 기행을 시작했음이 틀림없다. 북쪽 끝은 사거리였는데 마침 도로 건너편에 옛날통닭집이 있어 안으로 들어갔다. 통닭 한 마리를 주문했다. 집에서 여기까지 오는 동안 계속해서 주위를 둘러보았지만 그가 따라오는 기색은 없었다. 역시 망상인가. 그래도 덕분에 즐겁다. 생각해보니 호두가 떠난 후 낮에 외출을 한 게 처음이다. 이대로 집에 돌아가긴 아쉽다. 햇빛을 쬐어 비타민 D 합성도 좀 하고, 옛날통닭도 먹자. 그리고 그 남자를 몰래 훔쳐보며 그의 머릿속에 무엇이 들어 있는지 맞혀보자.

문득 너무 일찍 나왔다는 생각이 들었다. 시각은 오후 4시. 그에게서 풍기는 아우라를 볼 때 분명 해가 져야 모습을 드러낼 것 같다. 아마 밤낮이 바뀐 생활일 것이다. 그래서 그런 비정상적인 짓을 한 걸까. 밤낮이 계속 반대였던 내가 할 말은 아니지만.

손님도 별로 없으니 여기서 해가 질 때까지 기다려볼까.

주문한 통닭이 나왔다. 뜨거운 음식도 참 오랜만이다. 튀긴 닭 껍질을 소금에 찍어 먹으니 아주 맛있다. 닭다리도 뜯어볼까 하던 찰나 창밖으로 무언가가 보였다.

그 남자다.

재빨리 계산을 마치고 밖으로 튀어나가 뒤를 밟기 시작했다. 남자는 전과 똑같았다. 마스크를 쓰고 있다는 점 딱 하나가 달랐다. 생각은 바로잡힌 사람인가. 뒤를 밟으려니 레트리버가 신경 쓰인다. 개의 후각이 매우 뛰어나다는 건 워낙 잘 알려진 사실이다. 레트리버는 나를 3일 연속으로 봤다. 내 냄새를 이미 기억하고 있을

터. 사람을 좋아하니까 내 냄새 또한 반길 게 분명하다. 나를 알아보고 달려들기라도 하면 곤란하다. 일을 망치지 않으려면 거리를 어느 정도 둬야겠다.

남자는 산책로를 따라 남쪽으로 쭉 내려갔다. 그의 발걸음이 빨라 한쪽 발목이 성치 않은 나로서는 따라가기가 힘들었다. 뒤를 쫓으며 소름이 돋았는데, 남자는 단 한 번도 뒤를 돌아 레트리버를 보지 않았기 때문이다. 과연, 그의 개가 아닌 건 맞는 듯하다.

그렇게 산책로의 남쪽 끝까지 간 남자는 모퉁이에서 좌회전을 했다.

산책로를 따라 나란히 흐르는 월덕천은 행정구역을 구분하는 경계선 역할도 한다. 내가 사는 곳은 월덕천의 서쪽인 A동, 남자가 가는 방향은 동쪽인 B동. 남자는 또다시 직선 주행을 계속했다. 단 한 번도 뒤를 돌아보지 않는다. 조용히 뒤를 따르는 레트리버가 가여워 보일 정도였다.

그렇게 몇 십여 분을 걷던 남자는 또다시 좌회전을 했다. 마치 로봇청소기처럼 아무 생각 없이 방향을 꺾는 것 같다. 레트리버도 그 뒤를 따라간다.

이 근방을 지나친 적은 몇 번 있지만 자세히는 잘 모른다. 남자가 어떤 의도를 가지고 있는지 아직은 파악하기 힘들다. 아아, 곧 나오는 횡단보도를 건너 동쪽에 있는 다른 블록으로 갈 생각인가?

그렇게 남자는 또 몇 십 분을 걸었다. 뒤늦게 의문이 떠올랐다. 오늘은 왜 낮 시간에 나온 걸까? 머리를 굴리는 사이에 남자는 또 다른 사거리에 도달했다. 도중에 나온 횡단보도를 모두 지나쳤다.

잠시 후 그는 놀라운 행보를 보였다.

또다시 좌회전을 한 것이다.

그러고는 다시 직진. 레트리버는 여전히 신나 있다. 이 근방을 온 적은 없지만 계속 직진하면 무엇이 나오는지 안다. 남자가 처음 출발했던, 산책로의 북쪽 끝이다. 그다음에 이어질 남자의 행동도 왠지 알 것 같다.

몇십 분 후, 산책로의 북쪽 끝이 시작되는 사거리가 나왔다. 남자는 이 동네의 커다란 한 블록을 한 바퀴 돌았다. 내 예상은 적중했다. 남자는 좌회전을 했다.

그는 산책로를 한 번 더 걷기 시작했다.

"저기요!"

내 외침에 남자는 발걸음을 멈추고 레트리버와 함께 뒤를 돌아봤다.

레트리버가 나에게 뛰어와 내 청바지의 냄새를 맡기 시작했다. 맛있는 게 묻은 모양인지 혀를 할짝거렸다. 통닭을 먹다가 부스러기를 흘린 모양이다.

남자는 전처럼 나를 무표정으로 바라보고 있었다. 조심스럽게 말을 꺼냈다.

"그쪽도 혹시 키우던 개를 하늘나라로 보냈나요?"

남자가 온몸을 움찔거렸다.

"미안하지만 당신이 처음 여기 왔을 때부터 계속해서 뒤를 밟았어요. 이 근방을 크게 한 바퀴 돌더니 더 한 바퀴를 돌 모양인가 보네요. 당신 혹시… 이렇게 새벽까지 이 근방을 돌기만 할 생각 아닌가요?"

그가 고개를 숙였다.

"당신도 강아지와 이별을 한 거죠?"

이윽고 그가 입을 열었다.

"…그쪽도?"

"가슴 줄을 안 맨 주인 없는 차우차우에게 쫓겨 도망가다가 차에 치여 죽었어요."
"차우차우…."
목소리가 떨렸다.
"그 레트리버는 정말 당신 개가 아닌가 보네요. 그 가슴 줄은 이별한 강아지가 쓰던 건가요?"
"택이는… 차우차우에게 물려 죽었어요."
남자가 울먹이기 시작했다. 수염이 턱을 더부룩하게 덮었다. 나도 마찬가지다. 호두를 잃은 후 수염에 신경 쓸 여유가 없었다.
"곧바로 동물병원에 데려갔지만 너무 심하게 다쳐서. 저는 그날 이후로 완전 폐인이…."
"그래서 택이라는 강아지와 걸었던 길을 그렇게 매일 걷는군요."
그가 내 쪽으로 다가와 레트리버의 머리를 쓰다듬었다.
"이 강아지는 친구가 맡긴 거예요. 평소에 택이랑 같이 놀았는데. 잠시 여행을 간다면서 무작정 저에게 맡기고 가더군요. 다시는 강아지를 키우지 않겠다고 다짐했는데. 거절할 새도 없었어요."
"택이를 떠올리며 가슴 줄을 들고 왔나요? 저 레트리버에게 가슴 줄을 매지 않은 건 하늘로 떠난 택이를 배신하는 것 같아서죠?"
말이 안 되는 것 같아도 설득력이 있다. 내가 그랬으니까.
그가 웃었다.
"애초에 맞지도 않아요. 택이는 소형견이니까요."
아아 그런가. 저 가슴 줄은 성은이 쿠키에게 쓰던 것과 똑같다. 그리고 쿠키는 토이푸들이다. 크기가 맞지 않는 게 당연하다.

내가 그와 매일 다른 시각에 마주칠 수 있었던 이유는 단순했다. 그는 그저 하루 종일 그곳을 빙빙 돌았을 뿐이다.

"그때는 무례하게 굴어서."

남자는 어깨를 들썩이며 통곡했다. 나는 조용히 그를 안아주었다.

"괜찮습니다. 그 마음 저도 이해해요. 저는 자살까지 시도한걸요. 저도 당신과 똑같아요. 모든 게요. 다만 저는 전 여자 친구의 강아지 덕분에 조금 나아졌어요. 아마 당신의 친구는 당신이 레트리버랑 지내며 예전 모습을 되찾길 간절히 바라고 있을 거예요. 우리 같이 일어서요."

'그쪽을 미행한 덕분에 활기를 되찾았어요'라는 말은 마음에 담아두기로 했다.

"다만 마스크는 꼭 쓰세요."

남자는 내 품에 안긴 채 한참을 울었다.

그렇게 2주가 지나고 성은이 출장을 마치고 집에 돌아오는 날 나는 대문 앞에서 쿠키와 함께 그녀를 마중했다. 성은이 화들짝 놀랐다. 내가 쿠키랑 같이 있는 사실도 놀랐겠지만, 생기를 되찾은 내 모습이 무척이나 충격인 모양이었다.

나는 그 남자에게서 나 자신을 봤다. 무력한 나의 모습. 반려견과의 이별은 마음이 아프지만 결국엔 이겨내야 한다. 다람쥐 쳇바퀴 돌듯 마음의 감옥에 갇혀 빙빙 돌기만 할 순 없다.

그동안 있었던 일을 성은에게 말한 후 돌아서려 하는데, 그녀가 나를 붙잡았다.

"고마워."

"어쩔 수 없었어. 쿠키가 아팠으니까."

"많이 좋아졌네. 이제야 좀 사람 같아."

성은이 나와 눈을 마주치며 활짝 웃었다. 그녀의 웃음 또한 정말 오랜만에 본다.

"수염 좀 깎아."

나는 멋쩍게 웃으며 턱을 쓰다듬었다. 할 말이 생각났다.

"저기 말이지. 앞으로 열심히 살 거야. 일도 시작할 거고. 더 이상 우울해하지 않을 거야. 그러니…."

다음에 꺼낼 단어를 머릿속에서 고르는데 성은이 갑자기 웃기 시작했다.

"나는 진지하다고."

"미안해."

"그러니 우리."

"아, 잠깐. 쿠키랑 같이 잠시만 기다려. 옷만 갈아입고 나올게. 오랜만에 산책이나 가자."

성은은 알 수 없는 노래를 흥얼거리며 집 안으로 들어갔다.

나는 우두커니 서서 그녀에게 건넬 말을 몇 번이고 되뇌었다.

김영민

중앙대 물리학과 졸업. 2019년 〈회색 장막 속의 용의〉로 '계간 미스터리 신인상'을 수상했다. 〈안전한 추락〉, 〈병중진담〉, 〈밀착과외〉 등의 단편을 발표했다. 유머와 냉소, 미스터리가 결합된 소설을 좋아한다.

무속인 살인사건

홍정기

1

매일 같은 불면의 밤을 지나 실로 오랜만에 잠들었던 은기는 이른 아침부터 울려대는 초인종 소리에 짜증이 밀려왔다.

"아침부터 누구야!"

딩동. 딩동. 딩동.

집요하게 울리는 소리에 체념한 은기는 무거운 몸을 일으켜 현관으로 향했다.

"나가요. 나가!"

현관문을 열자 건장한 남자 두 명이 문 앞에 서 있었다.

"누, 누구시죠?"

검정 가죽 재킷을 입은 험상궂은 중년 남자의 인상에 압도된 은기는 저도 모르게 말을 더듬었다.

"홍은기 씨죠?"

다짜고짜 이름을 묻는 남자. 은기는 아무 말도 못한 채 꿀 먹은 벙어리마냥 고개만 끄덕였다. 뒤이어 가죽 재킷 남자 옆에 서 있던 카키색 바람막이 점퍼를 입은 남자가 가슴팍에서 무언가를 꺼내 얼굴 앞에 들이밀었다. 은기는 한참 만에 바람막이 남자가 손에 들고 있는 것이 경찰 신분증이란 것을 알아챘다.

"무, 무슨 일로 절 찾아오셨는지…."

은기의 말이 채 끝나기도 전에 가죽 재킷 남자가 팔을 잡아챘다. 바람막이 남자는 이 상황이 익숙한 듯 개의치 않고 말했다.

"홍은기 씨. 당신을 박무직 씨 살해 혐의로 긴급 체포합니다."

"네? 살인죄요? 뭔가 잘못 알고 계신 것 같은데요? 제가 살인이라뇨?"

순간 당황한 은기의 손목에 차디찬 수갑이 채워졌다. 가죽 재킷의 남자가 읊어대는 미란다 원칙이 한마디도 귀에 들어오지 않았다.

2

두 아이의 아버지이자 남편인 은기는 이제 막 마흔에 접어든 중년의 가장이다.

20대부터 장르문학 읽기를 선호하던 은기는 어떤 책이든 읽으면 꼭 기록을 남기겠다고 마음먹었다. 그 뒤로 책을 읽고 블로그에 서평을 올린 지 13년. 천 권 이상의 장르 도서 서평을 올리자 자신도 모르게 파워리뷰어가 되어 있었다. 추리와 SF 책을 닥치는 대로 섭렵하던 그는 어느 날 문득 타인의 이야기를 읽는 것에 그치지 말고 무언가 써보자는 생각을 했다. 그 후 머릿속에 떠오르는 대로 이야기를 기록하기 시작했다.

창작의 길은 멀고도 험했다. 처음에는 당연히 수많은 시행착오와 좌절에 빠졌다. 너무나 어설픈 문장과 구조에 비탄과 탄식에 잠기기도 했다.

그런 은기에게 운명처럼 흔치 않은 기회가 찾아왔다. '푸른약국'이라는 독립 서점에서 일반인들의 소설을 모아 단행본으로 출간한다는 '아무거나' 프로젝트를 시작한다는 것이었다. 저자의 이름을 숨기고 익명으로 작품을 발표하는 생소한 방식은 작가를 꿈꾸던 은기에겐 절호의 기회였다. 비록 익명이지만 자신이 만든 이야기를 널리 알릴 기회라고 생각했다.

프로젝트의 주제는 '사랑과 죽음'이었다.

이번에야말로 사람들의 마음속에 각인될 강렬한 이야기를 만들어보겠다고 은기는 다짐했다. 하지만 모니터 앞에서 한글 프로그램을 띄우고 한참을 앉아 있어도 만족할 만한 이야기는 나오지 않았다. 아니 첫 문장조차 완성하지 못한 채 약속한 시간은 속절없이 흘렀다. 어느새 원고 마감일이 다가왔다. 그사이 은기의 스트레스는 하늘을 찌를 듯 치솟아 있었다. 만족할 만한 성과를 내지 못하는 압박감에 예민해진 그는 아이와 아내에게까지 짜증을 내기 일쑤였다.

조바심에 고심하던 은기는 글 쓰는 방법을 바꿔보기로 했다. 평소 책을 읽으며 떠오르는 공상을 작품의 소재로 이용해보기로 한 것이다.

추리소설을 읽을 때는 추리에 대한 상상이, SF를 읽을 때는 SF에 대한 상상이 머릿속에 가득 차올랐다. 읽고 있던 책과 관련된 상상이 아니다. 쉽게 말해 책의 내용과는 전혀 관계없이 혼자 상상의 나래를 펼쳤던 것이다. 쉽게 말해 그저 공상에 불과했다. 하지만 독서 중의 공상은 때론 예상치 못한 아이디어를 가져다주기도 했다.

"그래, 해보자."

자리를 박차고 일어선 은기는 서재에 꽂혀 있는 다양한 책들로 눈길을 돌렸다.

"《유년기의 끝》, 《살육에 이르는 병》, 《작자미상》…."

한 권 한 권 꼼꼼히 둘러보던 은기의 눈에 칠흑 같은 검정색 장정의 책 한 권이 들어왔다.

"뭐지? 이런 책도 있었나?"

신간 구간 가리지 않고 전국 헌책방을 돌며 닥치는 대로 책을 수집한 은기였다. 그렇게 수집한 책은 모두 알고 있다고 자신했다. 그런 그가 난생처음 보는 책을 구석진 책장 구석에서 발견한 것이다.

"책값을 맞추려고 추가했던 책인가?"

일부 온라인 헌책방은 일정 금액 이상을 구매해야 무료 배송을 해주는 최저 금액을 책정하고 있었다. 은기도 종종 원하는 책을 구매하기 위해 불필요한 책을 추가

하기도 했었다. 하지만 이렇게 전혀 기억에 없는 책이 있다니, 의아했다.

"아무렴 어때."

은기는 대수롭지 않게 책장에서 검은 장정의 책을 꺼내들었다. 책은 온통 검은색이었다. 오직 표지의 제목만이 피처럼 진한 붉은색이었다.

"목 잘린 짐승의 성난 포효?"

10년 넘게 장르 도서를 읽어왔지만 한 번도 들어본 적 없는 제목이었다. 책의 앞뒤를 살펴봤지만 저자나 출판사 이름은 어디에도 없었다. ISBN도 없는 것으로 보아 개인이 직접 출간한 독립 출판물인 듯했다.

책을 살피면 살필수록 영문을 알 수 없었다. 하지만 책이 풍기는 독특한 분위기가 은기를 단숨에 사로잡았다.

끝을 알 수 없는 어둠 속에서 빛나는 핏빛.

호기심을 자극하는 강렬한 제목.

은기는 홀린 듯 책 표지를 넘겼다. 곧바로 내지 한가운데 쓰여 있는 단 한 줄에 시선이 꽂혔다.

'이 책은 실화를 바탕으로 쓰였음을 언급한다.'

책은 실로 일반적인 루트로 출간할 수 없을 만큼 잔인하고 그로테스크한 묘사가 넘쳐났다. 전체적인 스토리는 스티븐 킹의 걸작 스릴러《샤이닝》을 떠올리게 했다. 평범했던 가장이 갑자기 사랑하는 가족을 살해하는 내용이었다. 다만 시체를 해체하는 장면이 너무나 상세하고 엽기적으로 묘사되어 구역질이 치밀어 올랐다.

"이게 실화라고?"

도저히 믿을 수가 없었다. 책을 붙들고 있는 손가락이 가늘게 떨렸다. 겨드랑이로 식은땀이 흘러내렸다. 잔인하게 가족을 도륙하는 장면들이 머릿속에 그려졌다. 기분이 더러워져 당장이라도 책을 집어던지고 싶었지만 은기는 뭔가에 홀린 듯 책에서 손을 뗄 수가 없었다.

은기의 머릿속에서 공상이 시작됐다. 공상은 이미지화되어 머릿속에 파노라마처럼 펼쳐졌다. 한동안의 망상이 끝나자 은기는 다시 컴퓨터 앞에 자리를 잡았다.

타탁 타탁 타타탁.

키보드를 두드리는 소리가 경쾌하게 이어졌다.

불현듯 떠오른 이미지였으나 어느새 이미지는 문장이 되었고 하나의 완결된 이야기로 탈바꿈됐다. 두 시간 만에 집필이 끝났다. 뭔가에 홀린 듯 키보드를 두드리던 은기의 눈앞에 열두 쪽 분량의 공포 단편이 완성돼 있었다.

자신이 수집한 고서에 깃든 악령에 빙의된 가장이 가족을 잔인하게 살해하는 내용이었다. 은기는 자신의 작품에 〈쓰쿠모가미〉라는 제목을 붙였다. 오래된 물건에 악령이 깃드는 것을 의미하는 일본말이었다.

은기는 퇴고를 거친 뒤 독립 서점에 원고를 보냈다.

"벌써 시간이 이렇게 됐나?"

시간은 어느덧 자정이 넘어 있었다.

두 시간 내내 굳어 있던 어깨를 손으로 주무르자 경직된 근육의 통증에 곡소리가 절로 났다. 문득 책상 위에 놓인《목 잘린 짐승의 성난 포효》에 눈길이 갔다. 목적을 이룬 뒤라 그런지 책은 기분 나쁜 아우라를 발산하고 있었다. 이제 이 책은 더 이상 필요 없으리라. 은기는 책을 책장 깊숙한 곳으로 되돌려놓았다.

며칠 뒤.

회사에 있던 은기에게 독립 서점으로부터 회신 메일이 날아왔다.

앤솔러지 단편집 《이제 막 독립한 이야기》에 은기의 단편 〈쓰쿠모가미〉가 실리게 되었다는 내용이었다. 드디어 자신의 작품이 세상에 나온다는 소식에 은기는 뛸 듯이 기뻤다. 곧바로 아내에게 톡을 보냈고, 아내 역시 자신의 일처럼 진심으로 기뻐했다.

그날 퇴근 후 저녁식사에는 은기를 위한 가족의 자축 파티가 열렸다. 조촐한 케이크와 화이트와인. 두 딸아이의 축하 송까지. 은기의 기분은 하늘을 나는 듯했다. 가족의 웃음소리가 끊이지 않았다.

"으으으…."

은기는 머리를 조여오는 두통에 눈을 떴다. 정신을 차리고 주변을 살펴보니 안방 침대였다. 내가 언제 정신을 잃었었나? 분명 부엌 식탁에서 파티 중이었는데….

벽에 걸린 시계의 시침이 새벽 2시를 지나고 있었다. 눈앞이 핑핑 돌고 어지러운 걸 보니 아무래도 과음 때문인 듯했다. 기분에 취해 와인을 한 잔 두 잔 연거푸 마시다가 필름이 끊겼나 보다 생각했다. 하지만 평소 소주 두세 병은 너끈히 마실 정도로 주량이 센데 와인 한 병에 정신을 잃은 것이 의아했다. 어찌됐던 이 욱신거리는 두통에서 벗어나야 했다.

"여보. 여보! 나 꿀물 한 잔만 타줘."

"…."

"여보. 없어? 얘들아. 엄마 집에 없니?"

"…."

침실 너머로 목청껏 소리를 질렀지만 집 안은 쥐 죽은 듯 고요했다. 더 이상 기다릴 수 없던 은기는 무거운 몸을 일으켜 안방 문을 열었다.

"헉!"

거실로 나온 은기는 숨을 삼켰다.

거실이 온통 난장판이었다.

베란다에 있어야 할 화분이 왜 거실 바닥에 깨져 있는 건지, 케이크가 담긴 접시들이 왜 바닥에 널려 있는 건지 이해할 수 없었다.

충격적인 거실 상태에 아연해 있던 은기는 퍼뜩 주머니를 뒤져 휴대전화를 꺼냈다.

휴대전화 역시 금이 가 있었다. 거미줄처럼 깨진 휴대전화 액정 사이로 아내가 보낸 톡이 있었다.

—당신 미친 것 같아. 진심으로 무서워. 아이들 데리고 친정에 가 있을 거야. 찾아오지도 말고 연락도 하지 마. 떨어져 있으면서 이혼에 대해 생각하자.

이혼? 이게 대체 무슨 말인가.

은기는 급히 아내에게 전화를 걸었다. 하지만 통화 연결음 대신 전원이 꺼져 있다는 안내만이 공허하게 들렸다. 은기는 급히 톡을 열고 문자를 전송했다.

—이혼? 그게 대체 무슨 말이야?

역시 대답은 없었다. 은기가 보낸 메시지의 숫자 '1'은 한참이 지나도 없어지지 않았다.

우두커니 거실에 선 은기는 생각을 정리했다.

축하 파티 중 갑작스러운 기억의 유실. 난장판이 된 거실. 집을 나간 아내와 아이들. 너무나 갑작스러운 상황에 혼란스러웠다. 은기가 있는 거실이 빙글빙글 도는 것 같았다.

"으아아아아! 대체 무슨 일이 있었던 거야!"

발 디딜 틈 없이 어지러운 거실 한가운데서 은기는 머리를 움켜쥐고 고통의 소리를 질러댔다.

영문도 모른 채 며칠이 지났다.

수백 번의 시도 끝에 가까스로 아내와 전화가 연결된 은기는 그제야 그날의 진상을 들을 수 있었다. 기분 좋게 와인을 마시던 은기가 갑자기 미친 듯 화를 내더니 물건들을 집어던지고 아내와 아이들에게까지 손을 대려 했다는 것이었다. 그때의 은기는 여태껏 아내가 알고 있던 남편이 아니라고 했다. 마치 귀신에 씐 것 같은 모습이었다고 했다.

——마냥 웃던 당신이 갑자기 '씨발'이라고 외치더니 식탁 위의 음식들을 바닥으로 쓸어버렸어. 그게 시작이었어.

——뭐, 뭐라고?

아내의 말은 너무나 비현실적이었다. 정말? 내가 정말 그랬다고? 그러나 아내는 진지했다. 만약 그게 사실이라면… 어렴풋이 집히는 게 있었다. 은기가 쓴 단편 〈쓰쿠모가미〉에서 주인공이 가족을 해치기 직전에 하는 행동과 너무나 흡사했던 것이다. 평소 같았더라면 코웃음을 치며 넘겼을지도 모른다. 하지만 웃어넘길 상황이 아니었다. 말이 안 되지만 자신이 벌인 행동은 작품 속의 주인공 그 자체였다.

거듭된 사과와 사정에도 아내는 단호했다. 별거 상태를 유지한다며 못 박았다. 별 소득 없이 전화가 끊겼다.

은기는 손등으로 이마의 땀을 훔쳤다. 땀이 흥건히 묻어났다. 젖은 이마에 앞머리가 달라붙어 있었다. 겨드랑이도 축축하게 젖어 있었다.

전화를 끊고 곰곰이 생각해도 자신의 행동을 이해할 수 없었다. 글로 쓴 일이 실제로 벌어지는 저주라도 걸렸다는 말인가. 이건 영락없는 삼류 공포 영화나 다름없지 않은가.

급기야 은기는 몇 가지 실험을 해보기로 했다.

은기는 PC에 쓴 간단한 글이 현실에서 재현되는지를 지켜봤다. 그러나 시간이 지나도 그런 일은 벌어지지 않았다. 역시 우연의 일치였을까.

그날의 일을 복기하던 은기의 뇌리에 한 가지 스치는 것이 있었다.

"책! 목 잘린 짐승의 성난 포효!"

은기는 책장을 뒤져《목 잘린 짐승의 성난 포효》를 꺼냈다.

이 책. 이 책 때문에 그렇다고? 설마.

허무맹랑한 생각이었다. 은기는 애써 부정하려 했지만 손에 들린 책은 어느새 전보다 더욱 어둡고 요사스러운 기운을 뿜어내고 있었다.

심호흡을 하고 천천히 표지를 넘겼다.

'이 책은 실화를 바탕으로 쓰였음을 언급한다.'

본문으로 접어들자 글자들이 춤을 추기 시작했다. '뭐지? 헛것이 보이나?' 눈을 깜빡이고 눈두덩을 비벼도 글자들은 여전히 꿈틀거렸다. 급기야 주욱 늘어난 글자들이 은기를 향해 덮쳐왔다.

"으으… 으아아아아아."

이내 은기는 정신을 잃었다.

얼마나 시간이 흘렀을까.

"헉! 또, 또다."

정신을 차린 은기는 다시 한번 놀랐다. 책상 앞 모니터에는 무의식중에 집필한 작품이 떠 있었다. 지난번 단편은 집필했다는 자각이라도 있었지만 이번 작품은 그런 자각조차 없었다. 본인이 썼음에도 어떤 내용인지 전혀 떠올릴 수가 없었다.

"몰, 몰살?"

빼곡하게 들어찬 글자들 맨 위에 떠 있는 한 단어. 그 단어에 은기의 심장은 미친 듯이 요동쳤다. 떨리는 손으로 스크롤을 내리며 내용을 훑은 그는 급기야 PC 전원을 꺼버렸다.

정말 내 손으로 이 글을 썼단 말인가.

참을 수 없는 공포가 엄습했다.

은기는 너무나 두려웠다. 막아야 했다. '몰살'이 현실에서 일어나게 할 수는 없었다.

당황한 은기의 눈에 저주받은 책이 보였다.

책. 이 책이 원흉이다. 이 저주받은 책을 없애야 한다.

당장 책을 소각하리라 마음먹은 은기는 철제 쓰레기통에 책을 던져 넣고 라이터 오일을 흠뻑 뿌렸다. 라이터의 부싯돌을 튕기자 노란 불꽃이 올라왔다. 은기가 불꽃을 책으로 가져가려던 찰나, 갑자기 다른 생각이 떠올랐다.

만약 책을 태워도 막을 수 없다면? 책은 매개체일 뿐. 이미 몰살의 시곗바늘이 돌고 있다면?

좀 더 확실한 방법은 없을까?

불현듯 혼란에 빠진 은기의 머릿속에 한 사람이 떠올랐다.

3

—여보세요.

"충호야. 나 은기."

—그래. 글은 잘 쓰고 있냐?

"글이고 나발이고 급히 물어볼 게 있어 전화했어. 넌 공포소설로 데뷔도 했고 오컬트 마니아에다가 헌책방도 운영 중이니 아무래도 잘 알 것 같아서 말이야."

—뭔데 그렇게 호들갑을 떠냐?

"농담이 아니라 나 지금 심각해. 일단 너《목 잘린 짐승의 성난 포효》라는 책 들어봤어?"

—풋! 뭔 포효? 그게 무슨 책인데 그래?

"인마! 웃을 일이 아니라니까."

은기는 동갑내기 친구 충호에게 그간의 일들을 이야기했다.

—정말이야? 지금 같은 21세기에?

"그렇다니까. 이번에 내가 쓴 소설이 실현되기라도 한다면 난 정말 끝장나는 거야."

—흠. 그런 제목의 책은 들어본 적이 없다만, 아무래도 그 책이 쓰쿠모가미 아닐까?

"쓰쿠모가미?"

——그래. 저자의 광기가 책에 깃들어버린 거지. 그 광기 어린 원혼이 계속 피를 갈구하며 네 영혼을 잠식하는 거야. 종국에는 너도 그 책에 영혼을 빼앗겨버리는 거 아닐까? 너나 네 가족이나 일종의 제물인 거지.

전화 너머로 들려오는 충호의 말에 은기는 머리털이 비쭉 서고 서늘해지는 것을 느꼈다.

은기가 썼던 〈쓰쿠모가미〉는 책의 원혼이 썼던 것인가.

"그, 그러면 내가 어떻게 해야 막을 수 있을까?"

——지금 너는 일종의 빙의 상태라고 볼 수 있어. 그러니 악령을 내쫓기 위한 엑소시즘. 즉 구마의식을 해야겠지.

"영화 〈엑소시스트〉 같은 거 말이지?"

——그렇지. 그런데 한국에서 신부들의 엑소시즘은 불가능할 테고 우리 전통의 구마의식을 해야겠지.

"전통?"

——그래. 굿판. 칼춤 추는 무당 같은 거 말이야.

"무당이라… 혹시 잘 아는 용한 무당 있냐?"

——하하핫! 나 같은 무신론자한테 무당을 묻는 거냐? 나도 잘 몰라. 인터넷에 검색해보면 나오지 않을까?

"그, 그래. 알았어."

서둘러 전화를 끊은 은기는 곧바로 인터넷 포털사이트에 용한 무당을 검색했다. 모니터 화면이 전환되고 몇 개의 점집이 나열됐다. 지도 뷰를 열어 집에서 가장 가까운 점집을 찾아냈다.

"칠성무당."

칠성무당에 대해 검색해보니 평범한 회사원이던 남성이 어느 날 갑자기 칠성신의 신 내림을 받고 무당이 된 케이스였다.

'그래. 바로 여기다.'

은기는 책상을 박차고 일어섰다. 더 이상 지체할 시간이 없었다.

그길로 차를 몰아 칠성무당을 찾아갔다.

내비게이션의 안내대로 약 5분 정도 차를 몰자 밀집한 주택 단지를 벗어나 언덕길이 나왔다. 언덕배기의 단독주택에 있는 점집은 주변 인가와 떨어져 있었다. 언덕의 오솔길은 차로 오르기엔 무리가 있었다. 은기는 언덕 초입에 있는 앙상한 버드나무 옆에 차를 주차했다. 버드나무 뒤로 언덕 위의 낡은 주택 한 채가 눈에 들어왔다. 정문 쪽으로 향하는 길을 제외하고는 삼면이 벼랑 끝에 맞닿은 주택이었다. 지붕 위로 깃대에 꽂힌 붉은색 깃발이 바람에 세차게 펄럭였다. 깃발이 우중충한 하늘과 어우러져 몹시 을씨년스러웠다.

"여긴가."

은기는 언덕길을 올라 새시 방범 문 앞에 다다랐다. 격자 창살을 덧댄 문에는 빛바랜 한지에 붉은 글씨로 휘갈긴 부적들이 처덕처덕 붙어 있었다.

심호흡을 하고 조심스레 철문을 두드렸다.

아무도 없나. 한동안 철문을 두드려도 안에서는 아무런 낌새가 없었다.

실망하며 발길을 돌리려던 찰나, 마침내 나지막한 목소리가 들려왔다. 은기는 손잡이를 잡고 천천히 문을 열었다.

끼이익.

신경을 긁는 쇳소리였다. 이어서 매캐한 향내가 훅 끼쳤다. 어두컴컴한 실내에 눈이 익숙해지자 점집 내부가 들어왔다.

4

"근심이 있구먼?"

번들거리는 머리를 올백으로 넘긴 중년의 남자는 다짜고짜 반말을 내뱉었다.

색동저고리 같은 원색의 베옷을 입은 박수무당은 험악한 불상을 등지고 앉은 채 은기를 맞이했다. 40대? 50대? 나이를 가늠할 수 없었다. 그도 그럴 것이 얼굴 전체에 하얀 분칠을 하고 있었다.

점집이 처음인 은기는 신기한 듯 내부를 두리번거렸다.

무당의 뒤로 높은 제단에는 과일과 떡들이 은제 제기에 놓여 있었고 수십 개의 초들이 불을 밝히고 있었다. 그 뒤로 험악하게 인상 쓴 불상이 무서운 눈으로 은기를 노려봤다. 불상 뒤 벽면에는 불교식 탱화가 벽면을 한가득 수놓고 있었는데 지금껏 알고 있던 탱화와는 사뭇 달랐다.

"지옥도야. 죄를 지은 사람들에게 끝없는 고통을 가하는 아비규환 지옥도지."

은기의 시선을 알아차린 무당이 설명했다. 자세히 들여다보니 무당의 말대로 온갖 고문에 고통 받는 사람들이 가득했다. 은기는 자신이 벌을 받는 듯 얼른 그림에서 눈을 돌렸다.

어두컴컴한 실내 가득 사나운 눈빛들이 은기를 옥죄는 것 같았다. 한시라도 빨리 이 자리를 벗어나고 싶었다.
"어서 말해봐. 걱정거리가 뭔지."
안절부절못하는 은기에게 무당이 넌지시 물었다.
"아! 네, 네."
화들짝 놀란 은기는 무당에게 그간의 불가사의한 일들을 이야기했다. 이야기가 이어질수록 무당의 눈빛은 더없이 날카로워졌다. 험악한 무당의 얼굴에 은기는 벌을 받고 있다는 생각까지 들었다.
쾅!
"헉!"
이야기가 끝나자마자 무당이 느닷없이 손바닥으로 상을 내려쳤다.
"씌었구먼. 아주 고약한 것에 씌어버렸어. 쯧쯧쯧."
무당은 딱하다는 듯 혀를 찼지만 눈빛은 차갑게 은기를 쏘아봤다. 아니 은기가 아니었다. 무당은 은기의 어깨 너머 허공을 쏘아봤다.
불안해진 은기는 무릎을 꿇고 절박하게 말했다.
"신령님. 전 어떻게 해야 할까요. 제 손으로 가족을 해칠까 봐 무섭습니다. 흐흑."
그동안의 마음고생 때문이었을까. 참으려 했지만 어린아이처럼 울음이 터져 나왔다.
무당은 앉은뱅이 상 옆에 놓인 항아리에서 쌀을 한 움큼 쥐어 상 위에 흩뿌렸다. 무당의 손을 벗어난 하얀 쌀알들이 어지럽게 펼쳐졌다. 상 위의 쌀알들을 한참 살펴보던 무당이 천천히 입을 뗐다.

"칠성신이 딱 한 가지 방법이 있다고 하는군."
"네? 정말입니까? 어떻게 하면 될까요?"
무당의 말에 화색이 돈 은기가 되물었다.
한참을 뜸들이던 무당이 다시 말했다.
"그게 말이지…."

5

집으로 돌아온 은기는 무당이 말한 시간이 될 때까지 기다리고 또 기다렸다.
자정이 다 됐다. 은기는《목 잘린 짐승의 성난 포효》를 부엌 식탁에 놓았다. 은기는 박수무당의 말을 떠올렸다.
'우선 책이 내뿜는 요기를 차단해야 해. 그러기 위해선 책을 이 부적으로 봉인해야겠지. 자. 여기 부적 두 장을 줄 테니. 자정이 되면 우선 이 부적 한 장을 태워서 물에 타 마셔. 부적의 재를 마시는 행위는 귀신에 씐 자네의 몸을 씻어주고 영기를 높여준다네. 그 뒤 남은 부적을 책배에 붙이게. 페이지를 열 수 없도록 앞뒤 표지를 감싸서 붙여야 해. 그렇게 봉인한 책을 부엌 서랍 가장 깊숙한 곳에 감추고 그 위에 식칼을 올려두게. 식칼을 올려두면 책 속의 요기가 더 이상 자네를 괴롭힐 수 없을 걸세.'
'정말 이렇게 하면 괜찮아질까요?'
'예끼! 이놈아! 묻지 말고 하라면 해. 가족 전부 급살 맞아 죽지 않으려면 말이야.

오늘 자정은 책이 내뿜는 요기만 차단하는 거야. 자네한테 씐 악귀 퇴치는 내가 준비해놓을 테니 내일 다시 이곳으로 오게. 여기 찾아오면서 자네도 봤을 걸세. 언덕 앞에 있는 버드나무 말일세. 자고로 나뭇가지로 귀신을 쫓는다는 말이 있을 정도로 버드나무는 영험한 나무지. 내 자네의 악귀를 명주실로 봉인해 버드나무에 묶어놓을 걸세. 자네는 내일 자정이 되면 버드나무에 묶은 명주실 매듭을 손으로 풀게. 명주실과 함께 자네의 저주도 사라질 걸세. 원래는 내가 함께해야 하지만 내일은 VIP 굿이 예정돼 있어서 출타해야 하네. 어쩔 수 없이 자네 혼자서 해치워야 해.'

'네. 감사합니다. 정말 감사합니다. 신령님이 제 은인입니다.'

'꼭 자정이어야 하네. 그전에도, 그 이후에도 안 돼. 꼭 자정 정각이어야 하네. 명심하게나.'

은기는 박수무당의 말대로 접시를 받쳐 첫 번째 부적을 태웠다. 라이터 불이 닿자 노란색 종이가 불꽃을 따라 갈색으로 변하며 활활 타올랐다. 은기는 재 하나라도 떨어뜨릴까 봐 조심하며, 모은 재를 물이 찬 머그컵으로 옮겼다. 머그컵 안에서 검은 재들이 춤을 췄다. 은기는 눈을 질끈 감고 컵을 입에 가져갔다.

꿀꺽. 꿀꺽. 꿀꺽. 목구멍으로 잿물이 넘어갔다. 입안에 쓰디쓴 재의 맛이 느껴졌다. 은기는 마지막 한 방울까지 남김없이 비웠다. 기분은 언짢았지만 정말 무당의 말대로 몸 안의 나쁜 기운이 씻기는 느낌이 들었고, 불안한 마음이 진정되는 걸 보면 효험이 있는 듯했다. 은기는 컵을 식탁 위에 거칠게 내려놓고 두 번째 부적을 집어들었다. 부적 뒷면에 꼼꼼하게 밥풀을 붙인 뒤 책을 감싸듯 부적을 붙였다. 은기는 부적을 붙인 책을 냉장고 위 선반 깊숙한 곳으로 밀어 넣었다. 그리고 책 위에 잘 벼른 식칼을 얹어두는 것도 잊지 않았다.

이윽고 둘째 날이 밝았다.

은기는 회사에 연차를 내고 아침부터 마음의 준비를 했다. 밤 10시. 은기는 공들여 샤워를 하고 11시 30분쯤 집을 나섰다. 11시 35분에 언덕 앞에 도착한 그는 차 안에서 11시 58분까지 대기하기로 마음먹었다. 라디오를 틀어놓고 조용히 시간이 되길 기다렸다.

드디어 11시 58분이 됐다. 은기는 차 밖으로 나왔다.

11월의 차가운 바람에 머리카락이 흩날렸다. 칼바람을 타고 흘러드는 냉기를 막으려 입고 있던 바람막이의 지퍼를 끝까지 올렸다.

과연 버드나무 둘레에 명주실이 묶여 있었다. 군데군데 붉게 얼룩진 곳은 주술을 위해 뿌린 닭 피일까. 닭의 모가지에서 뚝뚝 흐르는 피가 떠올라 소름이 돋았다. 무당의 말대로 명주실은 리본 모양으로 매듭져 있었다. 길게 늘어진 실을 풀면 매듭은 그대로 풀릴 것 같았다. 긴장됐지만 사실 생각보다 간단한 일이었다. 매듭만 풀면 저주에서 해방되는 것 아닌가. 은기는 칠성무당을 만나 천만다행이라 생각했다.

어느덧 은기의 손목시계는 11시 59분을 가리켰다. 이제 다 됐다.

손목시계의 시침을 노려보면서 천천히 명주실 끝을 잡았다.

"56, 57, 58, 59, 12시!"

은기는 자정이 되는 타이밍에 맞춰 실의 매듭을 풀었다.

과연 무당의 말대로 매듭이 풀리자 버드나무를 감았던 실이 감쪽같이 사라졌다.

쾅!

뒤이어 어디선가 천둥 치는 소리가 들렸다. 은기는 깜짝 놀라 밤하늘을 올려봤지만 세찬 바람만 불 뿐 밤하늘에는 구름조차 없었다.

내 몸에 씌었던 악귀가 실에 묶여 하늘로 올라가는 소리구나. 됐다. 이것으로 모두 끝이다!

"크크크… 하하하하핫!"

한순간 긴장이 풀리고 웃음이 터져 나왔다. 이제 가족을 지킬 수 있다. 아내를 잘 달래서 집으로 데려오면 된다.

웃음이 넘치는 화목한 집을 생각하자 연신 미소가 떠올랐다.

차에 오르자 12시 3분이었다. 라디오에서는 자정 뉴스에서 일기예보가 흘러나왔다. 기분 좋게 차를 돌려 집으로 돌아갔다. 그리고 아주 오랜만에 깊이 잠들었다.

6

딩동. 딩동.

"으으. 아침부터 누구야!"

매일 같은 불면의 밤을 지나 실로 오랜만에 잠들었던 은기는 이른 아침부터 울려대는 초인종 소리에 짜증이 밀려왔다.

딩동. 딩동. 딩동.

집요하게 울리는 소리에 체념한 은기는 무거운 몸을 일으켜 현관으로 향했다.

"나가요. 나가!"

현관문을 열자 건장한 남자 두 명이 문 앞에서 기다리고 있었다.

"누, 누구시죠?"

"홍은기 씨죠?"

"무, 무슨 일로 절 찾아오셨는지…."

은기의 말이 채 끝나기도 전에 가죽 재킷 남자가 팔을 잡아챘다. 바람막이 점퍼를 입은 남자는 이 상황이 익숙한 듯 개의치 않고 말했다.

"홍은기 씨. 당신을 박무직 씨 살해 혐의로 긴급 체포합니다."

"전, 정말 아닙니다. 억울합니다."

사면이 회색 벽으로 둘러싸인 취조실에서 은기는 세 번째 조사를 받고 있었다. 맞은편에는 아침에 은기를 체포한 가죽 재킷의 오 형사와 바람막이 점퍼 김 형사가 심각한 얼굴로 앉아 있었다. 김 형사는 한숨을 푹 쉬고 아침부터 했던 말을 세 번째로 앵무새처럼 반복했다.

"홍은기 씨. 어제 자정쯤 칠성무당집을 찾아갔죠?"

"네. 맞습니다. 아까도 말씀드렸잖아요. 전 그저 저주를 풀기 위해 찾아갔습니다."

"네. 인근 CCTV 확인 결과 11시 34분경 언덕으로 향하는 홍은기 씨의 차가 찍혀 있었습니다."

은기는 억울한 듯 반박했다.

"하지만 점집 근처에는 가지도 않았어요. 전 언덕 아래 버드나무에만 있었다니까요. 신령님은 출타 중이셨어요. 집에 계셨을 리가 없어요."

"아니요!"

오 형사가 끼어들었다.

"박무직 씨는 점집에 있었습니다. 그는 산악용 칼에 등을 찔려 엎드린 채 사망했습니다. 칼에는 홍은기 씨의 지문이 검출됐습니다. 이래도 살인을 부인하시는 겁니까?"

은기는 양손으로 머리를 감싸 쥐었다.

"전, 전 산악용 칼이 어떻게 생겼는지도 모릅니다. 제가 왜 은인 같은 신령님을 찌르겠습니까? 네?"

김 형사가 노트북을 보며 대답했다.

"박무직 씨의 휴대전화 다이어리에 당신에 대한 일이 적혀 있었습니다. 박무직 씨의 점괘가 틀린 것을 빌미로 협박을 당했다고 적혀 있는데, 당연히 은기 씨는 모르는 일이겠죠?"

은기는 답답한 듯 형사들을 향해 손바닥을 펴 보이며 외쳤다.

"모른다고요! 정말로 모른다니까요. 이건 책의 저주입니다. 아직 제 저주가 풀리지 않아서 그런 겁니다."

머리를 쥐어뜯는 은기의 저주 타령에 오 형사와 김 형사는 난처한 듯 서로를 쳐다봤다.

오 형사가 다시 차근차근 설명했다.

"사망한 박무직 씨는 새벽 기도를 위해 점집으로 출근한 신딸 박정자 씨가 발견했습니다. 잠긴 문을 열쇠로 열고 들어가니 등허리 부근에 칼에 찔린 박무직 씨가 엎드린 채 싸늘하게 죽어 있었다는군요. 물론 박정자 씨의 알리바이는 저희가 이미 확인했습니다. 박무직 씨가 사망한 점집의 절벽 쪽 창문은 잠겨 있었고 밖에서 출입할 수도 없습니다. 방범 문은 안에서 잠겨 있었고요. 한마디로 방 안은 밀실 상태였죠. 자상의 깊이나 방향으로 보아 박무직 씨 스스로는 칼을 찌를 수 없습니다. 점집으로 이어지는 오솔길은 자갈길이라 족적이 남지 않더군요. 박무직 씨의 사망 시점 역시 자정 전후로 판명됐습니다. 점집에 어떻게 침입했는지는 조사 중입니다만 드러난 증거들은 모두 홍은기 씨를 범인으로 지목하고 있습니다. 이제 그만 고집부리고 순순히 자백하시죠."

단호한 형사들의 말에 은기의 믿음은 흔들리기 시작했다.

'정말, 정말 내가 그랬을까? 도플갱어? 아니면 내가 기억하지 못하는 사이 살인을 저질렀다는 말인가!'

당황한 은기의 동공이 흔들리기 시작했다.

형사들은 은기의 흔들리는 시선을 놓치지 않았다.

7

자백 직전.

은기는 마지막으로 도움을 요청하기로 했다.

형사에게 사정사정해 전화를 걸 기회를 얻었다. 물론 형사가 배석한 자리에서의 통화였다.

전화번호를 누르고 통화 버튼을 누르자 통화 연결 음이 흘러나왔다.

제발. 제발 받아라. 빨리 빨리.

열 시간 같은 10초가 흐르고 드디어 전화를 받았다.

—귀신은 잘 뗐냐?

은기는 다급하게 전화기를 고쳐 쥐고 말했다.

"충호야. 지금 귀신이 문제가 아니야. 내가 살인범으로 몰렸어."

—하하핫! 귀신이 살인도 시키디?

"야 이 멍충아. 나 지금 동남경찰서야. 옆에 형사도 있다고."

은기의 목소리가 심상치 않음을 느꼈는지 충호가 나지막이 물었다.

—대체 무슨 일인데 그래? 자세히 설명해봐.

"그래."

은기는 칠성무당을 찾아간 일과 무당이 내린 지시들. 그리고 아침에 체포되기까지의 일들을 토씨 하나 빼놓지 않고 상세하게 설명했다.

가만히 듣고 있던 충호가 말했다.

—어쨌든 넌 절대 죽이지 않았다는 거지?

"그, 그래. 난 아니야. 정말이라고. 그때는 기억을 잃지도 않았다고! 설마 너 아냐?"

—나라니? 뭐가?

"네가 죽인 거 아냐? 무당을 찾아가라고 한 건 바로 너였잖아."

—하하하하하! 뭔 자다가 봉창 두드리는 개소리냐? 큭큭큭.

"으으. 그래 헛소리야. 제발 좀 도와줘."

—그래, 그래. 알았으니까 전화기에 대고 소리 지르지 말라고. 무당은 밀실 상태에서 칼을 맞고 죽었다는 거지?

"맞아. 형사가 그렇게 말했어."

──흠….

잠시 동안의 침묵에 이어 충호가 말했다.

──뭔가 석연치 않은 점이 있어.

"그게 뭔데?"

──일단 원한 살인이라고 치자. 애초에 살인은 밀실 상태가 아니었을지도 모른다는 거야.

"창문과 문이 모두 잠겨 있었는데 밀실이 아니라고?"

──그래. 이렇게 생각해보자. 살인범이 무당을 칼로 찔렀어. 칼에 찔린 무당은 집 안으로 도망치지. 그리고 무당이 범인의 침입을 막기 위해 스스로 출입문을 잠그는 거야. 그럼 밀실은 간단히 깨지는 거지.

충호의 말을 듣고 보니 맞는 것도 같았다.

"그래 밀실이 아니라고 치자. 그래도 내가 범인으로 오인되는 건 변함이 없잖아."

──야 인마! 조급해하지 말고 천천히 생각해봐. 무당은 집 근처에서 칼에 찔렸어. 근데 좀 이상하지 않아?

"뭐가? 내가 지금 뭔가를 생각할 상황이 아니라고. 뜸들이지 말고 빨리 얘기해봐."

──대문 앞 오솔길은 언덕 아래까지 탁 트여 있었어. 오솔길 외에는 벼랑이라 범인이 숨어 있을 공간이 없어. 그런데 왜 무당은 등에 칼을 찔렸을까? 집을 나서는 무당을 문 앞에서 찔렀다면 찔린 부위는 등이 아니라 배가 돼야 하지 않을까? 만약 집에 들어가던 무당을 찔렀다면? 칼을 들고 오솔길을 달려오는 범인을 무당은 보지 못했을까? 그건 말이 안 돼지. 그렇다면 집 안에서 찔렸다는 건데. 만약 무

당이 집 안에서 찔렸다면 문 앞에서 돌아서 있었어야 해. 근데 출입문을 열 때 거슬리는 쇳소리가 났다고 했지. 결국 무당은 문이 열리는 쇳소리가 나는데도 불구하고 칼에 찔릴 때까지 계속 등진 채 있었다는 거야. 뭔가 부자연스럽지?

"그, 그런가."

충호는 개의치 않고 계속했다.

――다음은 핏자국이야. 문밖에는 핏자국이 없고 집 안에서 핏자국이 발견된 점. 무당은 집 안에서 칼에 찔린 거야. 그렇게 되면 뭔가 이상하지 않아? 출입문의 잠금장치에는 무당의 지문밖에 없었을 거야. 그러니 경찰이 밀실이라고 얘기했겠지. 결국 집 안에서 칼에 찔린 무당이 스스로 문을 잠갔다는 말이 되는 거야. 자. 그럼 범인은 방 안에서 연기처럼 사라졌다는 말인가?

은기는 충호의 말을 들으며 통화를 엿듣고 있는 김 형사의 표정을 슬쩍 쳐다봤다. 김 형사의 낯빛은 뻣뻣하게 굳어 있었다.

충호가 이어서 말했다.

――상식적으로 생각해보자. 사망 시간대 전으로 네가 차 안에 있었기 때문에 다른 사람이 침입할 수 없었어. 자정이 지나서까지 넌 무당을 죽이지 않았고. 범인 또한 점집 안에서 사라져버렸지. 그럼 남은 건 뭐겠냐?

"아우. 그냥 말하라니까."

――흐흐. 그래. 남은 건 스스로 목숨을 끊은 자살밖에 없는 거 아냐?

"자, 자살이라고?!"

은기는 충호의 말에 망치로 머리를 얻어맞은 것 같은 충격을 받았다. 순간 고개를 돌리니 옆에 있던 김 형사의 얼굴도 굳어 있었다.

"어, 어떻게 자살했다는 건데? 무당이 칼에 찔린 곳은 자기 스스로 칼을 찌를 수 있는 곳이 아니야."

—— 크크. 이제 자살 트릭을 풀 차례인가? 내가 명탐정이라도 된 것 같군. 그럼 내가 생각한 트릭을 말해줄 테니 잘 들어봐. 무당이 칼에 찔린 곳이 출입문 근처지? 무당의 자살과 네가 했던 구마 행위가 밀접한 연관이 있어. 격자 창살이 달린 방범문이 비밀이야. 무당은 격자에 나이프를 끼워. 그리고 문을 활짝 열어두는 거야. 문이 닫히지 않도록 창살 사이에 낚싯줄을 건 뒤 그 줄을 버드나무까지 가져가. 버드나무에는 미리 구마를 위해 묶어둔 명주실이 있지. 거기에 낚싯줄을 묶는 거야.

"내가 명주실의 매듭을 풀었어. 그런데 그게 자살과 무슨 상관이 있는 건데?"

충호는 잠시 쉬었다 말했다.

—— 바람이야.

"바람? 바람이 죽였다고?"

—— 그래. 네가 매듭을 풀 때 바람이 엄청 불었다고 했지. 언덕 아래에서 그 정도 체감이니 언덕 위는 어마무시했을 거야. 알루미늄 출입문이라 그 정도 바람이면 문이 닫히는 힘도 엄청 났을 거야. 너 우리 집 알지? 우리 집 나무문도 불어오는 바람에 닫혔는데 문틀이 우그러졌더라고. 네가 매듭을 풀고 들었던 악마가 승천하는 천둥소리는 그냥 바람에 문이 닫히는 소리였던 거야. 물론 문이 닫히는 순간 창살에 끼워둔 칼이 무당의 등을 찔렀던 거지.

"그럼 현장에 낚싯줄이 남아 있겠네. 그걸 찾으면 내 결백이 밝혀지는 건가?"

—— 무당이 바보가 아닌 이상 낚싯줄을 그냥 뒀겠어? 아마 낚싯줄은 미리 매둔 헬륨풍선 같은 것에 딸려 멀리 날아갔을걸.

—칼은? 칼에 있는 내 지문은 어떻게 한 거야?

—너 점집 찾아갔을 때 맨손이었지? 요즘은 아마추어도 남의 지문 뜨는 건 식은 죽 먹기야. 전 국민이 CSI가 됐지. 큭큭큭. 네 지문을 떠서 실리콘으로 3D프린팅 하면 어디에든 지문을 묻힐 수 있다고. 물론 실리콘으로 만든 지문은 증거 인멸을 위해 이미 태워버렸겠지만 말이야.

"그럼 나는? 지금까진 충호 네 머리에서 나온 정황 증거뿐이잖아. 내가 죽이지 않았다는 명백한 증거는 없는 거야?"

—이제 널 살릴 수 있는 건 네 기억력이다. 친구야.

"그게 무슨 소리야?"

—버드나무에서 점집까지 전력질주로 오솔길을 달린다면 몇 분쯤 걸리냐?

곰곰이 생각하던 은기가 대답했다.

"음. 아마 3분쯤이지 않을까?"

—그럼 최대 2분 40초라 치고, 내려가는 길은 그보다 빠를 테니 2분이라고 치자. 그럼 4분 40초네.

"그렇지. 근데 그게 뭐."

—무당을 불러 문을 열고 칼로 찌르는 시간은 얼마나 걸릴까. 아무리 순식간에 해치운다 해도 최소 40초는 걸릴 거야. 그럼 총 5분 20초지. 참! 매듭 푸는 시간까지 친다면 5분 40초 정도 되겠군.

"충호야. 지금 시간이나 재고 있을 때가 아니라고."

—멍충아! 내 말을 끝까지 들어. 네가 차 안에서 라디오로 들었던 음악들 기억할 수 있어?

"음. 아마 기억할 수 있을 거야."

──그리고 매듭을 풀고 차에 들어가서 들었던 자정 뉴스 일기예보도 기억할 수 있지?

"기억할 수 있을 것 같아."

──자세하면 자세할수록 좋아. 네가 밖에 있던 시간은 불과 5분 남짓이야. 밖에 있던 시간으로는 매듭을 풀고 무당을 죽일 수가 없어. 대신 네가 차 안에 있었던 시간을 형사에게 증명해야 하는 거야. 그 증명이 네가 들었던 라디오 방송이야.

"아!"

은기는 저도 모르게 고개를 끄덕였다.

──라디오 다시 듣기는 하루가 지나야 뜨니까 아직 안 떴을 테고. 설마 네 휴대전화에 라디오 앱 같은 거 깔려 있는 거 아니지?

"아냐. 없어."

──그럼 다행이네. 형사들이 네가 휴대전화로 라디오를 듣고 알리바이를 조작했다고 반박하지는 못할 테니. 어차피 경찰이 조사하면 앱 다운 내역이고 뭐고 다 나오니까 걱정할 건 없어. 참! 설마 너 휴대용 라디오는 없지?

"없어. 맹세코 없어. 내 인생에서 휴대용 라디오라는 물건은 단 한 번도 사본 적 없어. 거짓말 탐지기 조사를 해도 되고 내 차나 집을 전부 다 뒤져도 상관없어."

──뭐 됐네. 그럼 이걸로 네 알리바이를 입증할 수 있을 거다.

이제 됐다. 결백을 주장할 수 있겠어. 은기의 얼굴이 대번에 환해졌다. 옆자리를 흘낏 보니 어느새 김 형사 옆에 오 형사가 다가와 심각한 얼굴로 이야기 중이었다.

경찰들의 상황을 살피느라 은기의 침묵이 길어지자 충호가 버럭 소리쳤다.

──야 인마. 듣고 있냐?

"어! 어. 듣고 있어."

──전화 끊으면 형사한테 물어봐. 죽은 무당 혹시 거액의 생명보험 같은 거 들어놨냐고.

"보, 보험?"

은기의 말에 두 형사가 화들짝 놀라 은기의 얼굴을 쳐다봤다.

──이건 내 생각이지만 굳이 너를 끌어들여 자살을 살인으로 위장하는 걸 보면 분명 돈이 걸려 있을 거야.

순간 은기와 두 형사의 눈이 마주쳤다.

눈빛과 눈빛 사이 불편한 침묵이 계속됐다.

8

하아….

오늘도 망할 놈의 사채업자가 다녀갔다.

깡패 새끼들 같으니라고.

빚은 산더미처럼 늘어만 가고, 점괘는 점점 산으로 간다.

칠성 신령님 정말 절 버리시는 건가요.

마이너스 통장 한도도 끝났고 카드빚으로 내는 보험금 납입도 이젠 한계다.

나이 오십에 도망간 여편네 대신 아들이라도 잘 키우려고 했는데, 아들놈은 3년째 제 방에서 단 한 발짝도 나오지 않는 히키코모리가 됐다.

제 방에서 성인이 될 줄이야. 하아….

뭐 하나 되는 일도 없고 이젠 나도 한계에 다다랐다.

사채업자들한테 붙들려 간이고 콩팥이고 떼이느니 차라리 죽자.

보험금으로 아들도 당분간은 버틸 수 있겠지.

박무직은 미리 사둔 산악용 칼을 물끄러미 바라봤다.

아프겠지? 정말 아플 거야. 내가 할 수 있을까?

덜컹. 덜컹. 덜컹.

아우 시끄러워. 저 망할 놈의 바람소리.

덜컹. 덜컹.

무직은 이내 바람소리가 아님을 깨달았다. 격자 방범 문 안의 불투명 유리에 사람의 실루엣이 비쳤다.

"점 보러 왔습니다. 아무도 안 계세요?"

박무직은 서둘러 대답했다.

"네, 네. 들어오세요."

문이 열리고 웬 남자가 들어왔다.

근심이 가득한 얼굴에 낯빛은 파리했다. 턱까지 내려온 다크서클과 죽은 듯 생기를 잃어버린 퀭한 눈동자. 일면식 하나 없는 사람인데도 단기간에 몹시 수척해진 것을 알 수 있었다.

박무직은 얼이 나간 듯한 남자를 보고 생각했다.

이 자는 신령님이 마지막으로 보낸 남자구나. 감사합니다. 신령님.

남자를 바라보는 무직의 눈빛이 돌변했다.

9

──이번엔 왜 인마. 이번엔 연쇄 살인이라도 저질렀냐?

"큭큭. 덕분에 풀려났다. 고맙다는 말하려고 전화했어."

──똥 멍충이 새끼. 넌 인사를 전화로 하냐? 거하게 삼겹살이라도 사던가. 아님 우리 책방에 악성 재고라도 한 트럭 사가던가, 이것아!

"사. 사! 내가 산다고."

충호의 목소리에 화색이 돌았다.

──산다고? 정말? 얼마치? 몇 톤 트럭으로?

"아니, 그거 말고. 삼겹살에 소주 산다고."

──아….

단번에 충호의 목소리가 평소로 돌아왔다.

"왜 싫으냐?"

──아냐. 언제 살 건데?

"흐흐흐. 오늘 저녁 오키?"

──음. 오늘 저녁?

"만날 놀면서 바쁜 척은. 너 한가한 거 다 알거든."

──그랴. 콜!

"그럼 7시에 '불단동 돼지 한 마리'에서 보자고. 그럼 이따 봐."

──잠, 잠깐. 은기야.

"어. 왜?"

──그 책의 저주는 풀린 거냐?

"그러고 보니 식칼을 올려둔 뒤로는 없었던 것 같은데. 그 무당이 나한테 죄를 뒤집어씌웠어도 실력은 있는 무당이었나?"

──너 얼마 전 뉴스 봤냐?

"무슨 뉴스? 나 요 며칠 정신없던 거 네가 잘 알잖아."

──너 나한테 그랬지? 다이어트 시작했다고.

"그랬었지. 그게 왜?"

──너 다이어트 하느라 뭔가 먹지 않았냐? 평소에는 안 먹던 거 말이야.

"오오! 자리는 네가 펴야겠다. 맞아. 다이어트 시작하면서 보조제 사서 먹었어."

──쯧쯧쯧. 그거 저녁 먹고 나서 먹었지? 저녁 먹고 잠들기 전에 말이야.

"맞아. 하루에 한 번 식후 30분 이내 한 캡슐씩."

──그 약 강남제약에서 만든 다이어트 보조제 아니냐?

은기가 손바닥을 쳤다.

"이야. 진짜 점쟁이 빰치네. 너도 먹어보게?"

하지만 전화기 너머 충호의 말은 은기가 예상하지 못한 말이었다.

──으이구. 븅신아. 만날 연예 뉴스만 보지 말고 진짜 뉴스를 보란 말이야. 거기서 만든 다이어트 보조제에서 마약성 환각 성분이 검출돼 온 나라가 난리가 났었던 거 모르냐?

은기는 숨을 삼켰다.

"헉! 정말? 진짜야?"

——살 뺀답시고 공복에 마약 성분 약을 먹으니 환각이 안 생기고 배겨? 거기에 와인까지 들이부으면 미친놈 저리 가라겠지.

은기는 숨이 턱 막혔다. 그동안의 마음고생과 불화가 모두 망할 놈의 다이어트 약 때문이라니! 책에 씐 악령, 저주나 악귀가 아니었단 말인가.

충격과 혼란에 빠진 은기에게 충호가 넌지시 말했다.

——그나저나 말이야. 그 약. 아직 좀 남았냐?

"어. 아직 엄청 많아. 그건 왜?"

——그게 말이지. 흐흐흐. 내 원캐가 공포 작가 아니냐. 비록 부캐인 헌책방 주인으로 사는 시간이 더 많지만 말이야. 좌우간 나도 그 약 먹고 작품 좀 써보려고. 널 보면 효과는 아주 그만인 것 같아.

"무슨 개풀 뜯어먹는 소리냐."

——자, 잠깐만! 내말 좀 들어봐. 인마 난 솔로 아니냐. 환각에 빠져도 아무런 문제가 없는 사람이라고. 마감도 곧 닥쳐오는데 일단 한 알만 줘봐. 응? 내가 지금 얼마나 중요한 기로에 서 있냐면 말이지….

충호의 애타는 설득은 그 뒤로도 한참 동안이나 계속되었다.

홍정기

네이버에서 '엽기부족'이란 닉네임으로 장르 소설을 리뷰하고 있다. 2020년《계간 미스터리》봄여름호에 〈백색살의〉로 신인상을 수상했고, 〈코난을 찾아라〉, 〈쓰쿠모가미〉, 〈미안해〉등의 단편을 썼다.

미니 픽션

새 식구

물놀이 살인

초능력이 생겼다

징벌

독자 당선작

도림리에 생긴 일

고자질하는 시계

주거니 받거니

새 식구

최필원

"이것 좀 먹어봐. 배 많이 고프지?"

남편이 방금 사온 치킨 한 조각을 아내 손에 쥐어주었다. 창백하고 핼쑥한 아내는 말없이 고개만 저어댈 뿐이었다.

"이러다 정말 큰일 나겠어. 뭐라도 먹어야 기운을 낼 게 아니야."

아내는 두 손으로 감싸 쥔 자신의 배를 물끄러미 내려다보며 또다시 고개를 저었다.

"당신은 홑몸이 아니야. 이젠 뭐든 2인분씩 먹어야 한다고."

“여보, 나 무서워. 무서워서 죽을 것 같아.”

아내가 몸을 바르르 떨며 펑펑 울기 시작했다. 남편은 아내 앞에 무릎을 꿇고 앉아 아내의 손을 꼭 잡아 쥐었다.

“걱정하지 마. 다 잘될 거야.”

아내는 남편의 눈을 잠시 들여다보다가 고개를 끄덕였다. 남편은 아내가 뿌리친 치킨을 다시 손에 쥐여주었다.

“잘 먹어야 돼. 그래야 버틸 수 있어.”

아내는 손등으로 눈가를 훔쳐낸 후 치킨을 힘겹게 한입 베어 물었다. 하지만 한 번 씹어보지도 못하고 이내 바닥에 뱉어버리고 말았다. 그녀가 떨어진 치킨 위로 게워내기 시작했다. 연한 녹색을 띤 토사물이 폭포처럼 쏟아져 내렸다. 남편이 잽싸게 뒤로 돌아가 아내의 등을 두드려주었다.

“곧 그분들이 도착할 거야. 조금만 더 참아보자, 응?”

남편이 아내의 귀에 대고 속삭였다.

남편은 아내를 부축해 방으로 들어갔다. 그는 아내를 침대에 눕혀놓고 나와 엉망이 된 바닥을 걸레로 닦아나가기 시작했다. 어느새 그는 바닥 청소의 달인이 돼 있었다. 아무래도 새 식구를 맞이한 후로 이런 일을 하루에도 몇 차례씩 겪다 보니.

그가 걸레를 빨아 널고 있을 때 초인종이 울렸다. 그는 후다닥 달려 나가 손님을 맞았다. 몇 번 만난 적 있는 젊은 남자와 그가 데려온 초면의 노인.

“저희가 좀 늦었죠? 죄송합니다. 오는데 길이 좀 막혀서….”

젊은 남자가 안으로 들어서며 말했다.

“인사하시죠. 오늘 의식을 맡아주실 황석근 안드레아 신부님입니다.”

남편은 부디 오늘, 예고도 없이 찾아든 새 식구를 확실하게 쫓아낼 수 있기를 간절히 빌며 두 사람을 아내가 누워 있는 방으로 안내했다.

최필원

번역가이자 기획자. 장르 문학 브랜드 '모중석 스릴러 클럽'과 '버티고'를 기획했다.

물놀이 살인

김범석

남지석은 얄밉기 짝이 없는 직장 상사였다. 남지석 팀장 또한 나를 뺀질이라 부르며 멸시했다. 돌이켜 보면, 우리는 특별한 이유 없이 처음부터 서로를 미워했던 것 같다.

미움은 쌓여갔고, 도저히 참을 수 없었던 나는 모두가 보는 앞에서 남지석을 죽이기로 마음먹었다.

우리 회사 사람들은 강원도 홍천군에 있는 구름호수 앞 별장으로 워크숍을 왔다.

몇 년 전부터 여름이면 단체로 오는 곳이었다. 남지석 팀장의 개인 땅이었기에 숙박비는 무료였다. 내 눈에는 천박한 돈 자랑질로 보였지만, 넓고 한적한 휴양지를 워크숍 장소로 제공한 남지석은 사내 평판이 무척 좋았다.

우리 회사의 여름 워크숍은 이름만 워크숍이고, 사실은 먹고 노는 술판에 가까웠다. 사원들은 대낮부터 바비큐를 구워 술을 마셨다. 물론 나도 적당히 마셨다. 곁눈질로 살펴보니 남지석도 많이 마시고 있었다.

나는 술에 취한 척, 남지석의 곁으로 갔다.

"어이, 팀장님."

일부러 무례하게 말을 걸고 수영 시합을 제의했다. 놈은 매년 올 때마다 수영을 잘한다고 자랑하곤 했으니 반드시 내 제안에 응하리라.

"수영 시합? 허어, 의외네? 우리 뺀질 씨가 나한테 수영 시합을 다 권하고?"

술에 취한 남지석은 내 도전을 받아들였고, 우리 두 사람은 즉석에서 수영 시합을 벌였다. 호수 중심부까지 갔다가 누가 먼저 돌아오는가를 겨루는 시합이었다.

술에 취한 다른 사원들은 재미있다고 손뼉을 치며 응원전을 벌였다. 나는 웃통을 벗으며 속으로 웃었다.

'남지석을 호수 중심부로 유인한다. 그리고 다리에 쥐가 난 척하면서 놈을 끌어안고, 물속으로 빠뜨려 죽인다.'

허무할 정도로 간단한 계획이지만, 이 계획의 최대 장점은 큰 처벌을 피할 수 있다는 것이었다. 물놀이 사고로 사람을 사망에 이르게 해도, 사고라는 게 입증되기만 하면 피고인의 상당수는 집행유예를 받거나 가벼운 형벌을 받는다. 즉 경찰을 속여서 처벌을 피하는 완전 범죄를 추구하는 대신, 모두가 보는 앞에서 '사고'를 유발한 뒤 약한 처벌을 받는 계획인 것이다.

나와 남지석은 엎치락뒤치락 호수 중심부에 도달했고, 나는 계획을 실행했다.

"악! 살려줘! 다리에 쥐가 났나 봐!"

나는 다리에 쥐가 난 척 텀벙거리다가 남지석을 뒤에서 끌어안았다. 남들 눈에는 다리에 쥐가 난 내가 겁에 질려서 남지석을 마구잡이로 끌어안는 것처럼 보일 터였다.

남지석은 호수 아래로 쑥 가라앉았다. 놈을 가라앉힌 나는 발끝으로 놈을 아래로 누르면서 상체로는 허우적거리는 연기를 계속 했다. 다른 사람들은 발만 동동 구르며, 차마 구하러 들어오진 못했다. 전부 내 예상대로 되어가고 있었다.

그 순간, 물속에서 뭔가가 내 발을 확 끌어당겼다. 정말로 놀란 나는 비명을 지르려다 물을 잔뜩 삼키고 가라앉았다.

물속으로 끌려가며 내가 본 것은, 호수 속에 미리 숨겨둔 산소통과 연결된 수중 호흡기를 입에 물고서 날 끌어당기는 남지석의 모습이었다.

내가 살인 계획을 짜서 놈을 죽이고 싶어 했던 것처럼, 놈도 나를 그만큼 미워하면서 기회를 노리고 있었던 게 틀림없다. 내가 익사하면, 놈은 호수 중심의 구멍 속에 수중 호흡기를 숨길 것이다. 그리고 숨이 멎은 나를 물 밖으로 끌고 나가겠지.

경찰은 단순한 물놀이 사고로 알 것이고, 호수 내부를 샅샅이 수색하진 않을 터이기에 완전 범죄가 될 것이다.

김범석
종이책과 웹소설을 오가며 글을 쓴다.

초능력이 생겼다

홍선주

어라…? 몸이 왜 이렇게 가뿐하지?

이제껏 경험해본 적 없는 가장 가벼운 몸으로 잠에서 깨어났다. 며칠 동안 몸이 꽤 무거웠건만 오늘은 확연히 달랐다. 조심스레 오른팔을 들어 커튼 사이로 들어오는 햇빛에 비춰보았다. 잠자리에 들 때까지만 해도 온몸이 쑤시던 통증도 말끔히 나아 있었다.

원래도 몸이 건강하지 못한 편이었다. 거기에 코로나까지 창궐하자 밖에 나가는 게 더 두려웠다. 마지막 외출이 아마 2주 전? 오늘은 컨디션이 좋으니 오랜만에 외출을 해볼까.

옷을 갈아입으려는데 밖에서 요란한 소리가 들렸다. 앞집과 옆집이 또 싸우는 모양이었다. 원래도 앙숙인 두 집은 코로나로 집에 머무르는 시간이 많아지면서 근래에 싸우는 일이 더 잦아졌다.

이번엔 또 무슨 일이람. 복도 상황을 보기 위해 외시경에 눈을 대며 양손을 문에 기댔다. 아니, 기대려 했다. 그런데 문을 짚으려던 손이 그대로 문을 통과하더니 순식간에 몸이 문밖으로 나가떨어졌다.

발이 복도 바닥에 닿는 순간 깜짝 놀라 앞을 바라봤다. 소음의 주인공 두 사람이 목소리를 높이고 있었다. 아직 잠옷 차림이었던 난 소스라치게 놀라며 뒤로 물러섰는데, 두 사람은 내 존재를 전혀 인지하지 못한 것 같았다. 뭐지? 싸우느라 나 따윈 안중에도 없는 건가.

"아저씨는 원래 음식물 쓰레기 묵혀놨다 버리잖아요!"

"오메, 우리 집에서 나는 냄새 아니랑께? 들어가서 확인을 해보랑께!"

옆집 아저씨가 부아가 난 표정으로 자신의 집 문을 열어젖혔다.

"하이고, 그 더러운 꼴을 내가 왜 들어가서 봐요?"

"뭐시여? 이 여편네가 말이면 단 줄 아나?!"

"됐네요. 흥."

두 사람의 싸움은 언제나 이런 식이었다. 아이고, 아저씨, 또 당하셨네요.

"아니, 저 아줌씨가 또…!"

아저씨가 닫히는 문을 붙잡으려 재빨리 움직였지만 아주머니가 훨씬 빨랐다. 복도엔 붉으락푸르락한 얼굴의 아저씨와 나만이 남아 있었다. 하. 하. 멋쩍게 아저씨를 바라보며 웃었다. 그런데 아저씨는 곧장 집 안으로 들어가더니 세게 문을 닫아버렸다. 엉? 이게 무슨 상황이지? 설마…?

부지불식간 머릿속에 하나의 가설이 세워졌다. 당장 그걸 확인해보고 싶었다.

우리 집 문으로 다가가 천천히 손을 뻗었다. 쑥, 손이 문을 통과해 들어갔다.

헐. 초능력이다! 나한테 초능력이 생겼어!

제대로 확인해보고 싶어서 아드레날린이 마구 솟아나는 것 같았다. 어떻게 확인하지? 간단하지, 뭘. 밖으로 나가보자!

건물 입구로 내려갔다. 문을 밀려고 손을 뻗었다가 멈추곤 미소를 지었다. 오른발을 먼저 문을 향해 천천히 내밀어서… 통과했다!

접촉했다는 촉감조차 없었다. 확인을 하고 나니 더욱 흥분됐다.

마침 길 위쪽에서 누군가 걸어오고 있었다. 강아지와 산책 중인 남자였다. 남자를 향해 서서 시선을 떼지 않았다. 이 시국에 마스크도 쓰지 않은 채 거리를 활보하는 사람을 발견하면 분명히 따가운 눈길을 보낼 것이다. 그러나 남자는 내게 일말의 시선조차 주지도, 몸을 피하지도 않고 지나쳤다.

역시 난 투명 인간이 된 거야!

내 얼굴에 미소가 가득 찼다. 정말 오랜만에 생긴 재미난 일이었다.

본격적으로 산책을 시작했다. 따뜻한 햇볕을 한껏 받으며 거리를 활보했다. 보이지 않으니 마스크를 쓰지 않았대도 뭐라 할 사람이 없었다. 지금의 컨디션이면 코로나 따위도 무섭지 않았다.

정신없이 한참을 돌아다니다 보니 어느새 석양이 내려앉았다. 충분한 산책이었다. 만족스럽게 집으로 향했다.

건물 앞에 사람들이 잔뜩 모여 있었다. 그들 사이로 구급요원이 환자를 싣는 모습이 보였다. 아니, 천으로 얼굴까지 덮은 걸 봐선 환자라고 할 수 없었다.

"…냄시가 그래서 난 거였구먼. 쯧쯧."

앞집 아저씨가 혀를 차며 중얼거렸다.

"일주일 가까이 됐다면서요? 에휴, 불쌍해라."

그새 화해를 했는지 옆집 아주머니가 장단을 맞췄다. 그때 들것이 흔들리며 팔 하나가 들것 옆으로 떨어졌다. 응? 저 옷은 아침에 비춰봤던 그….

갑자기 하늘에서 밝은 빛이 쏟아져 내렸다.

아, 초능력이 아니었구나.

그제야 난 내 몸이 그토록 가볍게 느껴졌던 이유를 깨달았다.

홍선주

장편소설을 준비하며 짬짬이 짧은 소설을 쓰고 있다.

징벌

홍정기

벌써 11월이 지나가고 12월이 되었다.

아직 본격적인 겨울은 시작되지 않았지만 패딩 점퍼를 입은 사람들이 꽤 보였다.

햇수로 5년 만이다. 오랜만에 집에 돌아갈 생각을 하니 가슴이 설렜다. 나도 모르게 내뿜은 한숨이 수증기가 되어 매서운 아침 바람에 흩어졌다. 나는 정류장 근처 벤치에 앉아 마냥 분주한 사람들을 바라봤다. 막 출발한 버스를 잡으려고 뛰어가는 남자, 손을 번쩍 들고 횡단보도를 건너는 아이, 그 뒤에서 종종걸음으로 아이를 따라가는 엄마. 전형적인 평일 아침의 풍경이었다. 뭐가 그리들 급한지. 다들 눈코 뜰 새 없이 바빠 보였다.

그때 문득 어디선가 나를 향한 시선이 느껴졌다.

무시할 수도 있었다. 하지만 그냥 지나칠 수가 없었다. 나는 고개를 두리번거려 주변을 살폈다. 그리 어렵지 않게 시선의 정체를 찾을 수 있었다. 맞은편 정류장 벤치에서 누군가 나를 쳐다보고 있었다. 나처럼 사람들을 관찰하는 것이 아니었다. 그의 시선은 오직 나를 향해 고정돼 있었다. 거리가 멀어 정확하진 않지만 골격이나 짧은 머리로 보아 남자인 것 같다. 글쎄, 내 뒤편의 간판을 보는 것일 수도 있다. 하지만 느낌상 나를 보고 있다는 확신이 들었다. 시선을 주고 보니 내가 아는 사람과 옷차림이 비슷하다는 생각도 들었다. 아는 사람인가. 집 근처 정류장이니 이웃일지도 모른다. 하지만 그의 시선에 또렷하게 실려 있는 적의는 뭐란 말인가. 문득 어떤 생각이 뇌리를 스쳐갔다.

설마. 그럴 리 없다.

나는 애써 떠오른 생각을 떨쳐내고 다시 정면을 응시했다. 의문의 남자는 갑자기 나에게서 시선을 떼고 일어섰다. 그러고 보니 맞은편 신호등에 녹색불이 들어왔다. 이제 막 신호가 바뀌었는데도 남자는 빠르게 도로를 내달렸다. 횡단보도를 가로지르던 그가 갑자기 도로 한복판에 우뚝 섰다. 이내 남자는 한쪽 무릎을 꿇고 바닥에서 뭔가를 주웠다. 남자의 시선이 다시 나를 향했다. 그와의 거리가 줄어든 만큼 적의는 한층 더 또렷해졌다. 신호등의 녹색불이 점멸했다. 그는 다시 내가 있는 곳으로 달려왔다. 분명 한 번도 본 적이 없는 얼굴이었다. 많아야 20대 초반? 어디서든 볼 수 있는 평범한 청년이었다. 그러나 분노로 한껏 일그러진 얼굴. 적의로 똘똘 뭉친 눈빛이 내게로 내리꽂혔다. 다른 건 몰라도 이거 하난 분명했다. 날 극도로 증오

한다는 것.

어느새 횡단보도 인파를 뚫고 성큼 내 앞에 다가온 남자가 주먹 쥔 손을 하늘 높이 쳐들었다. 남자 뒤로 횡단보도에 멈춰선 사람들의 호기심 어린 시선이 내게 향했다.

"어…어…!"

미처 뭐라 말할 새도 없이 남자의 주먹이 아래턱을 강타했다. 순간 하늘이 빙글빙글 돌았다. 나는 강렬한 통증에 그대로 벤치 뒤로 넘어갔다. 귓가에 아득하게 목소리가 들렸다.

"이 새끼예요! 이 새끼가 바로 그 개새끼예요!"

이어서 복부에 강한 충격이 밀려왔다. 나는 힘겹게 눈을 떴다. 아침 해를 등진 검은 실루엣의 남자가 나를 마구 짓밟고 있었다. 상반신은 땅바닥에, 다리는 벤치에 걸려 있어 일어설 수도 공격을 막을 수도 없었다. 남자의 발끝이 내리꽂힐 때마다 숨이 턱 막혀왔다. 나는 필사적으로 얼굴과 배를 감싸 쥐고 남자의 공격을 온몸으로 받아냈다.

그런데 뭔가 이상했다. 시간이 지날수록 충격의 빈도가 말도 안 되게 빈번해졌다. 나는 얼굴을 가린 팔목을 살짝 풀고 그 사이를 바라봤다. 눈앞의 광경에 숨을 삼킬 수밖에 없었다. 남자를 뜯어말려야 할 사람들이 어느새 나를 빙 둘러서서 함께 발길질을 해대고 있었다. 쏟아지는 발길질에 정신이 혼미해져갔다. 이대로 맞아 죽을 것 같았다. 나는 안간힘을 써서 몸을 뒤집고 둘러선 사람들을 피해 기어갔다.

"이 새끼 도망친다!"

퍽. 뒤통수를 강타한 충격에 얼굴이 그대로 단단한 시멘트에 박혔다. 뜨뜻한 물줄기가 이마에서 흘러내렸다. 외부의 소음이 아득해졌다. 대신 머릿속으로 비상 사이렌이 울려댔다.

"살려줘…."

힘겹게 뻗은 손이 맨땅을 긁었다. 그때 손가락 끝에 뭔가가 걸렸다. 나는 그것을 움켜쥐어 눈앞에 가져왔다. 군데군데 발자국이 찍힌 종이 한 장이었다. 나는 얻어맞는 와중에도 종이에서 시선을 거둘 수가 없었다. 피가 덕지덕지 묻어 얼룩진 종이를 본 뒤 나는 모든 것을 포기했다.

종이에는 조악하게 프린트된 내 얼굴 사진과 함께 이렇게 쓰여 있었다.

> 5년 전 내 아이를 참혹하게 성폭행한 범인이 오늘 출소합니다. 제 손으로 찢어 죽이고 싶었지만 저는 끝내 충격을 이기지 못하고 하늘나라로 떠난 내 아이의 곁으로 갑니다. 여러분도 아시다시피 이 자는 단 한 번도 죄를 뉘우친 적이 없습니다. 이 나라의 정의는 죽었습니다. 다만 여러분의 마음속에 아직 정의가 남아 있다면 부디 이 죽일 놈을 징벌해주십시오. 하늘나라에서 먼저 간 딸과 함께 지켜보겠습니다.

홍정기

글을 쓰지 않을 때는 책을 읽는다. 두 딸과 함께 나름 만족스럽다.

도림리에 생긴 일

이문호

"이 동네에 노인들이 많으니까 이곳으로 정하자."

그렇게 영호는 도림리로 정하고 막걸리와 파전 등의 음식과 선물을 준비하고 노인정으로 동네 어르신들을 초대했다.

"많이 드세요. 필요한 거 있으면 말씀해주시고요."

"젊은이들이 예의도 바르지, 착하기도 하고."

영호와 일당은 동네 어르신들의 환심을 사기 위해 거의 매일 선물과 먹을 것을 퍼부었다. 5일째 되는 날 영호와 일당은 노인정 앞으로 트럭을 몰고 왔다. 마을 노인들에게 팔 마사지 기계며 약들이 한가득이었다. 추수가 끝난 11월은 시골에 돈이 많기 때문에 그 여윳돈을 노리고 물건을 팔아먹을 속셈이었다.

"어르신들, 이게 얼마나 좋은 건지 아시죠?"

"이건 테레비에 나오는 약 아닌가벼? 이 좋은 약을 이렇게 싸게 판단 말이여? 필요했는데 잘됐구먼."

미리 10만 원을 받고 바람잡이 역할을 하기로 한 최 영감이 나섰다.

"내가 진짜 필요했는데 이것도 선물인가?"

"아이고 어르신, 이건 좀 비싼 거라 그냥 드릴 수는 없어요. 대신 아주 싸게 드릴게요. 원래 100만 원인데 반값 50만 원에 드릴게요."

영호와 일당은 자신들의 SNS에 올라온 후기들을 보여주며 노인들을 꼬드겼다.

"이 정도면 꽤 짭짤한데. 그동안 들였던 음식비, 선물비 빼고도 5천만 원 가까이 벌었으니. 역시 시골 노인네들이 돈이 많아. 근처에 가서 술이나 한잔하자."

영호와 일당은 근처 갈빗집으로 들어갔다. 식사를 마치고 시골 노인에게 받은 5만 원권 여섯 장을 지불했다. 돈 계산을 하던 식당 주인은 디저트를 못 드렸는데, 드시고 가라며 방으로 안내했다. 영호 일당이 아이스크림과 과일을 먹고 있는데 밖에서 시끄러운 소리가 들렸다. 문을 열고 내다보니 경찰이 다가오고 있었다.

"좀 전에 사용하신 5만 원권이 위조지폐로 판명되었습니다. 경찰서까지 같이 가주셔야겠습니다."

영호 일당은 자신들도 물건을 팔고 받은 거라며 자초지종을 설명했다. 잠시 후 경찰은 그들을 경찰차에 태워 지폐를 받았다는 도림리로 향했다. 도림리에 도착한 영호 일당은 노인정으로 가서 노인들에게 아는 체를 했다. 그러나 노인들은 영호 일당을 처음 보는 사람처럼 대했다.

"최 영감님, 우리 모르세요? 전에 와서 음식도 드리고 선물도 드렸잖아요? 좋은 물건도 싸게 드리고."

"몰러, 나는 젊은이들 처음 보는디? 어이 이장, 이 젊은이들 본 적 있는가? 근데 왜 온겨?"

"이 사람들이 정교한 위조지폐를 소지하고 있었습니다. 그걸 이 마을 어르신들에게 받았다고 해서 확인 차 들렀습니다. 정말 처음 보는 사람들입니까?"

"암, 처음이다마다. 내가 저 사람들 본 적이 있으면 성을 갈겠네."

최 영감과 노인들은 서로 의미 있는 눈길을 주고받았다. 경찰은 영호 일당을 다시 차에 태우려 했다. 그때 최 영감이 젊은이들에게 눈짓을 하며 뒤로 오라고 했다. 경찰이 먼저 나가 차에서 기다리는 사이 최 영감은 영호 일당에게 제안을 했다.

"어디서 노인들에게 사기를 친당가? 경찰서 가기 싫으믄 우리 돈 다 돌려줘."

"어차피 위조지폐잖아요."

"그걸 우리가 줬다는 증거 있는감? 아무튼 경찰서 가기 싫으면 알아서 하드라고."

영호와 일당은 꿈을 꾸는 것만 같았다. 시골 노인네들한테 보기 좋게 당한 걸 생각하니 바닥 어딘가에서 울화가 치밀어 올랐다. 하지만 교도소에 가는 것보다는 5천만 원을 날리는 게 나았다. 영호 일당은 그동안 사기를 쳐서 모은 돈 5천만 원을 찾아 최 영감과 이장에게 전달하고 자리를 떠났다.

최 영감과 이장은 경찰에게 다가갔다.

"누가 이 영감 아들인가?"

"네, 제가 이태식 씨 아들 이민호입니다."

"연기가 제법이구먼. 진짜 경찰해도 되겠어."

최 영감과 이장은 이민호에게 일당 천만 원을 지불했다.

고자질하는 시계

박건우

"…이러한 이유로 범행을 저지를 수 있는 사람은 당신밖에 없습니다."

형사는 담담한 어조로 나를 범인으로 지목했다. 그 담담한 말투와는 대조적으로, 내 마음은 소름 끼치게 오그라들어 심장이 미친 듯이 쿵쾅거렸다.

형사가 내놓은 근거에는 빠져나갈 틈이 조금도 없어 보였다. 그러나 일말의 가능성은 남아 있다.

알리바이. 경찰 조사로 밝혀진 사망 추정 시각에 나는 사건 현장과 떨어진 곳에 있었다는 입증된 증거가 있다. 확실한 증거가 있는데 경찰은 무슨 근거로 나를 범인으로 지목한단 말인가.

"알리바이는…."

내 말에 형사는 잠시 말끝을 흐렸다. 그러나 그의 표정에서 당황함은 보이지 않았다.

"이번 사건의 경우엔 이렇다 할 증거가 없는 듯 보여서 일단 사건 현장의 상황과 그 외 몇몇 단서들을 토대로 사망 시각을 추정했습니다만, 사실 그런 단서는 범인이 얼마든지 조작할 수 있는 것들이었습니다. 따라서 현재로서는 알리바이라는 게 확실치 않은 상황입니다."

그는 여기서 말을 멈추고는 겉옷 안주머니에 손을 집어넣었다. 그리고 질긴 비닐봉지에 싸인 무언가를 꺼내 가볍게 쥐었다. 흰색 바탕에 검은 테두리를 두른, 큼지막한 아날로그 눈금판이 특징인 손목시계. 분명 눈에 익은 손목시계다.

"…그런 시점에서, 피해자의 사망 시각을 단정지어줄 확실한 증거가 발견된다면 어떻겠습니까?"

그 한마디에 차갑고도 소름 끼치는 기운이 등줄기를 타고 올라왔다. 만약 그런 게 있다면 기존의 사망 추정 시각은 바뀌고, 내 알리바이는 무너지게 된다. 그러나 그럴 리가 없다. 그런 게 있을 리가….

형사는 아무 말 없이 내게 들고 있던 손목시계를 보여주었다. 혹시 그가 쓰러질 때 손목시계가 어딘가에 부딪혀 멈춰버렸던 걸까.

그럴 리가 없다고 생각하며 들여다보니 역시나 유리판이 무참히 깨져 있을 뿐, 시침과 분침은 정상적으로 돌아가고 있었다. 그럼 대체 이 손목시계 어디에 증거가 있다는 말인가.

나는 그 손목시계를 한참 동안 들여다보았다. 그리고 마침내, 그 경악할 만한 범죄의 자국이 내 망막을 파고들었다.

문득 그를 살해하던 순간이 떠올랐다. 며칠 전 어쩌다 찾아간 그의 자취방에서, 나는 돌이킬 수 없는 실수를 저질렀던 것이다.

그가 내뱉은 몇 마디 말이 내 기분을 거슬리게 했던 기억이 난다. 뒤이어 부엌에 꽂혀 있던 식칼이 그의 복부를 파고들던 감각도 어렴풋이나마 떠오른다. 갑작스러운 충격에 균형을 잃은 그가 넘어지면서 휘저은 팔이 책상 모서리에 부딪히며, 차고 있던 손목시계의 유리 덮개가 무참히 깨어졌다.

그러고 보면 지인의 소개로 그를 처음 만났을 때도 그는 손목시계를 차고 있었다.

손목을 덮는 크기의 아날로그식 눈금판 위엔 고풍스러운 디자인의 시침과 분침이 축을 중심으로 째깍째깍 돌아가고 있었다. 당시에는 그 모습을 보고 디자인이 멋지다며 내심 감탄했었는데, 그것이 끔찍한 살인의 증거가 될 줄을 누가 알았을까.

칼에 찔린 그가 균형을 잃고 쓰러질 때, 그의 복부에서 뿜어 나온 피 몇 방울이 사방으로 튀었다. 그중 일부는 유리가 깨진 눈금판 위로 튀었고, 몇몇 핏방울은 시침과 분침을 덮어버리듯 번졌을 것이다. 시간이 흘러 시곗바늘이 자리를 옮긴 후에도, 시침과 분침에 가로막혔던 핏자국은 마치 그림자처럼 바늘이 있던 자리만을 하얗게 비워둔 채 서서히 굳어갔을 것이다.

결국 손목시계엔 자그마한 핏방울이었을 자국들이, 특유의 고풍스러운 시침과 분침의 형상을 고스란히 간직한 채, 그 추악한 범죄의 시간을 품은 채로 말라버렸던 것이다.

주거니 받거니
정학

──민지야, 나 집 앞인데 지금 나올 수 있어?

결혼식 전날 밤 9시, 약혼자인 경수가 집 앞에 와 있다는 문자를 보내왔다. 무슨 일이지? 민지는 궁금해서 서둘러 옷을 걸쳐 입고 대문 밖으로 나갔다. 좁은 골목 주변에는 외등 불빛만 비치고 있을 뿐 아무도 보이지 않았다. 경수를 찾아 골목 안을 두리번거리던 민지는 갑자기 누군가로부터 뒷머리를 가격당했다. 민지는 소리 한번 못 지르고 바닥에 쓰러졌다. 공격한 사람은 상태를 확인한 후 그녀의 몸을 질질 끌어 차 트렁크에 실은 뒤, 차와 함께 사라져버렸다. 그 시각, 경수는 자기 집에서 저녁을 먹고 있었다.

다음 날 아침 경수는 민지에게 연락을 했지만, 답이 없었다. 대신 이런 문자가 날아왔다.

——오빠, 미안해. 나 이 결혼, 할 수 없어. 나 같은 여자는 잊고 부디 행복하길 바랄게.

홀어머니의 반대를 간신히 이겨내고 결혼하기로 했는데, 이렇게 사라지다니 경수는 아찔했다. 신부가 사라진 상황이라 어쩔 수 없이 결혼식은 취소되었다. 경수 어머니 최 여사는 혀를 찼다.

"내 이럴 줄 알았다. 애가 본데없이 자랐다 싶더니만, 이렇게 뒤통수를 치는구나."

경수는 머리를 쥐어뜯으며 소파 위로 쓰러졌고, 그 모습을 지켜보던 최 여사는 한숨을 내쉬며 다른 방으로 들어가 어딘가로 전화를 걸었다.

"잘 처리한 거지?"

전화를 끊은 최 여사는 의미심장한 미소를 지었다.

민지를 잊지 못한 채 경수는 우울한 나날을 보냈다. 최 여사가 다른 여자를 만나더라도 행복해질 수 있다고 설득했지만, 그는 들으려고 하지 않았다. 주말마다 혼자 산행을 다녀왔고, 주중엔 일만 했다. 참다못해 최 여사가 주말 아침 식탁에서 고집쟁이 외아들에게 하소연했다.

"아니, 그까짓 고아가 뭐 그리 대단하다고 아직도 못 잊고 있는 거야? 걔는 애저녁에 죽어서 어디 벌판에 버려진 게 뻔한데!"

경수는 묵묵히 젓가락으로 반찬을 집어 입에 넣었다.

"독수리 떼가 다 뜯어먹어 이젠 뼈도 안 남아 있을 건데, 왜 그리 집착하느냐고! 다른 여자들도 얼마든지 있는데!"

벌판, 독수리, 뼈…. 경수는 천천히 어머니의 얼굴을 올려다보았다.

"어머니, 사실 주말마다 여자 친구를 만나고 있었어요. 내일 인사시켜 드릴게요."

"너 만나는 여자 있었니?"

최 여사는 깜짝 놀랐지만, 다행이다 싶었다. 이번만큼은 누구라도 받아들일 각오였다. 민지 같은 고아만 아니라면, 괜찮다고 생각했다. 같은 집에 데리고 살면서 며느리 봉양도 받고 싶었다. 오랜만에 청소 도우미를 불러 대청소를 했고 새로 맞을 며느리 생각에 들떴다.

"어머니, 이쪽이 저와 만나는 여잡니다."

경수는 한 여자의 손을 잡고 집 안으로 들어섰다. 최 여사는 한껏 웃는 얼굴로 그들을 바라보았고 여자의 얼굴을 찬찬히 살펴보았다. 그리고 굳어버렸다. 저 얼굴은, 이미 죽었어야 할 민지가 아닌가. 헤어스타일이 살짝 바뀌었을 뿐, 그녀가 맞았다. 민지는 무표정한 얼굴로 최 여사 앞에 다가와 섰다.

"안녕하셨어요? 어머니."

"어떻게 된 일이냐!"

민지가 말했다.

"그날 절 죽이라고 어머니가 고용했던 남자, 제 고아원 동기였어요. 제가 고아인

게 다행이었던 유일한 순간이었죠."

얼굴도 모른 채 심부름센터에서 소개받은 그가 하필이면…. 최 여사의 얼굴이 일그러졌다. 그런 최 여사의 표정을 본 민지는 빙긋 웃더니 가까이 다가와 귀에 대고 속삭였다.

"실은… 그 친구에게 저도 의뢰를 했답니다, 어머니."

하얗게 질린 최 여사에게 민지는 한마디 더 했고, 최 여사는 뒤로 넘어졌다.

지금 밖에 와 있어요, 어머니.

인터뷰

대거상 수상《밤의 여행자들》
윤고은 작가

영국 추리문학상 '대거(Dagger)'의 세계
박광규

전혀 어울리지 않는
두 세계를 연결하는 이야기

윤고은 작가 인터뷰

2021년 7월 한국 문단, 특히 추리문학계에 조금은 어리둥절한 낭보가 폭탄처럼 터졌다. 영어로 번역 출간된 윤고은의《밤의 여행자들》이 영국 추리작가협회상을 수상했다는 소식이었다. 문학계에서는 순문학 작가로 알려진 윤고은의 작품이 장르문학상을 탔다는 사실에, 추리문학계에서는 한 번도 장르소설가로 알려지지 않은 작가가 장르문학상을, 그것도 그 장르가 탄생한 언어권에서 가장 권위 있는 상 중 하나를 수상했다는 사실에 놀랐다.

《계간 미스터리》에서 대거상 수상 이후, 장편소설《도서관 런웨이》를 출간하며 바쁜 시간을 보내고 있는 윤고은 작가를 서면 인터뷰했다.

편집장 먼저 영국 추리작가협회상 번역 추리소설상 수상을 축하드립니다. 국내에도 많은 팬을 거느리고 있는 일본의 추리작가 요코야마 히데오의《64》, 히가시노 게이고의《신참자》가 최종 후보에 올랐으나 수상에 실패한 상을, 윤고은 작가의《밤의 여행자들》이 동아시아 작가로는 최초로 수상에 성공했습니다. 한국에서는 순문학 작가로 알려져 있는데, 작품이 영어로 번역되면서 영국 추리작가협회상을 수상하셨습니다. 어떻게 보면 장르가 바뀌었다고 볼 수도 있는데요. 수상 소식을 듣고 어떤 생각이 드셨나요?

윤고은 제 손을 떠난 책의 안부가 늘 궁금한데요.《밤의 여행자들》은 예상하지 못한 지점에서 의외의 소식을 많이 전해주는 책이었어요. 2021년 7월의 수상 소식도 놀라운 것이었죠. 솔직히 말하면 수상 소식보다도 그 전년도, 그러니까 2020년 7월에 이 책이 처음 영어로 번역, 출간되었을 때의 놀라움이 조금 더 크긴 했어요. '에코 스릴러'라는 수식어가 붙게 되었는데 제게는 그 말이 좀 낯설었거든요. 제 책을 통해 그 말을 접한 후에야 에코 스릴러라는 기준으로 제 서가에 있는 책들을 하나하나 바라보기 시작했고, 제 관심사와 크게 다르지 않다는 것을 인정하게 됐죠. 이번 수상 소식도 그런 것 같아요. 추리작가협회에서 주는 상을 받은 이후, 그것을 기준점으로 삼아 제 이야기를 다소 거리를 두고 볼 수 있는 기회를 갖게 된 셈이에요. 흥미로운 점은 이 책이 처음 한국에서 출간되었던 2013년과 영어권에서 출간된 2020년 사이의 시차인 것 같아요. 그사이에 우리는 많은 일을 겪었고, 특히 2020년은 코로나가 전 세계를 덮친 시작점이었으니까요. 이야기는 고정되어 있지만 독자의 현재 상황이 이야기를 조금 더 다채롭게 해석하도록 만들고, 그로 인해 《밤의 여행자들》 역시 조금 더 강렬한 현재성을 갖게 된 것이 아닐까 하는 생각을 했어요.

이 책이 한국에서 출간된 2013년에 저는 '멀리 떨어져 있는 재난을 찾아간다'라는 접근으로 인물을 비행기에 태웠어요. 그러나 지금 이 소설을 읽는 독자들은 '멀리'까지를 말하면서 벌써 망설일지도 모르죠. 지금은 사람들이 숨 쉬는 행위, 그것도 내 가까운 곳에서 숨 쉬는 행위 자체에 공포를 느껴야 하는 상황이니까요. 어찌 보면 집집마다, 주문하지 않은 재난이 배달된 상황이랄까요. 그러니까 《밤의 여행자들》에 담아둔 이야기들이 현재 정말로 추리해내고 싶은 주제일 수도 있겠구나, 싶었어요.

편집장 **솔직히 고백하자면 작가님의 《밤의 여행자들》을 읽지 못하고 있었는데, 대거상 수상 소식을 듣고 인터뷰를 준비하면서 읽었습니다. 작품을 읽고 느낀 첫 번째 감상은 당혹감이었습니다. 작품의 완성도를 떠나서 제가 그동안 읽어왔던 추리소설의 문법과는 결이 조금 다른 작품이었기 때문입니다. 뭐랄까요, 그동안 추리소설에서 다루어지지 않았던, 다뤘더라도 소소한 부분에 머물렀던 '환상성'이 강조된 작품인데요, 수상 후 현지의 반응은 어떤지 궁금합니다.**

윤고은 수상 이후 독자들이 이 책을 읽으면서 보이는 반응을 저 역시 흥미롭게 수집 중입니다. 추리소설상을 받았으니 당연히 이 책에서 추리소설적인 요소를 찾으려고 하고, 찾아내는 분도 있고 아닌 분도 있고, 그런 반응들이 저를 즐겁게 하죠. 이 책은 SF 판타지 문학상의 후보로도 올라 있는 상태거든요. 멋진 장르의 기준으로 이 이야기를 바라보는 몸짓이 작가인 저로서는 굉장히 흥미로울 수밖에 없어요. 제가 접한 반응 중에 가장 반가운 것은 '신선하다'는 말이었어요. 제가 소설을 쓸 때 가장 많이 바라는 말이기도 해요.

편집장 **《밤의 여행자들》 초판이 2013년도에 출간됐는데요, '재난 여행'을 위해서 인위적인 재난을 기획하는 내용이 충격적이었습니다. 팬데믹으로 인한 재난이 일상화된 지금에 와서 보면 소설이 출간될 당시에는 상당히 평범한 일상이 이어지고 있었다는 생각이 듭니다. 당시에 재난이라는 주제로 작품을 쓰신 이유가 궁금합니다.**

윤고은 언제부터였는지는 정확히 알 수 없지만 늘 재난을 의식했어요. 제 노트북에 쓰나미나 지진, 화재 발생 등을 볼 수 있는 페이지가 저장되어 있을 정도니까요. 인간이 손쓸 수 없는 자연재해가 아니라고 생각해요. 지금 기후 위기 문제처럼 결국은 인간의 부주의와 이기심으로 인한 재난이 많은데, 그게 가장 두렵거든요. 인간의 이기심. 한강 다리와 백화점이 무너지고 지하철이 위험 공간이 되는, 반복되는 대형 참사를 뉴스로 보면서 자랐어요. 제가 다니는 곳 어디나 재난 현장이 될 수도 있다는 걸 자라면서 알아버렸고요.

그러다 2005년 무렵 신문에서 다크투어리즘 관련 기사를 봤어요. 허리케인으로 초토화된 지역에 방수포를 챙겨 찾아가는 여행객 이야기였죠. 그 기사를 신문에서 오려 어딘가에 붙여두었고, 그게 《밤의 여행자들》의 첫 번째 시작점이 되었어요. 그리고 2011년에 동일본 대지진 소식을 접하면서 충격을 받았고, 오래 묵혀두었던 이야기를 다시 시작하게 된 거죠.

재난과 나 사이에 적당한 안전거리가 확보되어 있다는 믿음이 재난 관광의 필수적인 보험이에요. 골조만 보이면 두렵기 때문에 잘 정비

된 여행사는 그런 믿음을 증명해내는 데도 많은 노력을 들입니다. 벽을 칠하고 장식을 더하고 조명을 달아주는 식이죠. 사람들은 재난 상황을 보고 숙연함과 공포를 느끼지만, 그것은 모두 안전거리 밖의 것이에요. 안전거리 밖에서 이 책을 읽으려던 독자들도 결국 이 책 속의 재난으로 인해 마음의 요동을 겪게 된 것인데요. 그 요동의 정체가 무엇일까, 이런 일이 바로 내 코앞에 와서 나를 두드리면 나는 어떤 선택을 할 수 있을까, 자유로울 수 있을까? 그런 질문을 던지고 싶었어요.

편집장 **《밤의 여행자들》이 해외에 소개되고 좋은 반응을 얻기까지의 과정이 궁금합니다.**

윤고은 2017년 3월에 번역가 리지 뷸러Lizzie Buehler로부터 첫 메일을 받았어요. 프린스턴대학에서 비교문학을 전공하고 있는데 졸업 논문으로 저의 단편소설 몇 편을 번역하고 싶다는 내용이었죠. 그때까지 번역한 결과물도 파일로 첨부되어 있었고요. 제 첫 번째 단편소설집에 들어 있는 〈1인용 식탁〉, 〈인베이더 그래픽〉, 〈로드킬〉 등의 작품이었어요. 그 이후 리지와 계속 메일을 주고받았고, 2020년 《밤의 여행자들: The Disaster Tourist》의 번역가와 작가로 하나의 책에 이름을 올리게 됐어요. 둘 모두에게 첫 책이었죠. 저에게는 영어로 번역되어 출간된 첫 책, 리지에게는 첫 번역서. 리지가 이 소설의 영어판 출간 활로까지 적극적으로 나서주었어요. 제가 좋아하는 소설 중에 하나가 생텍쥐페리의 《야간비행》인데, 어떤 의미에서 보자면 리지가 어두운 밤에 항로를 개척한 우편비행사처럼 느껴지기도 해요.

편집장 **단편 〈늙은 차와 히치하이커〉에 생존 배낭을 만드는 일에 집착하는 인물이 나오는데 평소 재난 상황에 대해 많이 상상하시는 편인가요?**

윤고은 소설을 쓰면서 제가 느끼는 두려움을 더 들여다보게 돼요. 저는 물론 생존 배낭을 갖고 있지 않아요. 그 소설을 쓰기 위해서 생존 배낭을 어떻게 구성하는지에 대해 열심히 찾아봤지만, 실제로 갖고 있진 않죠. 소설로 쓰게 될 뿐이고요.

편집장 《밤의 여행자들》에서 쓰나미로 무너진 마을이 해양 쓰레기 섬이 되어 부유한다든지, 《해적판을 타고》에서 유해 폐기물이 파묻힌 마당 위에서 사람들이 살아간다든지, 환경과 관련된 설정이 종종 등장합니다. 환경 문제에 관심이 많으신가요?

윤고은 환경 문제는 현재 가장 시급한 재난 상황이에요. 나 혼자 해결할 수 없는 재난이기도 하죠. 최근에 《시간과 물에 대하여》를 매우 인상적으로 읽었어요. 코로나 현실을 그대로 담아낸 도시 기록 《별빛이 떠난 거리》도요.

편집장 요나는 성서에서 재난을 경고하라는 신의 임무를 거부하고 바다로 도망가다가 큰 물고기 뱃속에 3일 동안 삼켜졌다가 뭍으로 돌아온 인물입니다. 《밤의 여행자들》의 요나도 회사의 절대적인 업무 명령을 거부하는 인물로 나오는데 어떤 연관성이 있나요?

윤고은 요나라는 이름을 정할 때는 성서에 등장하는 요나를 크게 의식하지 못했어요. 물론 전혀 떠올리지 않은 건 아니지만 굳이 말하자면 '고요나'라는 이름에서 제가 더 중요하게 생각한 쪽은 '요나'보다는 '고요' 쪽이었거든요. 작명할 때 신경 쓰는 것은 발음 정도입니다. 소리로 들을 때 그 이름이 주는 리듬감 같은 것을 떠올릴 뿐이에요. 그렇지만 독자들이 요나라는 이름과 그 인물의 행동을 엮어서 생각하는, 그 여정을 보는 것은 제게 선물 같은 일이죠.

편집장 소설집 《알로하》에 실린 〈Q〉라는 단편을 보니, 전세가 싼 곳을 전전하다 지나온 곳마다 집값이 올라서 작가적 안목이 있다는 칭찬을 받는 작가가 등장합니다. 실제로 선배인 황세연 작가가 늘 하던 이야기

와 똑같아서 웃었습니다. 자본의 문제를 환상적인 장치를 활용해서 꼬집는 부분이 많은데 좀 더 직접적인 문제로 다루지 않는 이유가 있을까요?

윤고은 제가 하고 싶은 말을 인상적으로 전달하기 위한 방법이죠. 전혀 어울리지 않아 보이는 두 세계를 연결하는 데서 이야기를 만들고 싶은 욕구를 느끼기도 하고요. 재난과 여행이라는, 분리하고 싶은 두 세계를 연결한《밤의 여행자들》외에도, 지금까지 제가 쓴 소설에는 도전적인 연결이 꽤 있었어요. 혼자 밥 먹는 법을 배우기 위해 학원에 등록한다는 이야기(《1인용 식탁》)는 우스갯소리처럼 들리기도 하지만 그 뒤에는 직장 내 따돌림과 혼자가 주는 외로움이 깔려 있고요. 남한의 청년이 북한에 신혼집을 얻는다는 이야기(《부루마불에 평양이 있다면》)는 남한 사람이 북한을 자유롭게 오갈 수 없는 상황임을 고려할 때 무척 비현실적인 농담처럼 다가오는데, 그만큼 내 집 마련이라는 꿈이 현실에서 어렵다는 것을 강조하고 있죠. 심각한 현실을 이야기하기 위해 일단 딴청을 피우면서 전혀 상관없는 것처럼 보이는 멜로디를 흥얼거리는 셈인데요. 그래서 얼핏 보기엔 산뜻하게 느껴지기까지 하지만, 읽고 나면 그 산뜻함이 꽤 무섭다는 걸 알게 되는 거죠. 그렇게 현실에서 아주 동떨어지지 않게 느껴질 정도의 환상을 이용해 두 겹으로 포장하는 걸 즐기고 있어요.

편집장 **개를 상사로 모시는 남자라든지 기발한 상상력의 작품이 많은데 아이디어는 어떻게 얻나요?**

윤고은 아이디어를 잘 만나게 되는 상황이 있긴 한 것 같아요. 첫 번째는 걷거나 지하철을 타고 있을 때. 저는 지하철에서 영감을 많이 얻습니다. 지하철이 무대라고 생각해요, 승객들은 저마다 배우들이죠. 두 번째는 낯선 공간에 있을 때, 그래서 여행에서 영감을 많이 얻습니다. 어쨌든 첫 번째나 두 번째 모두 이동이네요. 이동이 제게 영감을 줍니다.

어떤 순간이든 메모하고 싶은 자극을 받으면 바로 메모해요. 애용하는 것은 휴대전화 메모장, 그리고 현재는 매일 라디오를 진행하고 있기 때문에 라디오 선곡표에 적기도 하죠. 예전에는 냅킨에도 많이 메모했어요. 아이디어가 언제 어디서 어떻게 올지는 알 수 없으니, 뭔가가 올 때 제가 할 수 있는 건 재빨리 메모하는 거예요. 빠르게 크로키를 하듯 적는 거죠. 그 순간에 하지 않으면 휘발되어버리니까 굉장히 빨리 펜을 꺼내 메모합니다. 글씨는 엉망이지만 저만 알아보면 됩니다. 모아두면 그것들이 수첩 안에서 얌전히 기다립니다. 그리고 몇 가지가 합쳐지기도 하죠.

편집장 **평소에 장르소설을 종종 읽으시나요? 읽는다면 어떤 장르의 소설을 좋아하시나요? 가장 최근에 읽은 장르소설은? 선호하는 작가가 있다면?**

윤고은 장르소설이라고 의식하고 따로 읽는 건 아니에요. 그때그때의 관심사, 혹은 좋아하는 작가를 따라 움직일 뿐이죠. 퍼트리샤 하이스미스의 작품들을 좋아하고요. 루스 렌들의 《활자 잔혹극》도 인상적이었어요. 가장 최근에는 예브게니 보돌라스킨의 《비행사》라는 작품을 여러 군데 밑줄 그으면서 읽었습니다.

편집장 **어떤 인터뷰에서 '공포의 반려화'를 말씀하셨는데, 어떤 의미로 하신 건가요?**

윤고은 제가 선택한 것은 아니지만 이미 태어났기 때문에 이 삶을 열심히 즐기고 있어요. 그렇지만 제가 만든 시스템이 아니기 때문에 당연히 모든 것이 낯설고 두렵고요. 지하철을 자주 타는데 지하철을 탈 때마다 하나의 플랫폼에서 문이 열리고 닫혔다가 다음 플랫폼에 닿기 전까지의 그 2분, 3분 구간이 아주 짧은 죽음처럼 느껴진다는 생각을 해요. 다만 그런 생각을 한다고 해서 지하철을 못 타거나 그 안에 있는 그 짧은 죽음의 연속들이 괴로운 건 아니고요. 무언가 아슬아슬한 채로 버티고 있는 수많은 구간들을 '오늘 운이 좋았다'고 생각하면서 통과하고 있죠. 이것이 공포의 반려화 같아요. 공포스러운 순간이 너무 많지만 그것들과 함께 또 살아가고 어느 순간에는 그 공포가 전혀 느껴지지 않을 때, 균열이 느껴지지 않을 때를 상상하면 또 공포스러워지거든요. 제가 하는 많은 생각들은 저와 전혀 닮지 않은 인물들의 입을 통해서도 드러나게 되죠. 글쓰기를 통해서 제가 느끼는, 뭐라고 호명해야 할지 알 수 없는 그 낯선 틈새를 기록하고 있어요.

편집장 **안전지대에서만 글을 쓴다고 하셨던데, 집필 공간에 대해 까다로운 편인가요? 주로 어디에서 집필하시나요?**

윤고은 그 인터뷰가 기억나는데, 동시에 그것이 코로나 이전에 했던 답변이라는 데서 이상한 슬픔이 느껴져요. 그때는 카페의 통유리창 쪽 좌석에서는 잘 쓰지 못한다고 대답했죠. 도로를 달리던 자동차가 갑자기 제 테이블 앞으로 돌진해올 것 같은 느낌 때문에 최대한 카페 안쪽, 그것도 화장실 옆을 선호했어요. 그런데 이제는 상황이 바뀌었죠. 코로나 이후에는 카페에 가더라도 최대한 출입문 쪽에 앉습니다. 환기, 무엇보다도 환기가 중요한 시대니까요. 문이 한번 열릴 때마다 새 공기가 들어올 것이고, 밀폐된 공간에 있는 것이 가장 두려운 상황이 되었어요. 가장 번잡한 출입구 쪽이 안전지대라고 생각하지는 않지만 카페 안쪽 깊숙한 곳에 가는 것보다는 안심이 되니까요. 이 답변에서 보실 수 있듯이, 저는 불안하지 않은 공간을 선호하지만 위험이 한두 개가 아니고 그 위험을 모두 관리하지 못해요. 가장 두려운 것을 피하려고 할 뿐이고 그런 점에서 시늉에 불과하죠.

주로 카페와 집에서 작업을 많이 하고요. 집에서도 책상, 식탁, 발코니, 바닥을 모두 누비며 씁니다. 제가 매일 두 시간씩 라디오 진행을 하고 있는데요. 집이 방송국과 좀 멀어서 하루에 세 시간 정도를 지하철에서 보내야 해요. 3호선을 타는데 종로 3가에서 주엽역 사이 구간 정도라면 꽤 한적하거든요. 시간대에 따라 다르지만 한 칸에 다섯 명 정도가 전부일 때도 있어요. 그럴 때는 노트북을 펼치고 글을 쓰는데 놀랍게도 가장 잘 써져요. 때로는 출근을 심지어는 퇴근을 멈추고 싶을 만큼, 이 열차가 시베리아 횡단열차처럼 이어졌으면 좋겠다고 생각할 만큼.

편집장 **앞으로 장르 문법에 충실한 추리소설을 쓰실 계획이 있나요? 만약 쓰신다면 어떤 내용이 될 것 같은가요?**

윤고은 문법, 형식을 의식하고 계획한 적이 거의 없어요. 다만 저는 '이동하는' 소설을 좋아해요. 인물이 움직이는 소설, 정말 두 발로 움직이는 소설 말이죠. 장편 연재를 곧 시작할 계획인데 이 소설에서 주인공이 두 발로 엄청나게 움직이게 될 거예요. 무언가를 찾기 위해서예요. 제가 좋아하는 구조죠.

편집장 **한국에서는 유독 순문학과 장르소설의 구분이 엄격한 편입니다. 이 점에 대해 어떻게 생각하시나요?**

윤고은 장르라는 건 출발점인 것 같아요. 모든 이야기는 어느 출발점에서 시작해서 다른 어딘가로 뻗어나가고 있을 것이고, 그 과정에서 여러 장르를 통과하는 작품도 생길 테고요. 서점에서 일하시는 분들이 어디에 두어야 할지 애매하게 느끼는 책도 있을 거라 생각하는데, 저는 그런 책이 좀 궁금해요. 궁극적으로는 모든 작가가 각자 하나의 장르가 되어야 할 거고요. 제 목표도 그거예요.

영국 추리문학상 '대거(Dagger)'의 세계

박광규(추리문학 평론가)

윤고은 작가가 수상한 영국의 대거상은 미국의 에드거상과 함께 미스터리 장르에서 가장 권위 있는 상 중 하나다. 이참에 영국 추리작가협회상의 역사와 수상 부문에 대해 알아보았다.

추리소설가 존 크리시의 주도로 1953년에 창설된 영국 추리작가협회(Crime Writers' Association, CWA)*는 1955년부터 이른바 흔히 대거Dagger상으로 알려진 영국 추리작가협회상을 제정했다. 제정 당시에는 장편소설 부문만 시상했으나 1964년부터 외국 작품상을 추가하는 등 차츰 수상 부문을 늘려 나갔다. 60여 년간 시상이 이어지는 동안 여러 부문의 상이 신설되거나 폐지되었고, 후원사의 유무에 따라 상의

* 'crime writer', 'crime fiction' 등은 '범죄소설 작가', '범죄소설'로 직역할 수 있지만 이 글에서는 의미상 큰 차이가 없는 '추리소설'로 칭하며, 그에 따라 '영국 범죄작가협회'가 아닌 '영국 추리작가협회' 등으로 표기했다.

이름도 바뀌었다. 2021년 현재는 11개 부문을 정기적으로 시상한다. 각 부문 상을 간단히 소개한다.

● 다이아몬드 대거: 추리문학 장르에서 오랜 기간 공헌한 저자에게 수여한다. 1986년에 신설되었으며, 유명한 귀금속 업체인 까르띠에가 후원하던 2011년까지 '까르띠에 다이아몬드 대거'라는 이름으로 시상했다.

● 골드 대거: 대거상 중 가장 오랜 역사를 가진 상으로 국적에 상관없이 최고의 추리소설에 수여한다. 추리소설의 가장 광범위한 정의 안에 포함되는 모든 분야(스릴러, 서스펜스, 유머, 스파이 소설 등을 포함)의 작품이 수상 대상이다. 명칭도 여러 번 바뀌었는데, '크로스드 레드 헤링상'(1955~1959), '골드 대거'(1960~2005)', 후원사의 이름을 딴 '던컨 로리 대거'(2006~2008, 이 기간에는 2만 파운드의 상금이 수여되었다), 그리고 2009년부터 다시 '골드 대거'로 바뀌어 시상하고 있다. 또한 외국 작품상(번역 작품이 아닌 영어로 쓰인 작품)이 있었는데(1964~1969), 만약 외국 작품이 골드 대거상을 받으면 영국 작품상(Best British)을 따로 수여했다.

● 이언 플레밍 스틸 대거: 최고의 스릴러 소설에 수여한다. 첩보, 액션/모험, 심리 스릴러를 포함하며, '페이지가 술술 넘어가는 작품'이 심사의 필수 기준이 된다. 제임스 본드 시리즈의 작가 이언 플레밍의 유족이 소유한 출판사가 창설을 제안해 2002년에 신설되었으며, 후원도 맡고 있다.

● 존 크리시 뉴 블러드 대거: 신인 작가가 쓴 최고의 추리소설에 수여한다. 과거 어떤 이름으로도 소설을 발표한 경력이 없는 작가여야 하는 조건이 있다. CWA의 창시자 중 하나인 존 크리시John Creasey를 기념하여 1973년에 신설했다.

● 번역 추리소설 대거: 원래 영어로 쓰이지 않은, 영국에서 번역 출간된 최고의 추리소설에 수여한다. 해당 범위는 골드 대거와 같다. 2005년까지는 번역 소설도 골드 대거 심사 대상에 포함되어 있었지만,

2006년부터 분리하여 시상하고 있다. 주로 프랑스와 북유럽의 작품이 번갈아 수상하는 동안 2016년《64》(요코야마 히데오), 2019년《신참자》(히가시노 게이고) 등 일본 작품이 두 차례 최종 후보에 올랐으며, 2021년《밤의 여행자들》(윤고은)이 동아시아 지역 작품으로는 최초의 수상작이 되었다.

●새피어 북스 히스토리컬 대거: 최고의 역사 추리소설에 수여한다. '역사 추리소설'로서의 조건은 수상 연도보다 최소 50년(초기에는 35년이었다) 이전의 내용이 작품의 4분의 3 이상을 포함하고 있어야 한다. 명칭은 '히스토리컬 대거'(1999~2005, 2013), 캐드펠 시리즈의 작가 이름을 딴 '엘리스 피터스 히스토리컬 대거'(2006~2012), 인데버 출판사가 후원하는 '인데버 히스토리컬 대거'(2014~2018)였으며, 2019년부터는 새피어 출판사가 후원하고 있다.

●논픽션 골드 대거: 소설이 아닌 범죄 관련 논픽션에 수여한다. 실제 범죄, 역사적 범죄, 추리문학 비평 및 연구 등의 저작물이 해당한다. 1978년부터 시상하기 시작했다. 1978년과 1979년까지 차점 작품에 '논픽션 실버 대거'를 시상했으며, 스카치위스키 회사인 맥캘런의 후원을 받아 '맥캘런 논픽션 골드 대거'라는 이름으로도 시상했다(1995~2002). 잠시 격년제로 시상(2006~2010)했으나 2011년부터 다시 매년 시상하고 있다.

●단편소설 대거: 최고의 단편 추리소설에 수여한다. 1천 단어 이상 1만 5천 단어 이하의 소설이 해당한다. 주요 분야임에도 불구하고 다소 뒤늦은 1982년에 신설되었다.

●대거 인 더 라이브러리: '독자에게 가장 큰 기쁨을 준 현역 작가'에게 수여한다. 연간 최종 후보 목록은 독자들이 온라인에서 가장 많이 추천한 10명의 작가를 선정하고, 최종 결정은 도서관 사서들의 투표에 의해 이루어진다. 심사 기간은 10월 1일부터 이듬해 2월 마지막 날까지다. 1995년에 제정되었으며, 초기 명칭은 황금수갑상(1994~1996)이었다.

●데뷔 대거: 유일한 작가 개인 공모 부문 상. 출판사와 계약하

지 않은 상태의 작가가 10월 1일부터 이듬해 2월 마지막 날까지 온라인으로 작품의 도입부(3천 단어 분량)와 시놉시스를 제출(심사 비용 36파운드)해야 한다. 수상작은 에이전트와 출판사로 보내진다. 1998년에 제정되었다.

● 퍼블리셔스 대거: 가장 최근(2019)에 신설된 상으로, 최고의 범죄 및 미스터리 출판사에 매년 수여한다. 수상 후보는 주요 도서 평론가, 서점, 축제 주최자, 블로거, 에이전트 및 언론인으로 구성된 대표 그룹이 지명하며, CWA 이사회가 최종 수상자를 선정한다.

● 마지막으로 비정기적으로 수여하는 레드 헤링 특별상이 있다. 추리문학 분야에 공헌한 사람에게 수여한다. 1959년에 '특별공로상'으로 제정되었으며, 1978년부터 지금의 명칭으로 바뀌었다.

한편 폐지된 상은 다음과 같다.

● 실버 대거(1969~2006): 장편 부문 2위 작품에 수여

● 폴리스 리뷰상(1985~1987): 잡지 《폴리스 리뷰》가 후원. 경찰소설에 수여

● 펀치상(1988): 유머 잡지 《펀치》가 후원. '웃긴(funniest)' 유머 미스터리에 수여

● 라스트 래프상(1989~1996): 펀치상에 이은 유머 미스터리 부문 상

● CWA 92상(1990~1992): 유럽을 배경으로 한 작품에 수여

● 럼폴상(1990~1992): 법정 추리소설에 수여

CWA 대거상의 작품(CWA에서는 'work'로 표현하며, 소설·단편소설·논픽션을 의미한다) 심사 후보 신청은 다음과 같이 이루어진다.

기본적으로 영국의 출판사를 통해 영국에서 출간된 작품(종이책/전자책)만 후보 자격이 있다. 그리고 작품 내용이 각 분야(골드 대거, 이언 플레밍 스틸 대거, 존 크리시 뉴 블러드 대거, 히스토리컬 대거, 논픽션 부문, 인터내

셔널 대거 및 단편 부문 등)에 적절하게 해당하며, 심사 대상 기간 범위 내에 영국에서 출판되었을 경우(외국 번역 작품은 해당 국가의 출간일이 아닌 영국 출간일 기준), 출판사는 그 작품을 심사 대상 후보작으로 신청할 수 있다. 또한 출판사에서는 부문마다 한 명의 작가당 하나의 작품만 제출할 수 있다.

2022년 후보작의 경우 2021년 1월 1일부터 12월 31일까지 발행된 작품을 대상으로 하며, 상반기 6개월 이내에 출간한 작품은 7월 31일까지, 하반기 6개월 이내에 출간한 작품은 11월 15일까지 작품을 심사위원에게 제출해야 한다(11월 이후 출간 예정인 작품은 실제 출간일 이전에 심사용으로 제작해 제출). 또한 심사 비용으로 작품당 50파운드(단편은 15파운드)를 CWA에 지불해야 한다. 각 부문의 심사위원 명단은 CWA의 공식 홈페이지에서 확인할 수 있다.

연재

미스터리란 무엇인가 ①
박인성

신화인류학자가 말하는 이야기의 힘 ①
공원국

미스터리란 무엇인가 ①

—부르주아의 오락에서 정체성의 수수께끼로

박인성

문학평론가. 2011년 경향신문 신춘문예로 등단하여 활동 중. 현재 부산가톨릭대학교 인성교양학부 조교수로 재직.

우선 밝히자면 나는 현재 장르와 관련된 큰 틀의 이야기 문화 전반에 대해 강의를 하고 있을 뿐, 미스터리 장르의 전문가나 본격적인 연구자는 아니다.* 그런 사람이 미스터리에 대한 글을 연재한다는 사실에 부담과 책임감을 느끼는 것은 어쩔 수 없지만, 가급적 내가 알고 있는 한에서 솔직하게 다루어보고자 한다. 이 연재는 해묵은 문학이론 지식의 나열보다는 실천적인 미스터리 장르의 이해에 대한 첨언과 한국 미스터리 문학의 발전에 대한 제언을 겸하는 글이 될 것이다. 부수적이지만 나는 이 연재 글의 제목을 '한국 미스터리 살인사건'이란 거창한 제목을 붙일까 고민하기도 했는데, 한국 미스터리 소설은 대체 왜 살해되었는가를 나름대로 추리하는 글이기도 하다.

나에게 있어서 장르문학을 구성하는 것은 정형화된 논리에서 시작할 필요가 있다고 생각한다. 소설 표지의 장르 구분에 대한 레테르나 작가에 대한 독자들의 이해가 아무런 영향력이 없다고 볼 수는 없겠지만 장르란 단순히 카테고리적인 것이 아니라, 기술적(descriptive)인 개념이며, 실제로 작품이 어떻게 쓰였는가, 그것이 장르에 대한 독자의 기준에 얼마나 부합하는가와 관련된 관습화된 영역을 우선 고려해야 한다.

과거 SF에 대한 글**에서도 밝힌 바 있지만, 나는 가급적 정형화된 차원에서 장르를 구성하는 요소를 나누어 언급하게 될 것이다. 토마스 샤

* 이 글은 말과활 아카데미에서 진행했던 강의(2021년 7월 2일~30일) 내용을 바탕으로, 새롭게 덧붙이고 수정한 것이다.

** 박인성, 〈기지와의 조우 - 모두가 알고 있는 SF에 대한 첨언〉, 《자음과 모음》 2019년 여름호.

츠의 논의를 빌리자면 오늘날의 장르란 사회와 문화를 포괄하는 시스템에 의해 구성된 정형(定型)이지, 그럴듯한 분위기나 스타일이 아니다.* 아직도 많은 사람들이 미스터리를 포괄적인 의미의 범죄 이야기나 분위기를 통해 규정하는 경향이 있지만, 미스터리야말로 그 관습과 문법에 있어서 가장 치밀하게 발달해온 장르임을 고려한다면 특정한 분위기를 통해서 미스터리를 이야기하는 것만큼 추상적인 작업도 없을 것이다.
따라서 장르란 복잡하고 기기묘묘하게 정리되어야 하는 이론적인 개념이 아니라, 텍스트가 발생하고 유통되며 다시 피드백을 획득하는 전체 '시스템' 위에서 기술적으로 형성된 관습의 체계다. 좀 더 세부화한다면 장르는 통상 '관습'(convention)과 '도상'(icon), 그리고 내러티브 문법 혹은 '공식'(formula)과 같은 구성물들의 결합으로 만들어진다. 미스터리 장르는 특히 오랜 시간에 걸쳐 다양한 관습과 도상을 확립해왔으며, 미스터리를 참고하는 인접 장르나 미스터리를 부분적으로 포함하는 복합 장르들은 이와 같은 관습과 도상 중심으로 미스터리를 분위기를 통해 환기해왔다.

우선 관습이란 장르의 역사가 구성해온 최소한의 원칙들이 개별 작품을 통해서 드러나는 방식이다. 관습은 가장 원형적인 장르에서 구성되는 논리이기에, 가장 변하지 않는 원칙들이며, 쉽게 파괴되기보다는 유지되거나 부분적으로 변형된다. 각각의 장르가 공통적 관습을 가지는 것이 아니라 개별 작품들이 위치하는 '계보'에 의해서 별도의 관습들이 구성되며, 장르는 시기에 따라서 최초의 관습으로부터 조금씩 변형된 동시대적 관습들을 따르게 된다. 미스터리의 유명한 관습들은 '녹스의 10계'나 '반다인의 20칙'과 같이 성문화되어 남아 있으며, 그중 상당 부분은 변형되거나 갱신되었을지라도 핵심적인 지점들은 정통 추리 작가들에 의해 가급적 지켜진다.

* 토마스 샤츠, 한창호·허문영 옮김, 《할리우드 장르》, 컬처룩, 2014, 41~51쪽.

독자들에게 친숙해진 관습을 보통 '클리셰'라고 부르지만, 클리셰는 세간의 인식처럼 장르문학의 적이 아니라 오히려 동지이자 핵심이다. 클리셰를 벗어나려는 시도는 관습을 갱신하는 중요한 열정이지만, 클리셰를 비틀기 위해서만 비트는 작업들은 오히려 장르문학의 본질을 해치거나 일회적인 재치에 지나지 않는 시도가 될 수도 있다. 한국처럼 장르문학의 전통이 강하게 뿌리내리지 않은 출판시장일수록 정확한 장르적 관습을 지키는 시도들, 장르로서 훌륭한 작품들의 가치를 인정해주는 분위기가 중요하지 않을까.

다음으로 도상은 특정한 장르 내부에서 특정 스토리를 반복함으로써 이루어지는 내러티브 및 시각적 약호화 과정, 관습의 영역에서 출발한 장르의 원칙들이 반복되는 과정에서, 그것을 언어 정보로 나열하기보다는 시각적으로 압축하며 발전한다. 특정 장르의 도상은 개별적 장르 작품 내부에서의 용법을 통해서뿐만 아니라, 그 용법이 장르 체계와 갖는 연관성 때문에 중요하다.
예들 들어 셜록 홈즈를 상징하는 담배 파이프나 헌팅캡, 필립 말로의 담배와 트렌치코트는 대표적인 아이콘으로, 탐정이라는 직업적 특징뿐만 아니라, 그들의 캐릭터성을 압축적으로 전달한다. 도상은 내러티브의 시각적 기호화뿐만 아니라, 작품이 그려내고자 하는 주된 가치체계를 상징하거나 사회적 가치관을 반영하기 때문이다. 홈즈에게 담배가 추리를 위한 명상의 보조 도구라면, 말로에게 담배는 내면의 갈등을 표현하거나 그 자체로 '후까시'가 된다.

마지막으로 서사 문법과 이야기 공식은 장르가 자신만의 특징 있는 이야기를 전달하기 위해 활용하는 플롯(plot)의 방법이다. 이러한 이야기 문법은 부분적으로는 관습화된 내용들을 참고하지만, 동시에 관습으로부터 벗어나며 작가의 개성이나 특정한 이야기만의 자기 논리를 구성하기도 한다. 즉 이야기 전개상의 장르적 클리셰를 활용하거나 비트는 선택이 발생하는 지점들이 여기다. 각각의 미스터리 텍스트들은 전달하고자 하는 주제와 효과에 맞추어 그에 적합한 이야기 문법을 결정함과 동시에, 그러한 문법에 있어서 가장 중요한 질문들을 해결해야 한다. 미스터리에서 서사적 문법과 공식은 지속적으로 변화하지만, 가장 기본적인 골격은 크게 세 가지다. 이는 'who done it?', 'How done it', 'why done it'이라는 질문으로 유형화할 수 있다.

우선 'who done it?'은 전통적인 미스터리의 첫 번째 질문이며, 익명화된 범죄자를 밝혀내는 탐정의 추리 과정을 통해서 서스펜스를 극대화하기 위한 문법이다. 범죄 자체를 개인의 일탈 행위로 한정함으로써, 온전히 개인에 대한 단죄로 귀결되는 것 역시 초기 미스터리의 특징이다. 보통 탐정의 역할은 범인을 찾아내는 지점에서 멈추며, 그 동기와 범행 수단의 방식에 대해서는 부분적으로만 주목한다. 범인은 탐정이 이해할 수 없을 만큼 입체적이거나 복합적인 인물이 아니며, 계층적으로 쉽게 구분된다. 이러한 서사 문법은 나이브한 질문의 형식을 갖추고 있는 만큼, 다른 장르와의 결합이나 변주가 쉽다. 범인의 정체를 제외하면 범죄 자체가 후경화되는 소위 '변격' 추리소설이 될 수도 있고, 오컬트(귀신이나 악마의 정체를 밝혀서 해결하고자 하는) 장르와 연결되기도 쉽다. 조직 내부의 스파이를 색출해내는 방첩물처럼 장르의 톤이 달라지면 플롯 역시 복잡해지기 마련이다.

두 번째 'How done it'에 해당하는 서사 문법은 이른바 '본격' 미스터리 장르의 핵심을 구성한다. 특히 미스터리에 고급스러운 '트릭'이 없다면 정통 미스터리로 볼 수 없다는 보수적인 입장 또한 존재한다. 반면 이 질문은 각종 '트릭'을 해명하고 범인 대 탐정의 두뇌 싸움을 통해 장르적 오락성을 끌어올리기 위한 수단이지만, 그 정도가 지나치면 이야기의 전개보다도 논리적 해결에만 집착하는 매니악한 취향으로 귀결되기도 한다. 본격과 신본격이라는 이름으로 현대 일본의 미스터리 장르를 이끌어가는 원동력이 되기도 했으며, 정통 미스터리 장르의 관습적 힘을 가장 잘 보여주는 문법이기도 하다. 또한 범죄 내부 트릭의 변형으로 새롭게 등장한 것이 '서술 트릭'이다. 흔히 문학이론에서 이야기하는 '믿을 수 없는 화자'(unreliable narrator)를 통해서 독자의 인식적인 관습을 배신하는 것인데, 이 또한 지금은 하나의 클리셰가 되었다고 말할 수밖에 없다. 정통 미스터리는 아니지만 알랭 로브-그리예의《되풀이》(La Reprise) 같은 프랑스 누보로망 텍스트에 이르면, 미스터리의 외양을 쓴 한없이 복잡한 서술 트릭의 악마성에 걸려들게 된다.

마지막으로 'Why done it?'의 경우 현대적인 미스터리 추리 장르가 추구하는 동기의 재구성에 적합한 이야기 문법이다. 고전 추리소설에서 인물의 범행 동기는 사실상 범죄의 필연성을 위한 조각에 불과하다. 고전적인 범인들의 내면은 통속적이고 노골적인 동기를 크게 벗어나지 않으며, 오히려 그러한 동기를 지닌 다양한 인물들 사이에 진짜 범인을 가리는 문제가 된다. 그러나 현대적인 미스터리에서 범인의 동기는 입체적일 뿐만 아니라 범죄에 대한 법리적 판단이 끝난 경우에도 종종 불가해한 수수께끼로 남는다. 설명하기 어려운 인물의 악마성, 범죄심리학의 발달에 따른 사이코패스라는 개념의 등장, 인물의 입체성에 따른 심리적 동기의 복잡화 등은 때때로 이야기의 완결성을 해치기도 한다. 더 나아가 결국에는 인물의 동기를 파헤칠수록 '이 녀석도 사실 불쌍한 인간이었어'와 같은 클리셰가 주는 전형성의 문제가 새롭게 대두한다.
반면에 개인적 심리의 복잡성을 벗어나는 장르로서 사회파 미스터리는 인물 개인이 아니라, 사회적 문제 및 구조적 원인을 규명하는 방식으로 문제의식을 확장한다.
오늘날 한국의 미스터리는 개인의 내면과 사회적 구조라는 두 축을 중심으로 다소 극단화되어 있는 것처럼 보이기도 한다. 모든 것을 권력과 구조의 음모로 환원하는 다소 도식적인 사회파 미스터리 역시 긴장감이 떨어지듯이, 범죄 자체를 지나치게 개인의 심리 문제로 환원할 경우 미스터리의 주제의식은 지나치게 좁은 영역에 머무르거나 범죄의 사회적 의미를 상실할 위험이 있는 것도 사실이다.

앞으로의 연재를 이어가기 위해 이쯤에서 미스터리란 어디까지나 사회적 장르로부터 출발했음을 되새기는 것도 중요할 것이다. 개인적인 의견이지만 나에게 장르문학이란 특정한 이야기 문화를 공유하는 공동체 내부에서 발생한 사회적 문제와 갈등을 해결하기 위해, 각각의 방식으로 문제 해결을 시뮬레이션하는 과정에 가깝다. 따라서 각각의 장들은 자기만의 논리를 통해 문제 해결의 가능성을 타진하고 설득력을 확보함으로써 살아남은 이야기들이다. 마찬가지로 고전적인 미스터리의 원형적인 공식들은 범죄라는 형태로 구체화된 사회적 문제를 어디까지나 공적인 방식으로 해결하는 것이다. 이러한 공식의 분명함만큼이나 초기의 추리소설은 사실 개별적인 범죄 자체에는 관심이 없다. 범죄는 해결되기 위해서 존재하는 문제이며 짜 맞춰야 하는 퍼즐의 틀이 된다. 추리소설은 동시에 그러한 퍼즐을 해결하는 이성적 힘과 논리적 합리성을 전시하기 위한 쇼윈도에 가까웠다. 그러므로 자연스럽게 초기 추리소설이 다루는 범죄나 살인에 대한 이해 또한 진지한 고찰이 아니라 수수께끼와 그 해결을 수행하기 위한 소품적 형태에 가까웠다.
특히 이 시기의 미스터리는 계급적 향유물로서의 성격이 뚜렷했다. 부르주아 계층의 지적 유희이자 계급적이며 이데올로기적 해결 방식을 전시했기 때문이다. 부르주아 사회, 기술, 자연과학, 물신화된 부르주아적 인간관계를 전시함으로써, 독자들이 미스터리 장르의 분위기, 한껏 고양된 부르주아 사회의 의기양양한 모습을 즐길 수 있도록 유도한 것이다. 하나의 사회적 장르는 '사회적 갈등'에 대한 해결 방식을 시뮬레이션한다는 점에서, 미스터리는 이성적 힘을 통해서 사회적 문제를 해결한다는 근대적 판타지를 구성하기도 한다. 여기에서 문제로 제시된 미스터리란 결국 부르주아적 합리성으로 제거해야만 하는 반합리적 요소 자체이기도 하다.
고전적인 탐정 소설이 태어나고 번창하게 된 시기는 신흥 부르주아 사회가 점진적으로 정체성과 그 범죄적 구성 요소에 대해 불안해하던 시기였다. 그중에서도 거친 외양의 노동자 계급은 잠재적인 위험 인자처럼 보였다. 도시 거주자들이 한 덩어리처럼 점점 구분되지 않으면서 사회 내부에 존재하는 악인과 주변부 사람들에게는 예비적인 신원 확인을 요청하게 되었다. 예를 들어 체사레 롬브로소(Cesare Lombroso)가 주창한 범죄인류학처럼, 범죄자가 가지고 있는 선천적이거나 유전적인 범죄 요인을 미리 선별하고 선제적으로 격리할 수 있도록 해야 한다는 주장이 설득력을 얻었던 시기이기도 하다. 이러한 사회적 상상력은 필립 K. 딕의 소설 《마이너리티 리포트》에서 범죄자들을 미리 체포하는 SF적 상상력과 연결되기도 한다.

그와 동시에 근대화는 인권에 대한 새로운 감수성이 발전하는 시기이기도 하다. 이 시기 프랑스에서는 바스티유 감옥에 수감되었던 중범죄자들의 신체에 지울 수 없는 문신을 새기는 관습이 폐지된다. 하지만 그 이후로 출소한 상습범의 신원 확인이 어려워지면서 새로운 사회적 불안이 자라기 시작했다. 도시로 밀려드는 각계각층의 신원불명의 사람들 속에서 외양만으로는 결코 그 사람의 진짜 정체성을 알 수 없다는 수수께끼가 발생하기 시작한 것이다. 이제 타인의 '정체성'이란 하나의 수수께끼가 되었으며, 그것을 국가라는 시스템 내부에서, 탐정이라는 부르주아 계급의 신원 확인 과정으로 풀어나가는 것이 미스터리 장르의 주된 목표가 된다.

다소 부정적으로 말하자면 미스터리 장르는 법 앞에 떳떳할 수 없는 사람들을(그러나 누가 과연 법정에서 온전히 떳떳할 수 있는가) 사회 시스템에 유순한 신체로 만드는 과정에서 자유롭지 않다. 특히 미스터리 소설에서 탐정이 맞닥뜨리게 되는 각각의 사건들 사이의 연결은 그러한 연결 자체가 사후적인 발견자의 추론에 의해 결정되었다는 것을 의미한다. 셜록 홈즈가 만들어내는 모든 사건의 논리적 인과관계란 사실 홈즈의 머릿속에서 그려진 하나의 허구적 드라마와 다르지 않다. 미스터리 소설의 지속적인 인기는 어느 정도 서사의 플롯화 과정을 독자들에게 눈에 띄게 전달한다는 점, 그리고 매우 손쉽게 각색하는 점에서 출발한다. 홈즈 이야기는 근대화되어가는 현실의 복잡성에도 불구하고 근대적 이성과 합리성에 의해 인식 가능한 세계를 상정하고 있다. 소설을 끝까지 읽는 독자는 자신이 전체 소설의 모든 진실을 빠짐없이 알게 될 것이라고 기대하고 미스터리를 읽는 셈이다. 따라서 소설이 그려내는 전체 보편세계는 통찰력 있고 끈기 있는 탐색자가 궁극적으로 발견할 수 있는 대상을 그리며, 그 모든 대상은 법에 의해 통제되고 있다는 실감을 주어야 한다.

궁극적으로 홈즈가 발견하는 것은 잠재적 범죄의 위험성을 극복한 법의 승리, 근대적 세계 내부의 탈선을 극복한 이성의 승리처럼 보이며, 완벽하게 질서 잡힌 세계를 복원하는 것이다.

미스터리 소설이 법의 테두리 안에서 누군가의 정체성을 찾아내고 결정하는 일은 종종 수색의 과정을 수반한다. 이 수색은 정체성(identity)의 문제만이 아니라 신원 확인(identification)의 문제다. 오늘날 많은 사람들이 인터넷 검색(search)을 통해 인터넷 세상 너머 익명화된 누군가의 신원을 파악하려고 하듯이, 수색(search)은 기본적으로 사회 속에 숨어들 수 있는 익명화된 정체성을 밝혀내기 위한 작업이다.

초기의 정통 미스터리는 무의미의 유령과 싸우는 장르이며, 포괄적인 탐정의 수색 과정을 통해서 필연적인 결과를 도출함에 따라 카오스적인 세계를 마법처럼 쫓아낸다. 그러므로 미스터리의 세계는 법을 말하지 않을지라도 법에 대한 신뢰 아래 보장된 세계를 그린다. 그리고 법은 '결과적으로 모든 것(범죄의 진실)은 밝혀지게 되어 있다'고 주장한다. 물론 이것은 사후 합리화에 불과하지만 말이다. 그리고 전통적인 미스터리에서 범죄의 단서가 발견되리라는 기대는, 극작가이자 소설가인 안톤 체호프가 정식화한 것처럼 연극에서 1막의 무대 벽면에 걸려 있는 총은 3막에서 누군가의 머리를 쏠 것이라는 기대와 같다. 플롯이란 플롯 자체가 논리적 결과로 이어질 것이라는 기계론적 관념에 입각하는 것이다.

하지만 오늘날의 미스터리는 그처럼 법에 대한 근본적인 신뢰가 이미 흔들리고 훼손된 세계 속에 있다. 전통적인 미스터리와 달리 정체성의 수수께끼를 탐색하는 모든 수색과 추리 과정이 더 이상 공동체에 유익

한 의미와 진실을 보장해준다고 말할 수는 없게 된 것이다. 미스터리를 읽는다고 해서 사건과 관련된 모든 진실이 독자에게 명명백백하게 전달된다는 기대도 이제는 예전처럼 강력하게 작동하지 않는다. 미스터리 소설들은 부르주아의 오락에서 정체성의 수수께끼로 나아가는 과정에서 좀 더 포괄적인 사회적 장르로 거듭났지만, 다른 한편으로는 모든 근대인들이 숙명적으로 법 안에서 살아가야 한다는 운명론적인 장르처럼 보인 것도 사실이다. 따라서 법에 대한 신뢰가 흔들리는 세계에서, 법적 진실과 그 사회적 의미가 더 이상 강한 설득력을 갖지 못하는 세계에서, 미스터리는 필연적으로 전혀 다른 정체성의 수수께끼와 씨름해야 한다. 그것은 범죄를 둘러싼 사회적 장르로서 미스터리의 역할에 대한 장르 자체의 정체성에 관한 질문이다. 'who', 'how', 'why' 모두를 포괄하는 'what'에 대한 질문. 무엇이 지금 우리 시대 한국 사회의 미스터리가 되어야 하는가. 미스터리라는 장르는 어떤 범죄에 대한 역할과 정체성을 수행해야 하는가라는 질문 말이다.

이 연재물은 미스터리에 대한 기초적인 범주와 구성을 톺아보면서 이러한 질문에 미진하나마 응답하고자 한다.

신화인류학자가 말하는 이야기의 힘①

—철학이 언어로 된 수학이라면,
추리 소설은 문학으로 된 물리학이다

공원국

《춘추전국이야기》(전 11권)를 비롯해, 《유라시아 신화 기행》, 《여행하는 인문학자》, 《가문비 탁자》(소설) 등을 쓰고, 《중국의 서진》, 《말, 바퀴, 언어》, 《조로아스터교의 역사》, 《하버드- C. H.베크 세계사 1350~1750》(공역), 《리그베다》(전 3권, 근간) 등을 옮겼다. 역사인류학의 시각으로 대안적 세계사를 제시하겠다는 포부를 품고, 유라시아 초원 지대에서 현지 조사를 수행하며 《세계사의 절반 유목인류사》(전 7권)를 집필하고 있다.

1) 배꼽티

2021년 9월 2일 밤 10시. 탑골공원 버스 정류장에 몸을 내리고 몇 발짝 내디딘 후 멈춰 섰다. 새로 세운 가로등 불빛이 훤해서, 벌써 노안이 온 눈으로도 책을 좀 멀찌감치 두면 자그마한 활자를 읽을 수 있었기 때문이다. 《한국추리문학상 황금펜상 수상 작품집》에 수록된 〈아이의 뼈〉(2012년 수상작).
'몇 분이면 다 읽을 이 짧은 이야기의 결말을 보지 않고 이 우중충한 낙원상가를 걸어가는 것이 과연 옳은 일일까? 서서 읽고 가는 수밖에.'
저릿한 다리를 이리저리 비꼬면서, 추리소설은 손에 들고 다니는 것이 아니라고 자책하면서, 두어 시간 전에 책을 내게 넘겨준 이를 원망하며, 기어이 다 읽고서야 낙원상가 지하도를 우회하여 걸었다. 그리고 약국 혹은 떡집의 내려진 셔터를 두 손으로 밀고 있는 사내를 보았다. 하얀 티셔츠와 떡 벌린 팔 덕에 더 도드라져 보이는 어깨와 길쭉한 다리가 꽤 볼품이 있었다.
'한밤중에 내려진 셔터는 왜 밀고 있담.'
알고 보니 셔터를 미는 것이 아니라 누군가를 감싸고, 아니 두 팔 사이에 가둬두고 있었다. 갇힌 이는 까만 배꼽티를 입고 있었다. 팔 사이에 낀 이의 얼굴은 사내의 등짝과 두 팔에 가려 보이지 않았지만 뭔가 열심히 호소하는 목소리는 젊은 여인의 것이었다. 사내의 거친 목소리가 선명하게 들려왔다.
"내 눈을 똑바로 보고 말해."
'뭘 똑바로 보라는 거야? 젊은것들이 길거리에서 싸움질이나 하고.'
그들을 지나치며 1번 마을버스 정류장으로 갔다. 밤 10시가 넘으면 띄

엄뜨엄 오는 버스인지라 한참 기다려야 할 모양새였다. 오줌보가 한계 신호를 보냈다. 이과두주 두 병과 벌컥벌컥 마신 물 때문이겠지. 밤에는 퀴퀴한 냄새가 올라와 피하는 곳이지만, 낙원상가 지하 화장실 외에 대안은 없었다.
발길을 돌려 상가 입구로 들어가며 그들을 다시 보았다. 그들은 위치를 옮겨 악기 가게 앞에서 말싸움을 이어가고 있었다. 여자는 거의 애원하고 있었지만, 오줌의 압력 때문에 그녀의 이야기에 집중할 수 없었다. 볼일을 마치고 다시 지상으로 올라와 두리번거리니 여자는 주저앉아 울고 있었다. 여자는 통절한 목소리로, "나더러 어쩌라고"를 반복하는 중이었다.
'요즘 젊은것들은 정말.'
1번 마을버스가 눈에 들어왔다. 보통 그 버스는 낙원상가 정류장에서 2분 정도 기다린다. 버스와 남녀 사이의 어정쩡한 위치에 몸을 멈추고 양쪽을 번갈아 가며 보았다. 개입과 방관 사이에 아직 2분의 시간이 남아 있다. 그새 여자의 흐느낌은 더 커지고 사내의 목소리는 약간 잦아진 듯하다.
배꼽티를 입은 여자.
배꼽티가 뭐라고? 그래도 문제는 배꼽티였다. 버스에서 내리기 전에 후딱 읽은 〈귀양다리〉(2017년 수상작)에 등장한 열이 생각도 살짝 났다. 버스를 타야 하나, 여기서 좀 더 지켜봐야 하나. 1분 후면 버스는 떠날 것이다.
'그냥 가자. 남녀 문제는 끼어들지 않는 게 좋아. 뭔 사달이 날 것 같지도 않고, 젊은 사내놈이 남의 말을 곰살갑게 들을 리도 없으니.'
'그래도 좀 기다려보자. 저 녀석 노는 품새가 마뜩지 않아. 길거리에서 여자를 몰아세우는 것도 그렇고, 울고불고 하게 두는 꼴도 그렇고.'

그녀는 거듭된 공격을 견뎌낸 가련한 희생양일까? 그럴 수도, 완전히 반대일 수도 있다. 사내가 가련한 이일 수도. 사내는 오랜 시간 그녀에게 화를 내기는커녕 눈살 한번 찌푸리지 않았을지도 모른다. 그녀가 누적된 비행으로 그를 그토록 분노케 했을지도. 아니면 둘은 처음 만난 자리에서 싸움을 시작한 것인지도 모른다. 나 또한 풀어놓자면 미스터리 형식을 빌릴 수밖에 없는 기이한 짓을 누군가에게 한 적이 많지 않은가? 그렇지만 그 까만 배꼽티가 내 머릿속을 뒤흔든 건 명백한 사실이다. 내 안에 어떤 변태스러운 욕망이 도사리고 있어서 흐느끼던 그녀의 배꼽티에 반응한 것일까?

그날 밤, 그녀의 배꼽티와 음성은 나에게 포착되었고 그들 대화의 맥락은 포착되지 않았다. 그 둘의 행동은 그 순간 입자로서 내 뇌리에 박혔는데, 그 입자들의 과거와 미래의 파동 행위는 영원한 미궁에 빠졌다.

양자역학의 용어를 빌려, 그들의 행위가 내게 포착되기 전에 어떤 불확정성의 확률 구름 안에 있었다고 말할까? 슈뢰딩거의 상자 속 고양이는 죽어 있을까 살아 있을까? 상자를 열기 전에는 오직 반반의 확률로만 존재할까? 삶과 죽음의 다중의 상태로 존재할까? 입자로 위치가 감지되는 순간 파동의 성질을 감추는 광자처럼 모든 사건은 목격되는 순간 성질이 바뀌는데, 정확히 말해서는 맥락(파동)을 잃어버린다. 그날 밤 사건은 배꼽티와 두 목소리와 두 몸뚱이만 멈춘 입자로 남았다.

그렇다면 불행히도 광자 감지기의 역할을 한 나는 이 사건 안에서 어떤 위치에 있는 것일까? 보통 사람들의 눈에 입자로서 관찰된 그들의 행동은 지극히 주관적인 해석 아래 놓인다. 그러나 목격자가 만약 추리소설가라면 어떻게 될까? 감지되기 전 그들의 행동은 '지극히 선량한 남자의 단 한 번의 일탈'에서 '지극히 선량한 여자의 반복적인 피해 상황'까지, 다양한 스펙트럼 속에 혹은 스펙트럼보다 훨씬 복합적인 다차원적 인과관계의 조합 어딘가에 있었을 것이다. 어쩌면 태평양 건너 어딘가 나비의 날갯짓이 우리가 알고 있는 모든 인과율을 넘어 그 두 남녀의 행위에 개입했을지도 모른다. 그러나 어떤 상황에서도 변하지 않는 것은 추리소설가에게 그들의 행위가 이미 목격되었다는 사실이다.

양자역학자들이 '불확정성의 원리'에 좌절하면서도 초미시 세계의 탐구를 멈추지 않는 것처럼, 추리소설가라면 분명 입자로서 파악된 사건의 스냅샷에 만족하지 않을 것이다. 물리(物理)는 실험과 관찰로 확정되지만, 오로지 추리(推理)에 의해 문제 제기가 된 다음에 연구된다. 비유하자면, 철학이 언어로 된 수학이라면 추리소설은 문학으로 된 물리학이다. 확률로 짐작되는 무수한 파동의 구름 속에서 인과율을 찾아내려는 노력은 실패할 확률이 더 클 것이다. 그러나 그 과정에서 특수한 서사가 생겨난다. 우주의 물리법칙을 결정하는 힘을 관찰하는 서사가 물리학이라면, 인간사회의 인과율(비록 확률로만 존재하는 것일지라도)을 관찰하는 서사는 추리다.

다시 고양이의 운명으로 돌아가서 물어보자. 중요한 것은 관측이 존재의 양태를 결정하지는 않더라도, 감지되는 순간 관찰되는 대상의 드러난 모양은 특정·한정된다. 고양이는 죽거나 살아 있거나 하나의 양태만 가진다. 파동과 입자로 행동하는 광자가 입자로 감지되는 순간 파동의 성질을 감추는 것처럼. 그러나 감춰졌다고 해서 파동의 성질이 존재하지 않는가? 물리학자는 숨겨진 물질의 성질(예컨대 파동)을 끝없이 찾을 것이고, 추리소설가는 감춰진 맥락(운이 좋으면 명확한 인과관계)을 위해 사건을 파헤칠 것이다. 그것이 분석의 운명이다.

3) 추리와 역사(추리의 역사가 아니라, 추리와 역사다)

미스터리mystery는 이해할 수 없다? 아니다. 쉽지는 않으나 분석을 통해 이해할 수 있다. 드러난 것과 드러나지 않은 것의 틈이 너무 크기 때문에 한눈에 이해할 수 없는 것, 즉 수수께끼를 다루는 것이 추리다. 현대적인 추리장르를 창조한 사람의 말을 들어보는 것이 어떤 정신 현상의 본질을 밝히는 데 도움이 될 것이다. 에드거 앨런 포는 이렇게 말했다.

> 분석적이라고 논해지는 정신적인 특질들은, 그 자체로는, 그다지 분석을 허용하지 않는다. 우리는 그 특질들의 효과를 통해 그 진가를 알아볼 수 있을 뿐이다. 우리는 무엇보다도, 그런 특질들을 비범하게 소유한 이들에게 그것들이 언제나 가장 생기 넘치는 기쁨의 원천이 될 수 있다는 점을 안다. (…) 사실, (…) 진정으로 상상력을 가진 이들은 틀림없이 분석적이라는 것이 밝혀질 것이다.* (《모르그가의 살인사건》 도입부)

추리소설의 본질이 이 문장들 안에 다 드러나 있다. 독창성을 포괄하는 진정한 상상력은 공상에 멈추지 않고 반드시 분석을 동반해야 한다. 그런데 분석적인 기질 혹은 능력은 그 자체로 분석되지 않고 효과를 통해서만 드러난다. 광자라는 애칭 속에 자신의 본질을 숨긴 채, 스펙트럼 안에서 색으로 열로 파장으로 입자로 드러나는 빛을 비롯한 초미시 세계 존재들의 특징이 바로 그것 아닌가? 효과를 통해서만 감지되는 것. 그러나 그 효과는 심대하다. 예컨대 빛 없이는 거시 세계 또한 드러나지 않는다. 물론 빛나는 그녀의(혹은 그의) 미소 속에서 무한한 기쁨을 느낄 수도 없을 것이다. 비범한 분석가에게 분석 행위는 분명 가장 생기 넘치는 기쁨의 원천임에 분명하다. 편의상 비범한 분석가를 추리소설가로 불러보자(물론 비범한 분석가가 모두 추리소설가는 아니지만, 모든 추리소설가는 비범한 분석가가 되어야 한다).

이제 나와 가까운 분야인 역사인류학으로 와서 지극히 직업적인 질문을 던져본다. 수수께끼에 역사가 있을까? 더 자세히 말해 추리소설 안에 역사를 담을 수 있을까? 알다시피 대부분의 언어권에서 역사(history, 歷史)는 서사(누군가의 이야기, 지난 이야기의 서술)와 동의어다. 비

* The mental features discoursed of as the analytical, are, in themselves, but little susceptible of analysis. We appreciate them only in their effects. We know of them, among other things, that they are always to their possessor, when inordinately possessed, a source of the liveliest enjoyment. … It will (be) found, in fact, that … the truly imaginative never otherwise than analytic.

범한 분석이 기쁨이라면 역사적인 내용물이 비극일지라도 그 자체로 '생기 넘치는 기쁨'의 그릇 안에 담을 수 있을까?
언제나 그렇듯이, 포는 추리소설의 문을 열면서 누구도 예상치 않은 대답을 던진다. 살인자가 사람이 아니라 원숭이라니! 히스토리(He or Her+story)는 정말 아니지 않은가? 역사적으로 수많은 살인사건이 있었지만 원숭이에 의한 살인이 얼마나 되겠는가? 이토록 몰역사적인 장르가 있을까? 그러나 모든 유럽의 언어를 벗어난 존재(인간의 언어를 모르고 행동만 모방하는 원숭이)를 감지한 탐정 뒤팽에 의해 사건의 전모가 밝혀진다는 것을 주목할 필요가 있다.
인간의 분석 능력 자체는 역사를 가지고 있지만, 분석이 자신의 능력을 발휘하기 위해서는 특정 지역의 개별 역사를 초월해야 한다. 어쩌면 분석 능력 자체가 분석을 허락하지 않는 이유가 그것일 수도 있다. 독일어와 스페인어와 영어의 역사에 갇혀서는 분석이 불가능할 수도 있다는 것. 살인자 원숭이의 등장은 몰역사적인 것이 아니라 거시 역사적이다. 인간과 원숭이, 기나긴 진화의 어느 순간에 분기된 두 존재는 개별 역사(영어, 스페인어, 독일어, 프랑스어 등등)의 간극을 넘어, 행동이라는 초거시 언어를 통해 재회한다. 하필 그 역사적인 재회의 계기가 살인사건이라니.
입자로 관찰되는 순간 광자는 파동 운동을 멈추기도 하지만, 그 순간 광자의 위치 또한 관찰자와의 관계 때문에 왜곡된다. 만약에 관찰자가 관찰 대상의 세계 안에 존재하면서 그 관찰 대상에 강한 충격을 준다면, 관찰 대상은 영원히 포착되지 않는 상태로 남거나 왜곡된 위치에서만 포착될 것이다. 시각 장애인이 부채를 펴서 풍선을 때리면 풍선은 뒤로 밀려나 영원히 감지되지 않을 것이다. 이렇듯 관찰 수단이 관찰자의 인식을 압도하면 관찰은 부정확하다. 소설은 언어로 되어 있지만 뒤팽은 알려진 언어를 넘어서 실험에 가까운 순수 분석에 근접한다.
물론 독자들이 내가 억지를 부린다고 힐난할 것을 안다. 하지만 적어도 나는 역사를 서술하기 위해 혹은 인류학적 사실을 서술하기 위해 추리 기법을 활용할 수밖에 없다고 말하고자 한다. 관찰 자체가 대상을 멈춰

세워 맥락을 제거하고 심지어 그 대상의 위치까지 변형시킨다면, 실험실 수준의 분석을 재현하는 것 이외에 인간을 서술할 다른 방법이 있을까?

4) 납치, 강간, 체첸, 그리고 서사

> (납치혼을 당하기 전에) 그를 좋아했나요? — 아뇨.
> 아는 사람이었나요? — 멀리서 본 적만 있는 사람.
> 지금은 어떤가요? 후회하지 않나요? — 후회하지 않아요.
> 왜요? — 남편과 자식에게 헌신하는 여성은 천국에 갈 테니까.
> 이것(납치혼)이 언제부터 있었는지 아나요? — 몰라요. 하지만 아주 오래전부터요. 우리의 전통이니까.

키르기스스탄에서 인류학 보고서를 쓰면서 납치되어 결혼한 여성들을 꽤 만났다. 그녀들은 좀체 입을 열지 않는다. 납치혼을 겪은 여성을 따로 만나는 것은 불가능했고, 그녀들의 이야기는 위를 벗어나지 않았다. 스스로 온몸을 베일로 가리는 여학생들이 있다. 나는 그녀들과 이야기한다.

> — 지금 남녀의 역할이 불공평하다고 생각하지 않나요?
> — 신이 그렇게 남녀를 구분해놓았어요.
> — 샤리아(이슬람 율법)가 나라의 법보다 여성에게 차별적이라고 생각한 적은 없나요?
> — 샤리아는 신의 말씀이고 나라의 법은 그저 사람이 만든 거예요.
> — 여성만 베일은 쓰는 것도 불공정하지 않나요?
> — 베일은 (나쁜 남자로부터) 선량한 여성을 보호해요.

그렇다면 선량한 여성이란 누구일까? 그녀들은 대답한다. "베일을 쓴 여성입니다." 이런 동어 반복은 관찰자를 지치게 만든다. 이런 상황에서 관찰자는 납치되었든 베일로 온몸을 가렸든, 그녀들이 진정으로 자신의 삶을 인정하고 사랑한다고 결론 내리는 것도 가능하다. 혹은 '최소한 그녀들은 무의식적으로 그렇게 생각하는 듯하다'로 두루뭉술하게 서술하는 것도 가능하다. 하지만 그런 설명은 상황에 따라 무수히 다른 입자 형태로 드러나는 사회적인 현상을, 관찰되는 순간의 평면 스냅샷으로 한정시키는 위험을 안고 있다. 물리학과 포의 추리 기법을 동원한다면, 나의 개인적인 성의 역사에 갇힌 질문들이 공기처럼 흩어져 있는 그녀들의 잠재적인 자기 서술을 밀어냈다고 가정할 수도 있다.
이런 벽에 부딪혀 다수가 서술을 포기할 때 학계의 추리소설가들이 등장한다. 이고르 라자레프(Egor Lazarev)는 체첸-러시아 전쟁 기간 중 러시아에서 어린 시절을 보낸 인류학자다. 어른이 되어 학자가 된 그에게 체첸은 여전히 뇌리를 떠나지 않는 주제였다. 그에게는 전쟁의 상흔 속에 살아가는 사람들이 보였다. 도대체 전쟁은 무엇을 남겼는가? 집단적 트라우마의 특징은 사람들을 침묵시킨다는 점이다. 드러난 것과 숨겨진 것의 차이가 너무나 클 때, 그 미스터리를 사회과학적인 방법으로 확인할 수 있을까?
일반적인 사회과학은 미스터리라는 용어조차 거부한다. 그러나 이고르에게 전후의 체첸 사람들, 특히 전후 여성들의 서사는 못 견디게 알고 싶은 것이었다. 그는 우직한 탐정이 되기로 한다. 추리 기법을 동원해 소송 기록을 읽고, 소송이 벌어진 장소를 직접 찾아가 그녀들의 서사를 확인한다.* 그러나 대상에게 충격을 주는 거친 방법(예컨대 몇 달러를 대가로 걸고 설문지를 뿌리고 거두는 방식)은 안 된다. 그는 스스로 한없이 가벼운 질량으로 대상에게 애정을 가지고 다가가, 오랜 시간 대상이 튕겨 나가지 않을 거리에서 머물며 그들에게 말을 걸었다.

* 그의 학위 논문 제목은 "Laws in Conflict: Legacies of War and Legal Pluralism in Chechnya."

그동안 그는 겨우 열두세 살에 무장한 남성들에게 강간당하고 강제 결혼한 소녀들을 수없이 보았다. 그 소녀들의 이야기를 정리하며 그는 "캅카스의 아름다운 전통"이라는 말을 차마 받아들일 수 없었다. 그는 무려 서른일곱 번이나 "청소"당한 마을을 찾아가 사람들과 만났다. 전쟁 중 약탈, 구타, 무차별 학살, 납치가 끊이지 않았고, 공공연히 살인으로 이어졌다. 그런 곳에서는 일시적인 침묵이 서사를 대신한다는 것을 확인했다. 한편 다행히 청소를 피한 마을들의 여인들 다수는 생존 자체에 감사하며 관습법의 옹호자가 되기도 했다. 어떤 여성은 이렇게 말했다. "마을의 두 번째 결혼은 거의 대부분 납치혼입니다. 납치혼이 여성의 위신을 올렸습니다."

납치당하는 일이 여성의 위신을 높인다고? 그는 그녀의 말에 반박하는 대신, 학살을 당한 마을과 당하지 않은 마을을 비교하며 전쟁과 같은 극단적인 상황을 겪은 후 여성들이 집단적으로 전략적인 목소리를 낸다는 것을 확인한다. 여성 스스로 일견 자신에게 불리한 듯한 선택과 진술을 하는 것을, 의식적인 거짓이나 무의식적인 투항으로 치부할 수 없다는 것이다. 두 번의 전쟁으로 하나의 체첸 사회 안에 근대국가의 법(러시아 법), 이슬람법(샤리아), 그리고 관습법(아다트)이 공존하고 있었다. 여성들은 자신이 처한 시기와 장소에 따라서 전략적인 집단 서사를 만들고 있었다.

예를 들어 그들은 1차 체첸 전쟁 이후 러시아 군인들을 침략자로 규정하는 서사를 채택하고 대안으로 관습법과 이슬람법을 받아들였다. 그러나 2차 전쟁이 끝나자 여성들은 지는 전쟁을 불러온 내부의 군벌과 무책임한 가장들에게 책임을 묻고 러시아 법에 호소하는 집단 서사를 만들었다. 여성들의 집단적인 전향은 크게 두 가지 이유로 설명된다. 하나는 책임 소재를 묻는 집단적인 서사가 바뀌었고, 다른 하나는 여성들이 전쟁의 와중에 가족의 생계를 책임지며 경제적인 힘을 얻었다는 것이다. 이고르는 고집 센 탐정처럼 연구 가능한 모든 비교 집단들을 하나씩 조사하며 저인망식 수사를 펼친다. 그가 탐문한 사람들의 수가 수백으로 늘어나면서 집단 서사는 완연히 모습을 드러낸다.

그리고 그는 전후 정부 관리들 사이에 일부다처제가 확산되는 것을 보며, '국가가 오히려 일반법이 아닌 관습법과 종교법의 확산을 조장한다. 국가가 관습 세력과 종교 세력과 관료-군벌의 연합체였기 때문이다'라고 결론 내렸다. 이 연합체는 여성을 체계적으로 억압하도록 고안되었다. 이고르의 연구에서 보이듯이 만약 납치범과 강간범과 가정폭력범의 배후에 거대한 종교-관습-경제 연합체가 똬리를 틀고 있다면 용감한 추리소설가는 어떻게 대응할 수 있을까? 가장 기이한 사례의 언저리에 멈춰 서서 이 체제의 모양을 드러내는 서사를 만들 수 있을까?

역사인류학 연구자인 추리소설가 지망생이 추리소설가 선배들에게 말하고 싶은 것이 바로 이것이다. 여러 개인으로 구성된 입자 무더기는 확률의 구름 안에서 파동 운동을 하고 있다. 그러나 그 운동은 완전한 무작위, 그로테스크, 혹은 기괴함이 아니다. 그것은 넓게 분포하고 있는 구름이지만 여전히 예측 가능한 중심을 가진 구름이고, 스스로를 대변할 서사를 찾고 있는 구름이다. 체첸 여성들은 전쟁의 희생양이 된 상황에서 절규-반항 혹은 침묵-반성-재건의 단계를 묵묵히 수행하며 집단적인 서사를 만들고 있었다. 그래서 추리소설이 역사 속으로 들어간다고 할 때(나는 그래야 한다고 확고하게 믿는다), 그것은 확률의 구름을 관통하는 가장 극적인 이야기를 포착해 대표적인 서사를 창조한다는 것이지, 파동이 제거된 입자 하나를 자의적으로 해석한다는 의미가 아니라고 믿는다.

글을 마치는 지금 나는 지옥과 천국을 모두 가봤다는 어떤 목사의 설교를 분석 삼아 듣고 있다. 목사는 '시공을 초월하는 믿음은 고작 3차원의 공간에 있는 과학자가 분석할 영역이 아니다'라고 열변을 토하고, 신도들은 그에 응해 감동의 눈물을 흘린다. 한 명의 경험자(결코 인간에 의해 분석될 수 없는 경험이다)가 수천의 비경험자를 인도하고, 100만 이상이 '좋아요'를 누르는 미스터리한 '(주) 가짜 집단 서사 제조소' 앞에서 추리소설가 지망생이 어떻게 전율하지 않을 수 있을까? 이 지망생은 감히 선배들에게 역사로 들어와 전사가 되라고 말하고 싶다. 그때 상상력과 분석이 만나 가장 생기발랄한 기쁨의 난장판이 벌어질 것이다. 장르의 이름은 인류학-추리, 역사학-추리, 심지어 자연과학 혹은 공학-추리일 수도 있을 것이다.

5) 아이다자와 배꼽티

스물일곱 아이다자는 몇 해 전 납치되어 베일을 썼다. 아버지는 그 남자의 집에 남으라 했다. 그녀는 새 삶을 받아들였다. 며칠 후 술을 마신 남편이 그녀를 때렸고, 그녀는 그 집을 탈출했다. 2021년 여름 비슈케크에서 본 그녀는 노란 배꼽티를 입고 있었다.

세 개의 방

한새마

최근《여름의 시간》의 표제작을 썼다. 2019년 단편소설 〈엄마, 시체를 부탁해〉로 '계간 미스터리 신인상'을 수상하며 등단했다. 2019년 단편소설 〈죽은 엄마〉로 제3회 엘릭시르 미스터리 대상 단편 부문을 수상했다. 채팅형 웹소설 플랫폼에 〈비도덕 살인마〉를 연재했고, 단편소설 〈낮달〉, 〈위협으로부터 보호되었습니다〉 등을 썼다.

첫 번째 방

나는 기혼이고 아이가 넷이다. 딸 하나에 아들 셋인데, 둘째와 셋째는 이란성 쌍둥이고 막내는 자폐 스펙트럼을 앓고 있다.
그래서 한때, 나는 꼼짝없이 갇혀버린 줄 알았다. 죽어야만 나갈 수 있는 엄마라는 이름의 밀실에.
종일 울며 베개에서 머리를 들어 올리는 것조차 힘들 때도 있었다. 어느 날은 갑자기 다 같이 죽어야 한다는 끔찍한 망상에 사로잡히기도 했다. 정신과 상담을 받았고 내가 산후 우울증에 걸렸다는 걸 알았다. 우울증 약을 처방받아 먹었다.
그러던 어느 날, 나는 스마트폰으로 홍보 문자 하나를 받았다. 모 전자책 플랫폼에서 히가시노 게이고의《공허한 십자가》를 무료 보기로 제공한다는 것이었다. 링크를 클릭하고 전자책 앱을 깔아 회원 가입을 하고 책을 내려 받아 읽기 시작했다. 그런데 알고 봤더니 무료 보기는 소설의 도입부까지만 제공되는 것이었고 결국 난생처음 전자책이란 걸 구매할 수밖에 없었다.
시쳇말로 '낚인 거'였다.
지금 와 생각해보아도 그때 왜 낚인 건지 잘 모르겠다. 나는 문예창작학과 출신이긴 하나 시인을 꿈꿨던 터라 소설보다는 시를 더 많이 읽는 편이었다. 그런데 느닷없이 순문학도 아닌 장르문학이라니. 더군다나 히가시노 게이고가 누군지도 모르면서.
다 읽고 나니 새벽이었다. 소중한 딸아이를 잃은 어느 부부의 이야기에 펑펑 울었다. 나는 엄마라는 밀실에 갇혔다며 하루하루 무기력하게 지내고 있었는데 이런 밀실조차 빼앗길 수 있다는 걸 그제야 깨달았다.

그때부터 닥치는 대로 추리 장르의 전자책을 사서 읽었다. 아이들 때문에 집을 비울 수가 없어 도서관에는 갈 수가 없었다. 혹시나 빌려온 종이책을 애들이 엉망으로 만들지나 않을까 하는 노파심도 있었다. 전자책을 하나씩 사서 읽다 보니 '듣기' 기능이 있다는 걸 알게 되었다. 디지털화된 음성이 아무런 감정을 싣지 않고 읽어주는 것인데 자기 직전까지 집안일을 계속해야 하는 전업주부이자 다둥이의 독박육아 엄마인 나에겐 정말 좋은 기능이 아닐 수 없었다. 화장실 청소를 할 때도, 냉장고나 계절 옷을 정리할 때에도 소설을 들을 수 있어서 집안일 하는 게 하나도 힘들지 않았다.
히가시노 게이고와 함께 요리하고, 미치오 슈스케와 장난감을 정리하고, 안드레아스 그루버와 세면대를 닦고, 요 네스뵈와 빨래를 개고, 길리언 플린과 진공청소기를 밀었다. 그랬더니 견딜 수 없을 만큼 갑갑하게 느껴졌던 밀실은 사라지고 엄마라는 이름의 열린 공간이 생겼다. 장난꾸러기들이 늘 건강하게 웃을 수 있는.

두 번째 방

내게는 6.3인치의 집필실이 있다.
아이들을 재우려고 옆에 누워 6.3인치의 방으로 들어가 글을 썼다.
처음부터 공모전에 낼 생각으로 썼던 건 아니었다. 아이들을 재워야 했으므로 그 옆에 누워 소설을 읽거나 들을 수 없는 그 시간이 못 견디게 힘들어서 스마트폰을 켜고 끼적이는 일을 택했다.
쓰다 잠들기를 반복하다 보니 단편소설 한 편이 완성되어 있었다. 잠자리 집필로 A4 열두 장짜리 초고를 완성하기까지 석 달이 걸렸다.
엄마가 첫 단편소설을 완성했다고 해서 아이들이 저희끼리 잠드는 건 아니었기에, 곧바로 두 번째 소설을 쓰기 시작했다. 이번엔 형사물을 써 보자, 작심하고 썼다. A4 스물세 장짜리 초고를 쓰는 데에 다섯 달 정도를 소요했다.

어디 가서 자랑할 만한 집필 속도는 아니다.
이렇게 잠자리 집필로 쓴 두 편의 단편소설을 누군가에게 평가받아 보고 싶었다. 그래서 첫 단편은《계간 미스터리》신인상에, 두 번째 단편은 〈제3회 엘릭시르 미스터리 대상〉 단편 부문에 출품했다. 감사하게도 두 편 모두 좋은 평가를 받아 그 뒤로도 계속 소설을 쓸 수 있는 원동력이 되어주었다.
나는 지금도 6.3인치의 집필실을 들락거리며 글을 쓴다. 화장실에서, 부엌에서, 잠자리에서 스마트폰 글쓰기 프로그램을 열어서 말이다. 고작 한 단어, 한 문장을 쓸 때도 있다. 하지만 거의 대부분의 시간을 온갖 허드렛일로 단 한 자도 쓰지 못하면서 견뎌야 하기 때문에, 나는 6.3인치의 이 방을 너무나도 사랑한다.
지금은 노트북과 프린터를 장만했지만, 초고는 항상 6.3인치의 방에서 완성한다. 한동안은 계속 스마트폰을 이용해 글을 쓸 것 같다. 그래서 특히나 눈 건강에 유념하고 있다.

세 번째 방

지금까지 여덟 편의 단편과 한 편의 채팅형 소설을 썼다. 이 아홉 편의 소설이 전부 실제 사건과 기사에서 영감을 얻은 것이라면 믿겠는가? 아홉 편을 모두 읽은 독자는 없겠지만 혹시나 그런 분이 있다면 깜짝 놀랄 것이 분명하다.
요즘 연일 보도되는 기사들은 소설보다 더 소설 같은 사건 사고를 다루고 있다. 당연한 소리겠지만 미스터리 소설은, 특히 범죄 소설은 당대의 사회 모습을 치열하게 반영하지 않을 수 없다.
나에겐 비밀스러운 창고가 하나 있다. 온갖 뉴스 기사들과 지식들과 아이디어들을 담아놓는 창고다. 내가 개설한 비공개 인터넷 카페인데 마음에 드는 기사나 글을 발견하면 무조건 담아놓는다. 그러다 보면 전혀 상관없어 보이는 두 개의 기사가 맹렬한 화학 반응을 일으키며 결합될 때가 있다.
예를 들면 어떤 범죄자가 살인을 저지른 뒤 범행 장소 주변을 계속 돌아다니면서 CCTV에 찍혔는데, 그게 어떤 의도를 가지고 일부러 CCTV에 노출된 것이 아닌가 하는 기사였다. 또 다른 기사는 성폭력의 피해자와 가해자를 중간에 파티션 하나만 놓고 대질심문을 했다는 내용이었다. 이 두 개의 기사가 합쳐져서 만들어진 이야기가 〈죽은 엄마〉다.
가장 최근에 작업한 SF 미스터리 〈위협으로부터 보호되었습니다〉는 '코인 폭락' 기사와 일론 머스크의 기행에 관한 기사에서 영감을 얻은 것이었다. 2035년을 배경으로 한 SF 미스터리조차 지금 이 시대의 이야기에서 출발한 것이다.
아마 작가라면 누구나 자신만의 비밀 창고가 하나씩 있을 것이다.
지은 지 3년밖에 되지 않은 내 창고는 아직 초라하다. 하지만 그만큼 채울 수 있는 게 많다는 뜻이니까 괜찮다.

꿈꾸는 방

왜 하필 범죄 소설을 쓰냐는 질문을 많이 받는다. 친정엄마는 남우세스러워서 내가 쓴 소설의 제목조차 입 밖으로 꺼내지 못한다.
그래, 상 받은 소설 제목이 뭐꼬? 뭐라꼬? 엄마, 시체를 부탁해? 니, 미칫나?
친정엄마의 반응이 생생하다.
물론 우울증을 앓고 있을 때 한 줄기 빛처럼 나를 비춰준 소설이 사회파 미스터리이기도 했지만 다른 장르의 소설을 쓰지 않고 왜 하필 범죄소설을 쓰는가, 왜 앞으로도 계속 쓰려고 하는가, 곰곰이 생각해본 적이 있었다. 그랬더니 나는 지금껏 살면서 내내 범죄의 피해자였다는 사실을 깨달았다.
중학교 1학년 때 하굣길에서 마주친 남학생들이 내 가슴을 만지고 지나갔던 기억, 버스 안에서 엉덩이를 꼬집혔는데 성추행범에게 따졌다가 오히려 뺨을 얻어맞았던 기억, 태권도 사범이던 남자 친구에게 헤어지자고 말했다가 길거리에서 두들겨 맞았던 기억, 새벽 4시에 정체불명의 남자가 원룸 부엌 창문을 열고 들어오려고 했던 기억 등등.

어떤 작가는 8할의 바람이 자신을 키웠다고 했다. 어떤 작가는 엄마의 칼자국이 자신을 먹여 살렸다고 했다. 나는 이렇게 말하고 싶다. 불한당과 좀도둑과 강도와 스토커와 성폭력범이 나를 만들었다고.

아마 앞으로도 쓰지 않으면 못 견디게 아파서 피해의식의 씨실과 날실을 엮어 한새마표 범죄 소설을 계속 써 내려갈 것 같다.

마지막으로 소박한 바람이 하나 있다면 눈과 두 손이 오래오래 건강하기를.

미스터리 커뮤니티

당신이 무엇을 궁금해하든 다 찾을 수 있다

—최다 회원 수 미스터리 커뮤니티 '일본 미스터리 즐기기'

김소망(나비클럽 마케터)

몇 주 전에 온라인 서점의 추리/미스터리 소설 베스트셀러 순위를 살펴보다가 언제나 최상위권은 일본 미스터리 소설들이 차지한다는 사실을 새삼스럽게 재확인했다. 최근 들어 정유정, 윤고은, 정해연 등의 한국 미스터리 소설도 일본 소설과 사이좋게 상위권에 오르는 추세이지만, 기본적으로 일본의 출간 종수가 한국과는 경쟁이 되지 않기 때문에 베스트셀러 순위를 확장해서 살펴보면 일본 작품이 압도적으로 많을 수밖에 없다. 그리고 1, 2위는 거의 언제나 일본 작가의 작품이다.

'일본 미스터리 즐기기'(https://cafe.naver.com/mysteryjapan, 이하 '일미즐')는 미스터리 소설계의 스테디셀러이자 베스트셀러인 일본 작가의 작품을 즐기는 사람들의 커뮤니티다. 회원 수가 1만 3003명(2021년 8월 20일 기준)으로 미스터리 커뮤니티 중에서는 최다 회원 수를 자랑한다.

새로운 커뮤니티를 구경할 땐 보통 메인 페이지에서 가장 눈에 띄는 게시 글(조회 수가 높거나 댓글이 많이 달린 글)이나 가장 최신 글을 클릭하는데 일미즐에서 가장 눈에 띄는 글은 대문에 걸려 있는 '우리가 뽑은 2020년 일본 미스터리'였다.

2020년에 한국에서 출간된 일본 미스터리 소설 가운데 세 작품을 선정하고 각 작품의 점수를 합쳤을 때 10점이 될 수 있도록 각각에 점수를 매겨 베스트 10을 선정한 결과가 표로 정리되어 있었다. 득표수 1~3위 작품과 점수 1~3위 작품이 다르다는 점이 재미있다. 득표수는 많지 않지만 고득점을 차지한 작품은 그만큼 마니아 성향의 작품일 것이다. 《거울 속은 일요일》(슈노 마사유키, 스핑크스)이 그런 작품이었다. 득표수와 점수 모두 높은 책은 출간 당시 서점에서도 베스트셀러로 뽑힌 《살인의 쌍곡선》(니시무라 교타로, 한스미디어)이었다. 일미즐 전체 회원 수에 비하면 다소 적은 투표 참가자 수가 아쉽지만 이런 류의 데이터베이스는 미스터리 비기너 독자부터 시작해 이 장르의 책을 출판하는 사람들에게도 큰 도움이 된다. 이런 식으로 한국 미스터리 소설을 총체적으로 분석한 글을 보고 싶다면 어느 커뮤니티에 들어가야 할까? 올 연말에는 커뮤니티에 이런 작업을 의뢰해보면 어떨까 싶다. 이 코너를 맡아 글을 쓰면서 품었던 일말의 기대가 있다면 커뮤니티에서 아무런 활동도 하지 않는 소극적인 관찰자에서 소극적인 활동가 방향으로 한 걸음을 내딛는 경험이다.

그 첫 번째 단계로 며칠 전 '일본 미스터리 독후감 폴더'에 게시물을 올렸다. 커뮤니티에 최초의 발자국을 남기는 건 생각보다 조심스럽다. 온갖 공지 사항들을 꼼꼼하게 읽고 나서 최근에 읽은 유즈키 아사코의 《버터》 가제본 리뷰를 짤막하게 올렸다. 한국에서 출간된 유즈키 아사코의 책들이 모두 일반소설 분야라 이 책이 어떤 카테고리에서 팔릴지 확신할 순 없지만 나에게 《버터》는 미스터리 장르 소설이었다. 내가 받아들인 지점들을 공유할 수 있다면 문제가 되지 않을 것 같았다. 무엇보다도 내가 재미있게 읽은 이 책을 일미즐 회원들은 어떻게 볼지가 궁금했다. 커뮤니티에 책 이야기를 올릴 땐 누군가 내 글에 홀려 이 책을 읽어주길 바라는 마음이 크지 않던가. 다행히 오래 지나지 않아 댓글이 달리기 시작했다. 재미있을 것 같다는 반응이었다. 반가움에 대댓글을 달았다. 가장 소극적인 관찰자로부터 반걸음 나아간 기분이다.

자유게시판에서 조회 수 100이 넘는 글들을 골라서 읽다가 '히가시노 게이고-소설 백조와 박쥐(2021년 일본 신간)'라는 제목과 '최근에 읽은 히가시노 게이고 작품들… 왜 재미가 없지?'라는 제목이 눈에 띄었다. 전자는 조회 수와 댓글 수 모두 압도적으로 반응이 좋았고 후자는 일미즐에서 잘 보이지 않는 네거티브한 제목이라 읽고 싶다는 마음이 동했다. 후자를 먼저 클릭했다. 고백하건대 난 히가시노 게이고의 책을 한 권도 읽지 않았다. 그를 싫어해서가 아니라 어떤 책부터 읽어야 할지 주춤하는 사이 너무 많은 책이 출간돼 어떤 순서대로 읽는 게 좋을지 목록조차 만들지 못한 탓이다. 내가 클릭한 게시물은 《환야》, 《백야행》,

《용의자 X의 헌신》을 비롯해 히가시노 게이고의 작품만 열여섯 권을 읽었는데 그중 최근에 읽은 네 권이 재미가 없었다며 다른 작품을 추천해달라는 내용이었다. 열여섯 권이라니. 나는 그렇게 한 작가의 작품들을 집중적으로 읽어본 경험도 없었다. 기껏해야 열 권 남짓 읽은 작가 몇 명이 떠오를 뿐. 마니아 독자들의 독서력은 늘 존경스럽다.
댓글에서 '이 시리즈 책은 피하세요', '이 시리즈를 추천합니다' 등의 추천, 비추천 목록을 확인할 수 있었다. 내가 어떤 작품으로 히가시노 게이고 세계에 입문하게 될지는 몰라도 덕분에 최소한 어떤 작품을 뒤로 미뤄야 할진 알게 되었다. 여기에 적진 않겠다. 혹 작품명이 궁금하다면 일미즐 자유게시판에서 해당 글을 검색해보시길. 이 책들이 모든 이에게 재미가 없진 않겠지만 이렇게 책이 많은 세상에서 잠시 뒤로 미뤄도 되는 책 리스트는 은근히 소중한 법이다. 책을 아예 안 읽는 사람이라면 몰라도 보통은 책 읽을 시간이 없지, 읽을 책이 없는 건 아니지 않나 하는 건방진 소리를 해본다.
히가시노 게이고 비추천 목록을 속으로 외우면서 이번엔 '히가시노 게이고-소설 백조와 박쥐(2021년 일본 신간)' 게시물을 클릭했다. 아마존 재팬에 등록돼 있는 기본 서지정보부터 별점, 독자 리뷰, 일본판 북 트레일러 영상, 겐토샤 출판사 영업부장과 북컨설턴트 대담 영상까지 올라와 있었다. 이미지별로 중요 포인트를 한국어로 따로 번역해주어서 정보를 얻는 데 도움이 되었다. 일미즐에는 일본어 능력자가 많다더니 커뮤니티에서 이렇게 책의 디테일한 정보들을 일찍 입수할 수 있다면 팬들의 기대치는 그만큼 올라갈 수밖에 없을 것이다. 이 게시물은 일본에서 출간된 지 3일 만에 올라온 글로, 한국어판 출간보다 무려 4개월이나 앞선 것이다. 글을 작성한 '켄시로' 닉네임을 클릭해 이전 글을 찾아보니 2008년부터 일본 신간 중심으로 미국 신간, 장르 영화 자료들을 꾸준히 업로드하고 있었다. 모든 게시물마다 조회 수와 댓글 반응이 폭발적이다. 다른 글을 살펴보니 카페를 운영하는 분 같던데 세상에는 재야의 고수가 왜 이렇게 많은 것인가. 그 카페는 어디에 있는 곳인지 궁금하다. 왠지 카페에 무시무시한 미스터리 소설들이 진열돼 있을 것 같다.

일미즐의 특징 가운데 하나는 책 홍보성 글에 꽤 너그럽다는 점이다. 홍보 글이나 이벤트 글을 아예 금지하는 커뮤니티도 적지 않은데 일미즐에는 책을 홍보할 수 있는 폴더가 아예 따로 만들어져 있고, 일본 미스터리 전문 커뮤니티임에도 '우리나라 미스터리'라는 한국 미스터리 소설 이야기를 올릴 수 있는 공간이 있다. 회원들의 반발도 전혀 느껴지지 않는다.
아마도 일미즐의 운영자가 일본 추리소설 전문 번역가라는 점과 관계가 있지 않을까 짐작해본다. 운영자 권일영은《살육에 이르는 병》(아비코 다케마루, 검은숲),《편지》(히가시노 게이고, 알에이치코리아),《낙원 1, 2》(미야베 미유키, 문학동네) 등을 번역한 분으로, 책을 읽는 독자이자 책을 만들고 알리는 분이니까. 몇 년 전에 운영자가 YES24의 채널예스와 인터뷰한 글을 찾아 읽어보니 일미즐 운영에 대해 아래와 같이 말한 구절이 인상적이었다.

> 몇 해 전부터 최소한의 관리만 합니다. 초기와 달리 제가 미스터리 관련 정보나 의견을 올리지 않습니다. 이제 제가 그런 정보와 의견을 늘어놓을 시대나 공간이 아니라고 생각합니다.('[직업으로서의 번역가 ③] 권일영 "번역을 하면서 계속 뭔가를 적어 남긴다"', 〈채널예스〉 2016. 8. 24., http://ch.yes24.com/Article/View/31536)

'이제 그런 시대나 공간이 아니다'라는 문장에서 묵직한 포스가 느껴진다. 궁금한 점이 많아 권일영 번역가에게 서면 인터뷰 요청을 했다.

권일영 번역가 인터뷰

1. '일본 미스터리 즐기기' 커뮤니티 소개를 부탁드립니다.

일본 미스터리를 주로 이야기하는 곳이긴 하지만 우리나라 작품, 영미권, 유럽 쪽 작품에 관한 이야기도 자유롭게 할 수 있습니다. 통계를 낸 적이 없어 정확하게 알 수는 없지만 본격 추리소설 중심의 독자들은 초창기부터 꾸준히 로그인하는 편이고 일본의 사회파나 서스펜스, 스릴러 쪽을 중심으로 읽는 분들은 이슈가 있을 때 자주 로그인하는 편인 듯합니다.

게시물은 주로 일본 미스터리 독후감 중심이고, 종종 한국과 일본의 작품 출간 정보를 올리는 분들이 있습니다. 조회 수가 많은 게시물도 대부분 '독후감'입니다.

2. 만 명이 넘는 사람들이 모여 있는 커뮤니티임에도 타인 비방이나 욕, 무절제한 스포일러 없이 차분하고 질서정연하게 운영되고 있다는 인상을 받았습니다.

이곳이 조용히 미스터리 이야기를 나누는 공간이 되기를 바랍니다. 타인 비방이나 욕, 스포 등이 적은 까닭은 오랜 규칙이라 회원들이 다들 숙지하고 있기 때문이며 책을 읽는 분들이라 다른 회원이 지적하면 바로 익숙해집니다.

운영 측면에서는 가끔 올라오는 '카페 취지에 어울리지 않는 게시물'만 단속하는 정도입니다. 가끔 문제가 되는 홍보 글이나 부적절한 내용을 삭제할 뿐이고, 나머지는 모두 자진 삭제죠. 회원들이 스스로 잘 조절해주고 있다고 생각합니다.

3. 커뮤니티를 운영하면서 가장 즐거웠던 순간은 언제였나요?

(사실 운영자로서 즐거울 일은 별로 없습니다만…) 예전에 공식 오프라인 모임들이 진행되던 시절입니다. 온라인에서는 나누기 힘든 감상이나 작품에 관한 이야기들이 가장 풍성하게 이루어지던 시절입니다. 저와 전혀 다른 감상을 이야기하는 분도 있고, 저와 일치하는 감상을 이야기하는 분도 만났죠. 어느 쪽이건 귀 기울여 들을 가치가 있는 감상들이 참 많았습니다.

4. 커뮤니티를 장기간 운영하면서 가장 중요하게 생각하는 점은 무엇인가요?

운영진은 꼭 필요할 때만 움직이자는 생각입니다. 예전에는 제가 직접 여러 게시물을 달기도 하고 행사나 모임을 진행하기도 했지만 이제 게시물을 쓸 만한 일이 있어도 애써 하지 않습니다. 제가 미스터리 관련 정보나 소식을 비롯한 정보를 게시한 지 오래됩니다. 가끔 오류가 보이는 게시물이 있어도 심각한 문제가 아니면 그냥 넘어갑니다.
새로운 스타일이나 분위기의 커뮤니티가 필요하면 다른 분이 새로 만들거나, 제가 다른 곳에 만들 수도 있겠죠. 이 카페는 계속 최소한의 손질만 하며 이런 형태로 남는 게 좋겠다고 생각합니다.

5. 운영자께서 평소 즐겨 찾거나 '운영자가 아닌 사용자'로 활동하는 다른 미스터리 소설 커뮤니티가 있다면 소개해주세요.

화요추리클럽, 하우미스터리, 러니의 스릴러월드 등 다른 미스터리 소설 커뮤니티에도 가입했습니다. 전에는 운영하시는 분들과 교류하기도 했습니다. 그 커뮤니티의 오프라인 모임에도 참석하던 시절이 있었지만 요즘은 개인 사정으로 다른 커뮤니티를 방문하거나 모임을 갖지 못했습니다.

6. 마지막 질문입니다. 한평생 단 한 명의 추리소설 작가 책만 읽을 수 있다면 어떤 작가를 꼽고 싶으신가요?

실제로 그런 일이 일어나지는 않을 테니 다행입니다. 따라서 그런 생각을 해본 적이 없어 답변하기 어렵습니다. 읽은 소설을 다시 읽어야 한다면 여러 차례 읽은 코넌 도일의 작품은 피할 수밖에 없고, 애거사 크리스티나 G. K. 체스터튼이 될 가능성이 높겠네요. 제가 읽을 수 있는 언어들로 비교하며 읽겠죠. 장르 불문이라면 앞으로도 많은 작품을 쓸 스티븐 킹이 유리하겠다는 생각이 듭니다. 일본 작가를 꼽으라면 아직 작품이 우리말로 번역되지 않은 작가라서 밝히기 곤란합니다.

이번 가을에는 일미즐 운영자가 꼽은 스티븐 킹의 책들, 일미즐을 둘러보다 관심을 갖게 된 하라 료의 사와자키 탐정 시리즈를 읽어야겠다. 하드보일드 탐정 하면 많이 떠올리는 레이먼드 챈들러의 필립 말로보다 하라 료의 사와자키가 덜 딱딱하고 사실적이라는 댓글을 보고 이건 나를 위한 책 추천이라는 생각이 들었다. 낭만 마초 탐정 사와자키의 탄생을 알린《그리고 밤은 되살아난다》로 하드보일드 세계에 입문해보기로 한다.

나의 첫 번째 히가시노 게이고 책도 일미즐에서 자연스럽게 정해졌다. 《용의자 X의 헌신》. 이 책이 별로라고 말하는 일미즐 회원은 한 명도 없었다. 커뮤니티에 올릴 리뷰 제목도 이미 정했다. '태어나서 히가시노 게이고 책 처음 읽은 썰'. 어떤 댓글들이 달릴지 기대된다.

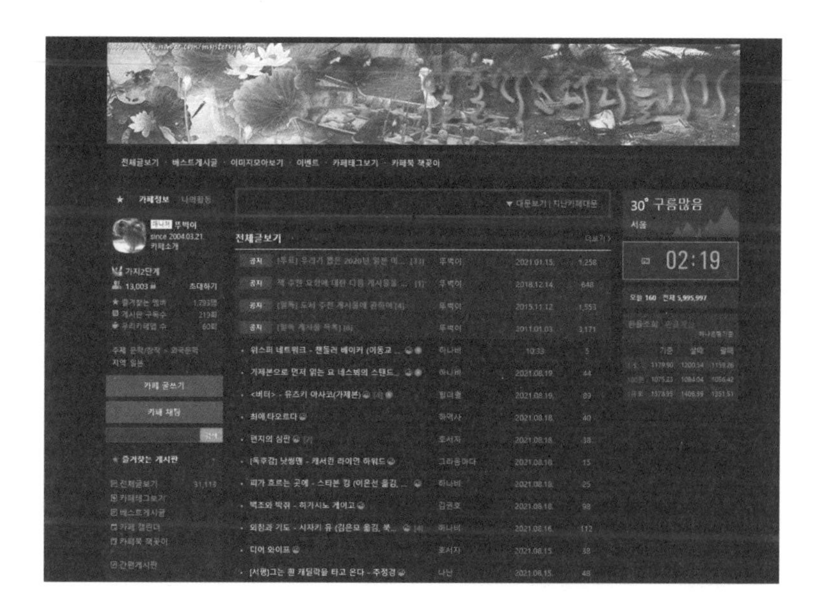

루 버니,《오래 전 멀리 사라져버린》
—인생을 닮은 이야기

박산호

한양대학교 영어교육학과에서 공부했고, 영국 브루넬대학교 대학원에서 영문학을 전공했다. 회화와 토익 강사를 거쳐 영상 번역가로 일하다가 로렌스 블록의《무덤으로 향하다》의 번역 테스트에 통과하면서 출판 번역에 입문했다.《깔깔마녀는 영어마법사》,《단어의 배신》,《번역가 모모 씨의 일일》을 썼고,《임파서블 포트리스》,《지팡이 대신 권총을 든 노인》,《거짓말을 먹는 나무》,《토니와 수잔》,《레드 스패로우》,《하우스 오브 카드 3》등 60여 종의 원서를 번역했다.

《오래전 멀리 사라져버린》은 어느 날 자신에게 일어난 엄청난 비극을 껴안고 살아가는 두 남녀의 이야기다. 두 남녀의 이야기라고 해서 이제부터 두근두근 설레는 스릴러 속 로맨스가 펼쳐지겠구나, 하는 기대는 금물. 독자들이 이 둘은 대체 언제쯤 만나서 본격적인(?) 이야기를 시작하려나, 목을 빼고 기다리다 지쳐 슬슬 책을 덮을까 고민하는 시점에 아주 짧게 만났다 뭔가 시작되기도 전에 헤어져버리니까. 허나 아직 실망하긴 이르다. 둘의 만남은 다시 이뤄지고 그 두 번째이자 마지막 만남이 이 소설의 핵심 미스터리를 풀어주는 황금 열쇠가 되니까.

1986년 8월 오클라호마시티 변두리에서 몰락해가는 쇼핑몰에 있는 피전트 런 트윈 영화관에 무장 강도 세 명이 침입해 영화관 매니저 빙엄, 도어맨인 오말리와 그럽, 매점에서 아르바이트를 하던 여성들인 칼리와 멜로디와 테레사를 사살하고 금고를 털어 도망치는 사건이 발생한다. 한 달 후인 9월에는 오클라호마주 박람회에 열 살짜리 동생 줄리애나와 함께 놀러왔던 열여섯 살의 소녀 제네비에브가 실종된다.
비극적인 두 사건(두 사건 사이에 아무 관련은 없다)이 일어나고 26년이 지난 2012년, 이 사건의 생존자이자 피해자인 두 인물이 등장한다. 영화관 강도 사건의 유일한 생존자이자 사건 당시 매니저 빙엄의 회상 속에서 오말리의 졸개로 묘사된 와이엇과 실종된 소녀의 동생 줄리애나가 바로 그들이다. 이처럼 끔찍한 사건을 겪었음에도 두 사람은 표면적으로는 그럭저럭 잘 살고 있는 것처럼 보인다.
고향인 오클라호마시티를 떠나 여러 도시를 떠돌며 기자로 일하던 와이엇은 사립탐정으로 전업해 들어오는 의뢰를 해결하고 연인인 로라와 만족스럽게 살아간다. 한편 간호사로 일하는 줄리애나의 삶은 와이엇보다는 조금 더 힘들어 보인다. 그녀는 고작 여섯 살 위였지만 실질적으로 엄마 역할을 했던 언니, 빼어나게 아름답고 매력적이며 특별한 아우라를 풍겼던 제네비에브를 잊지 못한 채 여전히 언니의 행방을 찾고 있다.
사람들은 누구나 하나쯤 남들에게 들려줄 만한, 혹은 자기만의 사정이 있어 드러낼 순 없지만 지금까지 살아온 인생의 핵심이 될 만한 사연 하나씩을 품고 살아가기 마련이다. 그런 일은 기억도 까마득한 어렸을 적에 일어나기도 하고, 감수성이 예민한 10대나 유달리 눈부시게 푸르른 20대, 혹은 산다는 게 뭔지 차츰 깨달아가는 30, 40대에 찾아오기도 한다. 때로는 인생이 내준 거의 모든 숙제를 끝내고 양지 바른 곳에 흔들의자를 놓고 앉아 지나간 세월을 반추하는 노년에 일어날 수도 있다.
그것이 남들이 보기엔 별것 아닌 일일지라도, 본인에겐 그의 우주를 통째로 바꾸는 경험이 될 수도 있는 것이다. 그런 경험, 아니 정확히 말하면 그 경험에 대한 기억이 우리의 삶을 규정하고, 지배하게 되는 경우는 허다하다.
그런 면에서 볼 때 와이엇과 줄리애나의 경험은 매우 특별하다. 아르바이트를 하던 영화관의 동료 테레사와의 첫사랑에 황홀해하던 열다섯 살 소년 와이엇은, 어느 날 느닷없이 쳐들어온 무장 강도들에게 영사실로 끌려가 동료들이 모두 잔인하게 총살된 가운데 피와 살점을 온몸에 뒤집어쓴 채 혼자 살아남는 끔찍한 경험을 하게 된다. 그야말로 지독하게, 더럽게 운이 좋았지만 동시에 혼자 살아남은 생존자로서 평생 괴로워한다. 그를 괴롭힌 여러 감정 중에서도 가장 큰 지분을 차지한 감정은 바로 의문이었다.
"왜 나만 살아남았지?"
그것은 당시 경찰들이 그에게 수도 없이 퍼부었던 질문이기도 했지만 결코 풀리지 않은 채 무심한 세월만 흘러갔다. 그러니 그가 신문기자를 거쳐 탐정이 된 건 지극히 자연스러운 수순처럼 보인다. 기자는 사실을 쫓는 사람이고, 탐정 역시 고객이 의뢰한 사건을 통해 진실을 찾는 사람이니까.
그러나 어느 날 오클라호마시티에 있는 랜드 런이란 라이브 뮤직 클럽에서 생긴 말썽을 해결해달라는 의뢰를 받기 전까지는 와이엇이 과거의 비극과 그 기억에 대처해왔던 방식은 아주 단순했다. 그는 과거로부터 도망치고, 과거를 부정하고 상대하지 않았다. 그래서 마이클 올리버라는 본명을 버리고 와이엇 리버스로 이름을 바꾸고, 고향을 떠나 26년째 세상을 부유하며 살아왔던 것이다. 그런 내내 자신이 잘 살고 있다고 스스로를 기만하면서. 결국 그는 고객의 의뢰를 받아 잠깐 고향에 돌아간다고 생각하지만, 사실은 무의식중에 과거와 대면하기로 결심한 것이다.

반면 줄리애나는 좀 더 적극적으로 과거와 맞선다. 그녀는 '모든 문을 열어 그 뒤에 뭐가 있는지 확인해야만' 직성이 풀리는 사람인 것이다. 그래서 26년 동안 여러 번 담당 형사가 바뀐 언니의 실종 사건 수사를 마지막으로 인계받은 다머스 형사와 10년 넘게 인연을 유지해가며(심지어 친엄마도 언니를 포기하고 멀리 떠났는데도) 실낱같은 단서라도 찾기 위해 동분서주한다. 물론 그런 인생에 안주나 안정 같은 단어는 찾아볼 수 없고, 남자든 여자든 그 누구와도 깊고 안정적인 관계를 유지할 수 없다. 이렇게 와이엇과 줄리애나가 과거에 대처하는 방식은 서로 다르지만 동시에 삶은 아주 비슷해 보인다. 둘 다 과거에 발목이 잡힌 채 그 사건이 일어난 순간에서 한 치도 벗어나지 못한 것이다.

그렇게 지인에게 받은 의뢰를 해결하러 간 와이엇은 단골손님에게 유산으로 라이브 뮤직 클럽인 랜드 런을 상속받은, 성질이 불같지만 매력적인 싱글맘 캔디스와 그녀의 딸 릴리에게 호감을 느낀다. 그는 거기서 일어나는 소소하지만 명백히 고의적으로 보이는 사건들을 해결하는 데 생각만큼 집중하지 못한다. 그보다는 26년 전에 일어난 그 사건의 미스터리를 풀기 위해 애를 쓰는 자신을 발견한다.

하지만 두 사건 다 울화가 치밀 정도로 좀처럼 단서가 나오지 않는다. 대체 누가 한물간 뮤직 클럽의 간판을 망가뜨리고, 캔디스의 차를 새똥으로 뒤덮고, 클럽을 뒤엎어놨는지 알 수 없다. 수사 과정에서 만나는 인물들은 하나같이 비협조적이고 괴짜에다 짜증을 유발하지만 범인처럼 보이진 않는다. 26년 전 무장 강도 사건 역시 마찬가지다. 와이엇은 당시 사건에 대한 자신의 기억을 다각도로 파고 또 파지만 아무리 파고 들어가도 결정적인 단서는 나오지 않는다. 이야기를 따라가는 독자들이 환장할 만큼 아무 진척이 없다.

줄리애나도 사정은 마찬가지다. 언니가 실종될 당시 유력한 용의자였고 같은 날 저녁 슈퍼마켓에서 맥주를 훔치다 잡힌 크롤리란 남자가 10년간 행방이 묘연했다가 갑자기 나타난다. 줄리애나는 위험을 무릅쓰고 그에게 접근해 언니가 사라지기 전에 둘이 마지막으로 어떤 대화를 나눴는지, 그가 사실 언니를 해친 범인은 아니었는지 알아내려다 직장에서 잘리고, 가지고 있던 돈을 몽땅 털린다.

대부분의 스릴러나 미스터리 소설과 달리 별다른 반전도 없이 놀라울 만큼 느리고 지루하게 흘러가는 두 사람의 이야기를 읽으며 지쳐가던 나는, 어느 순간 뒤통수를 한 대 맞은 것 같은 충격을 받았다. 스릴러 소설 속 탐정이나 형사들은 비범하다. 그들은 잔인하거나 충격적이거나 놀라운 사건이 일어난 후 그 사건의 단서들을 찾아가는 과정에서 의문의 사내들과 한바탕 격투를 벌이거나 잔인하게 고문당하고, 수사 과정에서 우연히 매력적인 이성을 만나 당연한 듯 로맨스를 즐기고, 미행이나 탐문이나 추리를 통해 마치 잭팟이 터지는 것처럼 대단한 단서를 잡아 용의자들을 좁혀가다 결국 범인을 찾아내고야 만다.

성공의 비결이 주인공의 끈기건, 뛰어난 추리 능력과 지능이건, 발로 뛰는 근성이건, 혹은 남들보다 압도적인 육체적 능력이건 상관없이 이들의 액션은 호쾌하고, 단서를 찾아내는 과정은 흥미진진하며, 범인을 잡아 복수하거나 정의의 심판을 내리는 결말은 짜릿하다.

이것이 바로 스릴러 혹은 미스터리 소설의 특징이다. 다만 이런 이야기를 사랑하는 독자들은 알고 있다. 이것은 우리가 실제로 살아가는 인생과는 아주 다르다는 걸. 현실에서 이런 일은 일어나지 않거나 극히 드물다는 걸. 알면서도 속아주는 게임인 것이다. 재미있으니까.

그런데 《오래전 멀리 사라져버린》의 이야기는 다르다. 와이엇의 수사는 지극히 교과서적인 방식으로 진행되고, 거기에 어떤 극적인 단서나 수상한 인물은 나오지 않는다. 랜드 런 기물 파손 사건도 그렇고, 그를 붙잡고 놓아주지 않는 과거의 사건 역시 마찬가지다. 그는 속수무책으로 당했던 과거의 사건에서 헤어나기 위해 동료들이 다 피투성이 시신이 됐는데 자신만 살아남은 이유를 필사적으로 찾지만 도무지 알아내지 못한다.

한편 언니가 사라지기 전에 마지막으로 이야기를 나눈 크롤리를 붙잡고 협상을 벌인 줄리애나는 그 오랜 세월 동안 궁금해했던 문제의 대화 내용을 듣지만 그토록 간절하게 원하던 사건의 진상은 알아내지 못한다. '인생의 대부분을 텅 빈 벽돌 담장만 바라보며 지냈다가 별안간 그 담장에 문이 생긴 기분'이었지만 결국 그건 문이 아니었던 것이다. 그때 줄리애나가 포기하지 않았던 이유는 그녀에게 돌아갈 현실이자 현재가 없었기 때문이다. 줄리애나에겐 언니를 찾는 것 자체가 인생이 됐기에 더욱더 집요하게 자신과 타인의 기억을 헤집어 끝내 실마리를 찾아낸다.

결국 미스터리를 해결한 건 두 사건의 당사자인 두 사람의 기억이었다. 그토록 강렬하고 충격적인 사건이었기에 모든 걸 낱낱이 기억한다고 생각했지만 인간의 기억이란 사실 그렇게 간단하지 않다. 기억이란 그들을 겹겹이 휘감고 있는 거미줄과 같다. 그것은 26년의 세월이 흘렀다고 해서 바람에 흩어지거나 끊어지지 않은 채 오히려 점점 더 촘촘하게 그들을 얽어맸다. 다만 그건 본인만이 풀 수 있는 거미줄이기도 했다.

기억에 대해 와이엇은 이렇게 말한다. "기억이란 강물과 같아서 시간이 갈수록 그 줄기가 가늘어지는 걸까, 아니면 여러 개의 방이 있는 집과 같아서 점점 방의 수가 줄어들다가 결국에는 결코 떠날 수 없는 단 하나의 방만 남게 되는 걸까?" 그런 와이엇의 기억을 흔들어준 건 정체를 알 수 없는 사내에게 폭행당해서 가게 된 응급실에서 만난 간호사, 줄리애나였다. 그리고 컵케이크 카페에서 두 번째이자 마지막으로 만난 두 사람은 동향인답게 오클라호마에서 있었던 즐거운 추억에 대한 이야기를 나누고 헤어진다.

줄리애나의 회상 덕분에 와이엇은 그토록 정교하게 분석하고 해부했던 자신의 기억에 구멍이 있었음을 깨닫고 마침내 그 총격 사건의 범인들과 내통한 인물을 찾아낸다. 그를 찾아간 와이엇은 그 학살극에서 자신만 살아남은 이유를 묻고 답을 듣는다. 그 답을 가지고 그는 선택해야 했다. 그것을 받아들이고 앞으로 나아갈지 말지.
마찬가지로 줄리애나 역시 와이엇과 나눈 대화 덕분에 반짝 하는 영감을 받아 그동안 힘겹게 짜 맞춘 기억의 퍼즐에서 마지막 남은 한 조각을 알아낸다. 그 조각을 따라가 오래전 멀리 사라진 언니의 모습을 보게 된다. 그 슬픈 비밀을 알게 된 줄리애나는 결심한다. '긴 세월 오로지 사라져버리고 없는 이의 인생만 마음에 두고 살아왔지만 이제부터는 지금 이곳의 일만 마음에 두고 살아가자고.'

《오래전 멀리 사라져버린》은 과거에 대한 이야기이자, 기억에 대한 이야기이며, 우리 인생에 대한 이야기다. 이 이야기는 극적인 결말도 없고, 엄청난 기적도 일어나지 않으며, 운명적인 사랑이나 만남도 없고, 짜릿하지도 않다. 이렇게 우리 인생과 닮은 이야기를 통해 아무 일도 일어나지 않고, 아무것도 해결되지 않는 것처럼 보이는 인생도 어떻게든 앞으로 나아갈 때 살아갈 의미를 찾게 된다고 와이엇과 줄리애나는 말한다. 이들의 서글픈 여정을 따라온 독자도 긴 이야기가 끝났을 때 다시금 깨닫게 된다. 과거에 붙들리지 않고, 현재에 온전히 집중하면서 앞을 보고 나아가는 것. 그 어려운 일을 해내는 것이 실은 진정으로 영웅적인 삶이라는 걸.

"어느 날 갑자기 모든 것이 무너졌을 때
우리를 구원하는 것은 무엇인가"

가문비 탁자

공원국 장편소설

신간 리뷰
《계간 미스터리》 편집위원들의 한줄평

《내가 죽기를 바라는 자들》

마이클 코리타 지음 | 최필원 옮김 | 황금시간

한새마 이보다 더 무자비하고 파괴적인 최종 빌런은 없었다.

한이 테일러 쉐리던 감독님, 왜 그러셨어요? 이 좋은 원작으로.

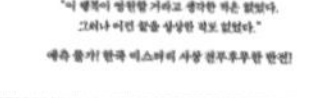

《홍학의 자리》

정해연 지음 | 엘릭시르

조동신 예상하기 어려운 반전, 홍학에게 그런 면이?

한새마 폐활량 체크는 필수. 숨도 안 쉬고 달렸다.

《러브 앤 크라프트, 풍요실버타운의 사랑》

김재희 지음 | 책과나무

한수옥 아직 사랑하고 싶다는 중노년 여성들의 발칙한 도발.

박상민 어딘가에 있을 법한 주인공들. 사랑이 죄인가요? 하고 외치는 것 같다.

윤자영 세대교체, 50년생이 온다.

《IQ: 탐정 아이제아 퀸타베의 사건노트》

조 이데 지음 | 박미영 옮김 | 황금가지

한이　영리한 데뷔작. 고전적인 주제인 속죄와 구원을 LA 뒷골목의 랩 스타일로 풀어냈다.

《얼굴 없는 살인자》

스테판 안헴 지음 | 김소정 옮김 | 마시멜로

한새마　우리 곁에 있을 것같이 친숙하고 소시민적인 경찰 vs 잔악한 살인의 그랜드슬램을 목표로 한 연쇄살인범.

《미니 미스터리》

엘러리 퀸 (엮음) 지음 | 김석희 옮김 | 섬앤섬

박상민　대문호들의 추리소설 마실. 못 쓰는 게 뭐야?

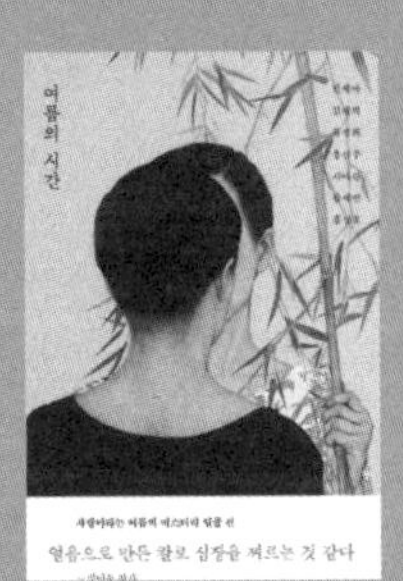

《여름의 시간》

한새마, 김재희, 류성희, 홍선주, 사마란 지음 | 나비클럽

윤자영　사랑은 변한다. 의심, 분노, 살의, 그리고 용서 혹은 죽음으로.

한이　마실 수 밖에 없는 사랑이란 잔. 독배(毒杯)인지 성배(聖杯)인지는 마지막 책장을 넘겨야 알 수 있다.

《블랙 쇼맨과 이름 없는 마을의 살인》

히가시노 게이고 지음 | 최고은 옮김 | 알에이치코리아

한이　진짜 마술사는 일단 펼치면 어떻게든 읽게 만드는 히가시노 게이고다.

《나의 왼쪽 너의 오른쪽》

하승민 지음 | 황금가지

한새마　호불호는 취향의 차이일 뿐 어디에서도 볼 수 없는 독창적인 캐릭터와 스토리인 것만은 확실하다.

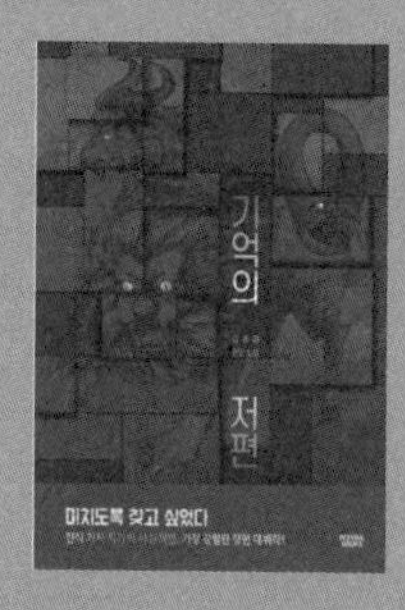

《기억의 저편》

김세화 지음 | 몽실북스

한새마　언젠가 한번은 다뤄야 했던 이야기. 초반엔 〈그것이 알고 싶다〉 보듯이, 후반엔 진범을 알고 싶어서 단숨에 읽게 된다.

김재희　한국적인 추리소설을 읽는 쾌감. 편집된 이미지에 현혹되지 말고 독자들 스스로 팩트를 모아 스트레이트 큐시트를 완성하라.

《영매탐정 조즈카》

아이자와 사코 지음 | 김수지 옮김 | 비채

조동신　모든 것은 결말을 위해 존재한다.

한새마　졌다. 이 책을 집어 드는 순간 이미 조즈카한테 녹다운됐다.

박상민　검은 고양이든 흰 고양이든 쥐만 잘 잡으면 된다.

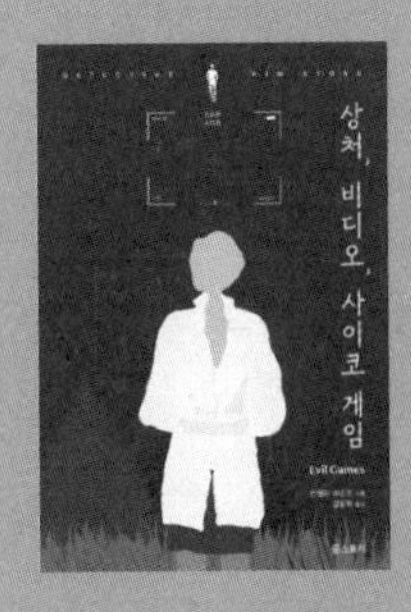

《상처, 비디오, 사이코 게임》

안젤라 마슨즈 지음 | 강동혁 옮김 | 품스토리

한새마　독한 언니들의 대결! 걸크러시 킴스톤 반장이 너무 매력적이다.

《네 번째 여름》

류현재 지음 | 마음서재

박상민　혀를 내두르게 하는 집요함. 사랑이 치매보다 강하다.

《머더스》

나가우라 교 지음 | 문지원 옮김 | 블루홀식스(블루홀6)

한새마　나쁜 놈들로 나쁜 놈들을 잡는 이야기. 그런데 절대 빤하지 않은 전개.

《은퇴 형사 동철수의 영광》

최혁곤 지음 | 시공사

조동신　미심쩍은 사건 전담반이 된 박희윤과 그 반을 이끄는 동철수의 매력이 돋보인다.

박상민　갈호태의 아성에 도전하는 새 캐릭터의 탄생.

《전남친의 유언장》

신카와 호타테 지음 | 권하영 옮김 | 북플라자

한새마　호탕하고 유쾌한 속물 변호사와 함께하다 보면 시간 가는 줄도 모르고 끝까지 읽게 된다. 상위 1퍼센트 재벌가의 막장 고구마 스토리에 질린 분께 추천!

《신데렐라 포장마차 3: 고독의 문》

정가일 지음 | 들녘

박상민　다음 권에서 밝혀질 레메게톤의 비밀이 기대된다.

《무덤의 침묵》

아르드날뒤르 인드리다손 지음 | 고정아 옮김 | 엘릭시르

한새마　북유럽도 우리와 다르지 않았다. 책을 덮을 땐 가슴 먹먹한 슬픔이.

추리소설적 완성,
최고의 단편에 수상하는 '황금펜상'

한국추리문학상
황금펜상 수상작품집
2007-2020 특별판

코로나 블루 살인사건

황세연

추리경찰서 황은조 경감이 변사체가 발견되었다는 연락을 받은 것은 일요일 오후 2시께였다. 황은조 경감은 공원에서 아들과 야구를 하다가 아들의 자전거를 타고 4킬로미터쯤 떨어진 사건 현장으로 달려갔다.

살인사건 현장은 인구가 천 명쯤 되는 추리마을의 변두리에 있는 추리모텔 106호였다. 5층짜리 건물인 추리모텔은 추리마을의 유일한 숙박 시설로 지어진 지 20년쯤 되었다.

추리모텔 1층의 맨 끝에 있는 106호 객실에는 2인용 침대, 벽걸이 TV, 컴퓨터,

화장대, 냉장고, 작은 테이블, 의자가 두 개 있었다. 화장대 위에 피해자의 휴대전화와 노트북 가방이 놓여 있었는데 가방 안에는 노트북이 아닌 속옷과 세면도구가 들어 있었다.

테이블 옆에 캔맥주 하나와 마른오징어가 든 편의점 비닐봉지가 놓여 있었고, 테이블 위에 캔맥주가 두 개 놓여 있었다. 캔 하나는 마시다 만 것이었고, 하나는 따지 않은 채였다. 마시다 만 캔맥주에서는 피해자의 지문과 타액이 검출되었지만, 나머지 하나의 맥주에서는 그 누구의 지문도 나오지 않았다. 누군가가 일부러 지문을 지운 것 같았다.

피투성이 시체는 침대 옆에 옆으로 쓰러져 있었다. 추리모텔에서 5킬로미터쯤 떨어진 곳에 사는 마흔다섯 살 남자 은요일이었다. 시체 옆에는 검은 피로 얼룩진 과도와 추리모텔 수건 한 장이 떨어져 있었다. 죽은 은요일은 가슴과 목을 과도에 찔렸다. 왼쪽 가슴에 난 두 개의 상처는 그리 깊지 않았고, 오른쪽 목에 난 두 개의 찔린 상처 중 하나, 경동맥 손상이 사망의 원인이었다.

흉기로 쓰인 과도에서는 그 누구의 지문도 나오지 않았다.

죽은 은요일의 손이나 팔에는 공격을 방어하다가 생긴 방어흔이 없었다.

범인은 살인을 저지른 뒤 미리 준비한 공구로 뒷산 쪽으로 나 있는 창문의 방범창살을 뜯고 밖으로 빠져나가 도망간 것 같았다. 방범 창살이 안쪽에서 뜯겼고 창문 아래 잔디밭에 범인이 뛰어내릴 때 생긴 것으로 보이는 움푹 파인 신발 자국이 남아 있었다.

창틀이나 창밖에서는 혈흔이 발견되지 않았다. 형사들은 범인이 도주하기 전 화장실에서 피를 씻어내지 않았을까 생각했으나 화장실에서는 혈흔이 검출되지 않왔다. 손에 묻은 피를 현장에 떨어져 있던 수건으로 닦은 것 같기도 했다.

추리모텔에서 죽은 은요일을 목격한 사람은 모텔 여주인뿐이었고, 입구에 설치된 100만 화소 CCTV에는 은요일의 모습이 딱 한 번 찍혀 있었다. 은요일은 시체로 발견되기 전날인 토요일 저녁 8시 5분에 검은 마스크를 쓴 채 노트북 가방을 들고 모텔 입구로 들어왔다. 그는 모텔 입구의 계산대로 다가가 주머니에서 휴대전화를 꺼내 코로나 방역 관련 QR 체크인을 하며, 뉴스를 보고 있던 여주인에게 물었다.

"방 있습니까?"

"방이야 많죠. 혼자세요?"

"아뇨. 좀 있다가 남자 한 명이 더 올 겁니다. 1층 방으로 주시겠어요?"

"1층이라고 더 싼 건 아닌데요."

"알고 있습니다. 제가 강박관념이 좀 있어서…. 예전에 화재 사건을 겪은 뒤로 1층이 아니면 잠을 못 자요. 저쪽 끝 방, 저기 비어 있으면 주시죠."

"1층은 방범 창살이 있는데…."

"괜찮습니다."

그 말을 들은 여주인은 남자에게서 불안감이 전염된 것처럼 뭔가 찜찜한 마음이 들었다. 검은색 마스크를 쓴 남자를 유심히 살폈다. 마스크를 쓰고 있어 눈과 귀만 보였지만 어디서 본 사람 같기도 했고, 처음 보는 사람 같기도 했다.

남자는 양복바지와 와이셔츠 차림이었는데 입고 있는 옷은 직장인처럼 깨끗했다. 계산대 맞은편 벽의 거울을 통해 보니 구두가 아닌 흰색 운동화를 신고 있었다. 새 신발처럼 보였다. 요즘은 양복바지에 운동화를 신는 젊은이들이 많다 보니 눈에 띄는 복장은 아니었다. 노트북 가방을 들고 있는 것을 보면 주말이긴 해도 출장 온 사람 같기도 했다.

"전에 우리 모텔에서 묵은 적 있으세요?"

여주인이 물었다.

"10년쯤 전에 한 번 온 적이 있습니다."

"그렇다면 제가 이 모텔을 운영하기 전이군요."

"외관은 예전 그대로이던데요."

말하는 동안 남자의 마스크가 조금씩 코 아래로 흘러내렸다. 남자는 피부가 검은 편이었는데 농부처럼 착해 보였다. 별 특징이 없는, 어디서나 볼 수 있는 흔한 얼굴이었다. 다만 좀 초조해 보이는 것 같기도 했다.

여주인은 검은색 마스크의 남자가 내민 신용카드로 방값을 계산한 뒤 1층 끝 방의 열쇠를 내줬다.

"퇴실은 11시입니다."

"예. 한 시간쯤 뒤 제 친구가 올 텐데, 끝 방으로 오라고 말씀해주세요."

"예."

여주인은 다시 뉴스를 보기 시작했다.

9시 30분쯤 출입문에 달린 종이 울리며 한 사람이 추리모텔 안으로 들어왔다. 청바지에 흰색 마스크를 쓴 중년 남자였다. 붉은색 파마머리가 가장 먼저 눈에 띄었다. 돋보기안경으로 보이는 검은색 뿔테 안경을 쓰고 있었다. 손에 두툼한 검은색 비닐봉지와 편의점 비닐봉지가 한 개씩 들려 있었다. 편의점 비닐봉지 밖으로 오징어 다리가 삐져나와 있었다.

"어서 오세요!"

하지만 붉은 머리 남자는 돈이 되는 손님이 아니었다.

"한 시간쯤 전에 제 친구가 이 모텔에 방을 잡겠다고 했는데요. 제가 휴대전화를 잃어버려 그 뒤로 통화를 못했는데 아마 1층 방을 잡지 않았을까 싶은데요."

굵은 목소리의 남자가 1층 복도를 둘러보며 말했다.

"아. 화재 때문에 강박관념이 생겼다는 106호 남자 손님요? 여기에 연락처 써주시고, 저쪽 끝 방으로 가서 초인종 눌러보세요."

여주인은 계산대 옆에 있는 코로나 방역 출입 명부를 손가락으로 가리킨 뒤 다시 텔레비전 연속극으로 시선을 돌렸다.

출입 명부에 이름과 연락처를 적은 남자는 106호로 가서 초인종을 눌렀다. 등을 보인 채 잠시 문 앞에 서 있던 남자가 문을 열고 안으로 들어갔다. 그 장면이 복도 반대쪽 출입문 위에 있는 해상도 낮은 CCTV에 찍힌 붉은 머리의 마지막 모습이었다.

이후 106호에 드나든 사람은 없었다.

다음 날인 일요일, 여주인은 오전 11시가 넘었는데도 106호 사람들이 열쇠를 반납하지 않자 초인종을 눌렀고 대답이 없자 마스터키로 문을 열고 들어가 피투성이로 쓰러져 있는 은요일을 발견했다.

추리모텔 주차장 입구에도 CCTV가 있었으나 모텔 안으로 걸어 들어오는 은요일과 붉은 머리의 모습만 찍혀 있을 뿐 도망가는 붉은 머리의 모습은 찍혀 있지 않았다. 추리모텔은 담이 없어 CCTV를 피해 얼마든지 마당과 주차장을 드나들 수 있었다.

경찰 수색견이 살인사건 현장인 추리모텔의 뒷산에서 불에 탄 검은색 비닐봉지를 발견했다. 안에 불에 탄 붉은색 파마머리 가발과 뿔테 안경, 남자 바지와 와이셔츠, 장갑, 흙이 묻은 운동화가 들어 있었다. 범인이 입었던 옷과 신발, 변장하는 데 썼던 가발과 안경이었다. 증거물 대부분이 불에 심하게 훼손되어 혈액형 검사나 유전자 검사를 할 수 있는 체모나 타액은 채취하지 못했다.

범인은 모텔 뒷산에서 입고 있던 옷을 벗어 태우고 미리 준비해놓았거나 가져간 새 옷으로 갈아입고 도주한 것 같았다.

경찰은 추리모텔 뒷산 계곡 물속에서 망치와 펜치, 드라이버를 찾아냈다. 범인이 모텔 106호의 방범 창살을 제거할 때 쓴 공구로 추정되었다. 하지만 역시 지문이나 머리카락 같은 것은 없었다. 물로 잘 씻어서 증거를 없앤 뒤 물속에 버리고 간 것 같았다.

범인은 추리모텔에 올 때는 몰라도 도망갈 때는 걸어서 야산을 넘어간 것 같았다. 인근에 사는 사람이라면 걸어서 집까지 갔을 테고, 먼 곳에 사는 사람이라면 미리 가져다놓은 개인 교통수단이나 대중교통을 이용해 도주했을 것이다.

붉은 머리는 CCTV에 변장한 모습이 찍힌 것을 제외하고 증거를 거의 완벽하게 없앴다. 추리모텔 어디에도 그의 지문이나 체모는 없었다. 모텔에 들어갈 때 가짜 연락처를 남긴 출입 명부와 106호 초인종에서도 지문이 나오지 않았다. 장갑을 끼고 있지 않았던 것을 보면 손가락에 매니큐어라도 칠해 지문이 남는 것을 방지했던 것 같았다.

사건 현장이 시골이어서 주변에 CCTV가 많지 않았다. 붉은 가발에 흰 마스크와 뿔테 안경을 쓴 살인자의 모습은 추리모텔 CCTV와 인근 편의점 CCTV에만 찍혀 있었다. 붉은 머리는 추리모텔 인근에 와서 가발을 쓰는 등 변장을 한 것 같았다.

붉은 머리는 변장한 채로 추리모텔 인근에 있는 편의점에 들러 현금으로 맥주와 안주를 사고 과도를 하나 샀다.

그런데 범인은 왜 방범 창살을 뜯어낼 연장은 미리 준비해왔으면서 칼은 인근 편의점에 들러 산 것일까? 만약 편의점에서 칼을 팔지 않았다면 흉기를 구하기가 곤란했을 것이다. 범인은 모텔과 주변 상황을 잘 알고 있는 사람인 듯했다.

살인사건이 일어난 시각은 토요일 밤 9시에서 11시 사이로 추정되었다. 붉은 머리가 모텔 방으로 들어간 직후거나 최대 두 시간쯤 지나서 벌어진 일이었다.

범인이 아무도 못 알아볼 정도로 변장을 했는데 모텔 방 안에 있던 은요일이 망설임 없이 문을 열어줬다는 것이 좀 이상했지만, 이 사건은 면식범에 의한 계획범죄로 보였다. 살인 동기는 알 수 없었다.

현장에는 다툰 흔적이 없었다. 시체에도 방어흔이 없었다. 여관 주인은 텔레비전을 보고 있긴 했지만 싸우는 소리를 듣지 못했다. 안면이 있는 사람에게 갑자기 당한 것 같았다.

형사들은 죽은 은요일의 통화 기록과 문자를 조사했다. 통화와 문자, 카카오톡을 주고받은 사람 중에 수상한 사람은 없었다. 그렇다면 살인자와 피해자가 추리모텔에서 만나기로 한 약속은 직접 만나서 대화로 했을 터였다.

은요일은 2년쯤 전에 10여 년 다녔던 회사에서 해고된 뒤 빚을 내서 커피숍을 차렸으나 코로나가 한창이던 올해 초에 문을 닫았다. 이후 우울증이 생겨 우울증 약을 복용해왔다.

가족은 초등학교에 다니는 두 아이와 아내가 있었는데 아내와는 사이가 좋지 않았다. 식당에서 허드렛일을 하는 아내에게는 가끔 만나 모텔에 가는 내연남이 있었다. 그들이 자주 가는 모텔이 바로 살인사건이 일어난 추리모텔이었다. 하지만 아내의 내연남은 살인사건이 일어나던 시간에 다른 장소에 있었다는 것이 확인되었다.

은요일은 커피숍이 망한 뒤 경제적으로 어려웠을 텐데 몇 달 전에 친구인 보험설계사를 통해 거액의 생명보험을 들었다. 사고로 사망하면 보험금이 5억 원이었다. 그뿐만 아니라 주말에 사망하면 보험금을 배로 받을 수 있는 특약에 가입되어 있었다. 아내는 은요일이 토요일 밤에 죽었기에 10억 원의 보험금을 받을 수 있었다.

CCTV를 통해 범인을 추적하던 형사들은 결국 범인을 특정하지 못하고 죽은 은요일의 당일 행적 조사에 집중했다.

은요일은 토요일 오후 2시께 아내와 싸운 뒤 노트북 가방을 들고 집을 나섰다. 오후 5시께 모텔 인근의 공원 벤치에 앉아 있는 모습을 본 목격자가 있었고, 저녁 6시 40분께 모텔 앞쪽의 순댓국집에 들러 순댓국과 막걸리 한 병을 마셨다. 순댓국집에서 7시 20분쯤에 나와 추리모텔 인근을 배회하다가 저녁 8시 5분에 추리모텔로 들어가 방을 잡았다. 그리고 다음 날 11시께 과도에 찔려 죽은 시체로 발견되었다.

이 사건의 범인은 누구일까?

답과 설명:
나비클럽 홈페이지(www.nabiclub.net)의 〈계간 미스터리〉 카테고리에서 확인할 수 있습니다.

hrhrhr

《계간 미스터리》가 꾸준히 나오고 있는 것만으로도 좋다. 다양한 작품이 많아서 좋은데 자주 보는 작가들 말고 작가층이 더 넓어지면 좋겠다. 표지가 약간 촌스러운 듯 신선한 듯 그렇다. 이번 여름호는 부동산 특집을 다룬 점이 신선했고 오랜만에 신인상 작품도 실려 있어서 반가웠다. 하우미스터리라는 커뮤니티 소개도 재미있었다. 다음 호도 기대된다.

@smithnim

욕망이 가장 들끓는, 죄악과 탐욕이 만연한 '부동산' 이라는 주제로 다양한 글이 실려 있어서 흥미진진하게 봤다. 개인적으로 '부동산이라는 미스터리 느와르-그래서 집값은 누가 올렸나'라는 르포르타주를 재미있게 읽었다. 이 외에도 다양한 단편 미스터리들이 각기 다른 맛으로 들어 있어서 지루할 틈이 없었다. '추리소설은 국가의 정치체제를 닮는다'라는 추리 에세이도 재밌게 읽었다. 미스터리를 좋아하는 사람이라면 당연히 재밌어할 듯.

김민경

미스터리는 사실 내게 익숙하지 않은 장르다.《계간 미스터리》를 알게 된 건 내게《계간 미스터리》 표지가 보였고, '계간이란 말과 미스터리라, 한번 읽어볼까?'라는 단순한 호기심이 나를 이끌었기 때문이다. 부동산 투기에 대한 미스터리한 현실과 다른 여러 가지 작품들이 나를 활자 속으로 잡아당기는 듯했다. 이번 호를 계기로 앞으로 이 장르에 대해 기웃기웃 열심히 눈도장을 찍어보려 한다.

bans_bookstop

겁이 많아 공포물, 스릴러물, 미스터리물 등을 볼 때면 한없이 작아지지만 그럼에도 읽는 이유는 인간의 어두운 내면에 대해 생각해보고 들여다볼 수 있기 때문이다. 사람은 물론이고, 세상 모든 것에는 밝은 면과 어두운 면이 있다고 생각한다. 어두운 면도 나의 일부이기에 이를 받아들이되 어둠을 다스리는 법을 배워가야 하지 않을까 싶다. 어떻게 해야 어둠이 나를 집어삼키지 않게 할지, 어떻게 해야 타인의 어둠을 밝힐 수 있는지를 생각해보기 위해 오늘도 공포물, 스릴러물, 미스터리물 등을 본다.

Bookbuff

독서를 자기 취향을 찾아가는 적극적인 탐구라고 생각했을 때,《계간 미스터리》는 내가 좋아하는 미스터리가 뭔지 찾아가게 해주는 차림표 같은 존재다. '이건 무슨 맛일까?' 궁금해하면서 메뉴 하나하나를 맛본다. 그리고 조금씩 내가 좋아하는 맛을 깨달아간다.
부동산 특집이 짧은 글에 담기엔 방대한 내용이라 아쉬웠고, 초단편 읽는 재미를 느낄 수 없는 것도 여름호의 슬픈 점 중 하나였다. 하지만 다양한 단편의 묘미와 리뷰, 비평, 작법 어느 하나 흥미롭지 않은 게 없었다. 미스터리 커뮤니티 하우미를 알게 된 것도 좋았다.
미스터리에 푹 빠질 수 있었던, 행복한 독서였다. 미스터리 장르를 특별히 좋아하지도, 싫어하지도 않는 사람이 많을 거라고 생각한다. 그런 분들께 한번은 권하고 싶은 잡지다. 분명 좋아하는 스타일을 만나게 될 것이다.

김서울

장편을 선호하던 나였지만 요즘 단편 읽는 재미를 알아가는 중이다. 분량상 불친절한 부분도 매력이고, 잡지처럼 느껴지는 생경함도 의외로 재밌다. 탐사보도 같은 분위기의 부동산과 욕망에 관한 글을 읽을 때는 무거운 기분이 들기도 했지만, 그 외에도 읽을거리들이 잔뜩 담겨 있어 선물상자를 푸는 아이처럼 내내 즐거웠다.

인스타그램 @nabiclub을 팔로우하고,
#계간미스터리 해시태그와 함께《계간 미스터리》리뷰를 남겨주세요.
선정된 리뷰어에게는 감사의 마음으로 신간《계간 미스터리》를 보내드립니다.

당신이 뭐라 말하든, 지옥이야말로 이야기와 어울리는 곳이다. 눈을 뗄 수 없는 이야기를 원한다면 당신의 주인공을 지옥에 빠뜨려라. 지옥의 메커니즘은 서사의 메커니즘과 아주 잘 맞아떨어진다. 반면 천국의 즐거움은 그렇지 못하다. 천국에는 이야기가 없다. 그곳은 이야기가 다 끝난 다음에 일어나는 일만 다룬다.

—찰스 배스터

계간 미스터리 신인상 공모

전통의 추리문학 전문지 《계간 미스터리》에서
새로운 시대를 함께 열어갈 신인상 작품을 공모합니다.

▪ **모집 부문**
단편 추리소설, 중편 추리소설, 추리소설 평론

▪ **작품 분량(200자 원고지 기준)**
단편 추리소설: 80매 안팎/중편 추리소설: 250~300매 안팎/추리소설 평론: 80매 안팎
※ 분량 기준을 준수하지 않은 응모작은 심사 대상에서 제외됩니다.
※ 평론은 우리나라 추리소설을 텍스트로 삼아야 합니다.

▪ **응모 방법**
- 이메일을 통해 수시로 접수합니다. mysteryhouse@hanmail.net
- 우편 접수는 받지 않습니다.
- 파일명은 '신인상 공모_제목_작가명'을 순서대로 기입해야 합니다.
- 이름(필명일 경우 본명도 함께 기입), 주소, 연락 가능한 전화번호, 이메일을 원고 맨 앞장에 별도 기입해야 합니다. 부실하게 기입하거나 틀린 정보를 기재했을 경우 당선 취소 등 불이익을 받을 수 있습니다.

▪ **유의 사항**
- 어떤 매체에도 발표되지 않은 작품이어야 합니다.
- 당선된 작품이라도 표절 등의 이유로 타인의 지식재산권을 침해한 사실이 밝혀지거나, 동일 작품이 다른 매체 등에 중복 투고되어 동시 당선된 경우 당선을 취소합니다. 이 경우 원고료를 환수 조치합니다.
- 미성년자의 출품은 가능하나 수상 시 법정대리인의 동의서, 가족관계증명서 등을 제출해야 합니다.

▪ **작품 심사 및 발표**
- 《계간 미스터리》 편집위원들이 매 호 심사합니다.
- 당선자는 개별 통보하고, 《계간 미스터리》 지면을 통해 발표합니다.

▪ **고료 및 저작권**
- 당선된 작품은 《계간 미스터리》에 게재합니다. 작가에게는 상패와 소정의 고료를 드립니다.
- 원고료에 대한 제세공과금을 공제합니다.
- 신인상에 당선된 작가는 기성 작가로서 대우하며, 한국추리작가협회 정회원으로서 작품 활동을 지원합니다.

▪ **문의**
한국추리작가협회 02-3142-3221 / 이메일: mysteryhouse@hanmail.net